RICARDO BERNHARD

LITORAL NOIR

Coordenação editorial	Rafael Silvaro
Capa e projeto gráfico	Danielle V. Cardoso
Revisão de textos	Amanda Damasio
Conselho Editorial	Ricardo Augusto de Lima
	Marcelle Zacarias Silva
	Tolentino Bezerra
Banco de imagens	Freepik (Montagem da capa)

Dados Internacionais de Catalogação na Publicação (CIP)

Tuxped Serviços Editoriais (São Paulo, SP)

Ficha catalográfica elaborada pelo bibliotecário Pedro Anizio Gomes - CRB-8 8846

B466l   Bernhard, Ricardo.

Litoral noir / Ricardo Bernhard.--1. ed.-- Londrina, PR : Editora Madrepérola, 2021.
240 p.; 14x21 cm.

ISBN 978-65-87269-37-5.

1. Ficção. 2. Literatura Brasileira. 3. Noir. 4. Romance. I. Título. II. Assunto. III. Benhard, Ricardo.

21-30046016

CDD B869.93
CDU 82-31(81)

Índice para catálogo sistemático

1. Literatura brasileira: Romance, crônica, conto, novela, cartas.
2. Literatura: Romance (Brasil).

BERNHARD, RICARDO. LITORAL NOIR. 1. ED. LONDRINA, PR: EDITORA MADREPÉROLA, 2021.

RICARDO BERNHARD

LITORAL NOIR

1ª edição - 2021

"The sky is falling, tumbling down on all our heads, and I sit shedding tears over an unhealing scratch on a very tender vanity."

Joseph Heller, *Something Happened*

SUMÁRIO

CAPÍTULO 1

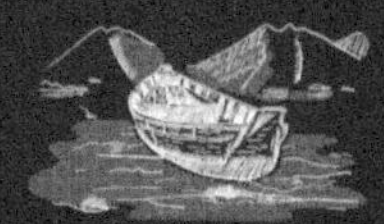

Mais ou menos duas semanas atrás, notei que um homem de feições asiáticas se senta toda tarde na varanda da Cantina Vico, para almoçar, e não vai embora antes do sol se pôr. Invariavelmente, ele traz uma câmera fotográfica profissional a tiracolo e deixa um caderno de anotações de prontidão ao lado do prato. Quando não está comendo, ele fica a maior parte do tempo brincando de girar uma caneta entre os dedos, à maneira de um baterista com sua baqueta. Apesar disso, ele não transmite uma sensação de ansiedade; ao contrário, parece em paz, compenetrado.

A princípio, a repetição evocava sobretudo certa mecanicidade, o que não achei propriamente ruim. A avenida onde eu passo os meus dias e onde fica a Cantina Vico tem estado cada vez mais movimentada, e a rotina do sujeito desconhecido insere um elemento de estabilidade e permanência no caos crescente. Mas aos poucos foi cristalizando-se um senão. À frente dele, abre-se a imensidão azulada do lindo mar de Cartagena das Índias; porém, não é no mar de Cartagena que a atenção do homem se concentra. É na fachada da minha loja, de onde o avisto por detrás das vidraças fumê. Suspeito que ele seja um emissário, mas prefiro nem cogitar quem poderia tê-lo enviado.

***

Moro em Cartagena há quase uma década. Montei minha loja alguns meses depois da minha chegada, passado um período de inspeção do terreno, ou, mais exatamente, de estudo dos moradores locais. Naquele período, fiquei hospedado numa pousada inconspícua, escondida numa ruela histórica distante do mar. Do meu quarto monástico — apenas com cama, mesa e cadeira, sem enfeites nem quadros nas paredes, com um banheiro privativo aparatado com peças de porcelana vagabundas —, eu saía apenas para dar voltas breves por diversos bairros da cidade, com o objetivo de testar se os colombianos eram capazes de me reconhecer. Não eram: nas poucas vezes em que percebi que apontavam para mim, com muito esforço, me aproximei discretamente e pude constatar que eram turistas brasileiros.

***

Meu rosto está estampado num verbete desonroso da Wikipédia. Faz tempo que não acesso a página, que não é exatamente sobre mim, mas sobre um acontecimento lastimável em que, de certa maneira, estive envolvido. Há uma infinidade de visões sobre o grau da minha responsabilidade sobre o incidente, e eu achava que pelo menos a versão em inglês do verbete fazia razoável justiça à complexidade da questão. Já a entrada em português, pelo menos à época em que eu monitorava e às vezes editava o texto, era um daqueles surdos campos de batalha da enciclopédia, em que anônimos de opiniões inconciliáveis ficam obsessivamente atacando e contra-atacando pelo controle das linhas. Meus detratores adoravam me qualificar com criativos xingamentos, apagados pelas correntes mais simpáticas a mim antes que eu o fizesse. Nem desconfio do que dizem a meu respeito nas outras duas dezenas de idiomas em que se descreve o acontecimento. Suponho sempre o pior.

***

Não vim para Cartagena com o plano de abrir uma loja especializada no encordoamento de raquetes de tênis. A ideia inicial era mais simples e não exigia nenhum engajamento ou empenho da minha parte, pois eu tinha consciência de que não podia contar com eles. Minha ideia era viver de renda, dentro dos limites inegavelmente folgados traçados pelos juros que incidiam sobre as minhas economias. Pois eu tinha e ainda tenho dinheiro suficiente para nunca mais trabalhar.

Esse dinheiro foi acumulado por mim ao longo de um período reconhecidamente curto — um par de anos —, mas sua fonte era honesta, legítima, quase maquinal. À medida que o vilarejo de Santo Trio transformava-se num efervescente polo de atividade econômica pesada, conselhos de supervisão interfederativos iam sendo criados, e cabia a mim tomar assento neles, quisesse eu ou não (e eu na verdade não queria). Integrar cada um daqueles conselhos significava receber uma polpuda gratificação mensal, conhecida por quem é do ramo como *jeton*, que eu ia guardando num fundo de renda fixa qualquer, pois nunca fiz caso de riquezas. Portanto, o dinheiro era e é legal. Contudo, diante de uma tragédia, perde-se a consideração ou o respeito pelos detalhes, sobretudo quando são burocráticos e algo opacos. Diante da tragédia, o arrasador colegiado que é a opinião pública me tachou de corrupto, e, em parte por isso, minha permanência no Brasil se tornou insustentável. Fui-me embora.

***

Para cá, para Cartagena. Minha aspiração era fazer uma dobradura no tempo, unindo minha aterrissagem na Colômbia à temporada que passei em Buffalo, estado de Nova York, no começo da vida adulta. Com isso, queria apanhar os anos de permeio, ou seja, os anos em Santo Trio, e represá-los dentro de um arco do esquecimento. Mais do que os represar: sufocá-los. Eu nunca tinha estado em Cartagena, para falar a verdade, mas isso não fazia a menor diferença, pois a dobradura não dependia disso. O laço que ataria uma ponta à outra era uma moça chamada Beatriz, uma ex-namorada colombiana que eu tinha conhecido em uma sala de aula da Universidade Estadual de Nova York (SUNY), em Buffalo. Nosso relacionamento não tinha resistido sequer até o teste final de *MGE 601 Economics for Managers*, e não posso dizer que a memória daquele período passado juntos viesse com qualquer frequência à minha mente. Estou certo, aliás, que isso era recíproco: minha passagem pela vida dela tampouco teve maior significado para ela. Nosso namorico era o tipo de relação sem futuro possível, que ambas as partes no fundo sabem que não pode vingar, mas nem por isso deixa de ser percebida, emocionalmente, como se descrevesse uma rota para a eternidade. Hoje, vejo esse tipo de relação como uma das coisas mais preciosas que se pode viver. Elas não perduram na memória, é verdade, mas isso não é defeito: o futuro não é o árbitro maior do que teve valor no passado. Enquanto duram, nelas se encontram a intensidade e a ilusão, manipuladas por um senso narrativo espontâneo que controla o começo e o fim com uma perfeição mística. E elas têm, ainda, o fascínio da raridade: só podem ocorrer uma única vez entre as mesmas pessoas, porque o ineditismo é a matéria-prima da mágica que há ali.

A Beatriz e eu não voltamos a nos falar e muito provavelmente nunca mais nos falaríamos depois que eu retornei de Buffalo para o estado do Rio. Nós nem sequer conhecíamos o paradeiro um do outro. Mas ela afinal pôde conhecer o meu, quando as notícias do que aconteceu em Santo Trio explodiram nas capas de todos os jornais do mundo. Ela me enviou, então, uma primeira carta breve, mas simpática, oferecendo sua solidariedade. Sem o saber, ela tinha me oferecido também um pretexto para que eu partisse do Brasil à primeira oportunidade, em busca de replicar o impossível. E não falo apenas do nosso fracassado namoro em terras norte-americanas.

* * *

Quando eu atravessava os dias enclausurado no meu gabinete, onde deveria no mínimo me aplicar no estudo dos memorandos, relatórios e exposições de motivo que não paravam de chegar, eu negligenciava meus deveres para ler. E lia obsessivamente, embora sem método algum. Minhas preferências, em matéria de gênero, eram as biografias e os tratados de política. Sobre a minha mesa de mogno maciço, aliás, retratos de certos espécimes de presidentes e primeiros-ministros estrangeiros, necessariamente estrangeiros, dividiam o espaço solene com fotografias familiares. Uma imagem de Ronald Reagan de chapéu, digamos, lado a lado com uma foto da minha esposa.

Já na minha loja de encordoamento de raquetes, que às vezes não recebe a visita de um único cliente durante todo o horário comercial, nunca abri um livro. Minha teoria, talvez fajuta e egocêntrica, é que essa história de que quem lê quer escapar do mundo enxerga as coisas ao avesso. Na verdade, lê quem tem a pretensão de construir algum futuro, qualquer futuro, para si: querer alcançar alguma coisa na vida é uma pré-condição do interesse pela leitura. É verdade que alguns sem-futuro comprovadamente pegam certas coisas para ler, mas penso que isso por si só não invalida a minha teoria. Os sem-futuro só têm gosto pelos títulos que compõem as crescentes bibliotecas universais da literatura de araque e da não ficção massificada, que de nada valem. Isso mal significa ler. O hábito das leituras sérias, esse, sim, caduca junto com a derradeira possibilidade especulativa de um dia colocá-las em uso para conseguir algo de alguém. Eis aí uma manifestação, entre tantas outras, do princípio geral da instrumentalidade de tudo.

O resultado, na minha vida em Cartagena, é que os dias dentro da loja transcorrem longamente, esterilmente. Há as tarefas administrativas habituais para resolver, mas são coisas muito simples que não demandam nem tempo nem esforço. Na tevê, ponho para passar reprises de jogos de tênis antigos, gravados em VHS, e, quando possível, partidas ao vivo, embora essas últimas com frequência cada vez menor. Não me agrada ser testemunha, em tempo real, da dança do surgimento e da decadência dos atletas; melhor o conforto (covarde?) do que já está consumado. De um jeito ou de outro, não consigo me concentrar na tela por mais do que três ou quatro *games* seguidos. Quando há serviço a fazer, quem o faz é o meu único funcionário, um romeno chamado Emil. Geralmente, sou eu que fico sentado atrás da máquina durante o expediente. É o meu posto. Quando ele precisa operá-la, eu saio e fico junto dos janelões fumê que nos protegem da rua. E aí posso exercer melhor minha verdadeira ocupação — o mar, a praia, os pedestres: acompanhar as infinitas e triviais variações na composição desse cenário dinâmico, enquanto penso e relembro, é a minha verdadeira e irrelevante ocupação.

***

Emil tem cara de brasileiro, mas não é brasileiro, e esse foi o motivo banal pelo qual eu o contratei. À época da entrevista de emprego, ele tinha recém-chegado à Colômbia e falava um espanhol sofrível, se é que dava para dizer que falava qualquer coisa. Mas isso, por si só, não me pareceu fundamento suficiente para descartar o currículo dele. Minha proposta para o funcionário em vista era, afinal, muito simples: em primeiro lugar, que encordoasse as raquetes; e, havendo tempo livre, que cuidasse de algumas atividades de apoio mais braçais. Nesse espírito, a etapa crucial das entrevistas consistia em um teste da capacidade do postulante de realizar uns procedimentos básicos no aparelho de encordoamento. Eu mesmo tinha aprendido a mexer nele uns dias antes, acompanhando uma demonstração curta do sujeito mal-humorado que foi instalá-lo e, depois, assistindo ao DVD explicativo que servia de manual. Emil repetiu decentemente a sequência de procedimentos. Só penou na hora de dar o nó, mas julguei que era algo complicado para todos os iniciantes. Foi para mim, pelo menos, apesar de eu ter feito questão de não revelar nada da minha própria dificuldade para ele — sem coleguismo com potenciais subordinados. Ao final da entrevista, eu o levei até a porta sem dar pistas sobre as chances que ele tinha de conseguir a vaga. Eu estava receoso de tomar uma decisão baseada apenas em uma simpatia fisionômica e, além do mais, sempre desconfiei de julgamentos à primeira vista. Curiosamente, foi um desses julgamentos, no sentido contrário, que resolveu a questão. Meia hora mais tarde, recebi o candidato seguinte, um colombiano, e algo no olhar dele parecia informar que ele sabia quem eu era. É bem possível que não passasse de *small talk* (meu portunhol denunciava que eu tinha aportado recentemente), mas ele me perguntou, de qualquer forma, logo de cara, se eu estava gostando de recomeçar a vida em Cartagena. Não, Emil não despertava as mesmas suspeitas. Conquistou o emprego ali.

* * *

Não sei se posso dizer, decorrido tanto tempo de convivência diária, que conheço Emil melhor hoje do que vim a conhecê-lo nas primeiras semanas de loja, em qualquer sentido não superficial do termo. Para começar, o espanhol dele continua pobríssimo, e ele não demonstrou nenhum interesse em aprender português. Motivo: conversar não lhe interessa. "Praticamente toda demonstração de autossuficiência plena suscita em mim uma admiração pasma." A frase, descontado algum erro, pois cito de memória, é de Nick, n'*O Grande Gatsby*, e dá conta de uma admiração de que partilho. Às vezes, dependendo do meu estado de espírito, passamos semanas sem trocar nem bom dia, e ele não se abala. Continuamos a executar as tarefas na loja em harmonia não menos perfeita por causa disso, como se estivéssemos seguindo um roteiro já sabido de cor. Emil é como aquela faixa de areia onde as ondas terminam de arrebentar e se aquietar; o que estoura nele, desvanece, com uma placidez natural.

Por outro lado, confesso que às vezes tudo me parece ligeiramente aterrador. Mas entro na loja sem vontade de cumprimentos, não os faço, tudo continua bem entre nós dois como sempre esteve, e me voltam toda a admiração e gratidão.

* * *

Penso em deixar algo para o Emil no meu testamento. Não tenho família, não tenho herdeiros. Perdi meu pai numa batida de automóvel, quando eu ainda era criança; minha mãe partiu alguns anos depois da minha formatura em Direito, após uma longa batalha contra uma doença, como se diz. Ambos eram filhos únicos, como eu. Fui casado em Santo Trio com a filha de um executivo do petróleo, mas ela não chegou a me dar um descendente. Éramos muito jovens e justo quando começávamos a refletir sobre a ideia a sério, nossos planos foram devastados pelos acontecimentos, que levaram consigo também meu casamento. Hoje namoro uma americana em Cartagena, mas a relação ainda é muito recente. E não há mais nada.

Vivo apavorado com a possibilidade de morrer de repente, sem deixar um testamento, e ter minhas posses afanadas pelo governo colombiano, pelo governo brasileiro ou seja lá por que fisco de qual país. Ao mesmo tempo, não tenho condições de redigir um documento, porque não conseguiria montar o mais singelo dos róis de herdeiros. E, o que é mais grave, não tenho o direito nem de ter esperanças: minha vida, aqui e daqui para a frente, é necessariamente um imenso estudo sobre a evasão.

* * *

Eu me lembro de ouvir um *podcast* em que um escritor americano da escola de Hume — pelo que quero dizer: pessimista e algo dramático no papel, carismático e jovial no trato — contava que era dono de uma charutaria, e que era lá que ele saía da bolha: do

15

mecânico ao senador (o escritor mora em Washington D. C.), todos e qualquer um frequentavam sua loja.

Comigo, dá-se o contrário: é só um ligeiro exagero afirmar que ninguém frequenta a minha loja. E é pelo fato de ela ser, em essência, um deserto de clientes e, portanto, um deserto de pessoas, que posso dizer que a loja é a minha bolha.

* * *

Comecei a ouvir *podcasts* não faz muito tempo. Normalmente, ponho os episódios para reproduzir no fim do expediente, quando acaba a fita de alguma partida antiga, digamos Pete Sampras contra o Jim Courier na semifinal do *US Open* de 95, e já não vale a pena colocar outra. Está claro para mim que o Emil rejeita o meu novo hábito. Os sinais são sutis — alterna com maior frequência a perna de apoio, digita mais vezes no celular, brinca de girar a aliança no dedo —, mas de qualquer forma evidentes. Até aqui, venho fingindo que não estou percebendo nada, em parte por respeito, em parte por querer primeiro entender o que pode haver de tão incômodo em umas conversas gravadas.

A princípio, pensei que o motivo da zanga fosse a dificuldade dele de entender a língua inglesa. Mas tenho achado que não se trata disso e que, talvez, a aflição do Emil não tenha nenhuma relação com os meus *podcasts*. Talvez aquilo que realmente o irrite, por antecipação, sejam as visitas da minha namorada, sempre próximas do fim do expediente e de tal modo imbricadas com os meus *podcasts* que é como se o meu ato banal de ligá-los que a fizesse se materializar diante de nós.

Ela tem aparecido com frequência, sempre sem me avisar. Quando abre a porta, traz um cheiro complexo para dentro da loja. Em primeiro lugar, de protetor solar, que ela aplica várias vezes ao dia, porque o pai morreu de câncer de pele e porque ela tem muitas sardas. Sob o cheiro do protetor, sente-se o acre dos livros velhos, de páginas amareladas, que ela compra em sebos, ou banquinhas de rua, e lê, sublinha e ficha a um ritmo intenso, de mais de um título por semana. E há ainda um aroma de comida arrematando tudo, no mais das vezes de tempero, pois ela prepara o jantar antes de sair de casa e adora alho e cebola, mas um dia ou outro também de alimentos mais suaves e graciosos, como tâmara ou marshmallow, o que me parece um pouco mágico. Sem grandes cumprimentos, ela dispara a falar já enquanto transpõe o curto espaço entre a porta e o aparelho de encordoamento — atrás do qual eu em regra estou entrincheirado —, contando para mim o que aconteceu durante o dia dela. É muito raro que tenha acontecido qualquer coisa digna de nota, ainda mais nos últimos tempos, mas o relato é feito sempre com a mesma alta intensidade. Nunca conversamos sobre o meu dia, e é como se eu não o tivesse vivido. Pois bem: em certo sentido, eu de fato não o vivi.

***

Caoimhe — eis o nome da minha namorada. Ela é americana, nascida em Boston, mas foi batizada com um nome típico irlandês, porque os seus pais eram ambos imigrantes originários da ilha, do condado de Donegal, e ardorosos nacionalistas republicanos. A palavra vem do gaélico, e a pronúncia correta, admiravelmente, é *qüíva*. Quando perguntei se os irlandeses falavam gaélico, ela disse que a última pessoa a dominar por completo o idioma foi William Butler Yeats, e mesmo assim há incerteza, porque entre os vivos não existe ninguém capacitado a testificar sobre a questão.

Eu a conheci no café da boutique francesa Vauquer, que ladeia a minha loja do flanco oposto ao da Cantina Vico — onde, por sinal, o homem de feições asiáticas continua absurdamente a passar as tardes, rabiscando anotações insondáveis no seu caderninho. Ela era uma das atendentes poliglotas da boutique; eu era um frequentador esporádico da sua cafeteria, aonde ia atrás de um cappuccino e, mais do que dele, da experiência invulgar proporcionada pelo local. A boutique, que estava invariavelmente deserta, era decorada com móveis brancos de jeitão futurista: mesas em formato de polígonos estrelados, sofás sem braços descrevendo curvas antiergonômicas, cabideiros que atravessavam o salão em múltiplas direções e se interligavam em uma grande teia. As atendentes passavam carregando roupas impossivelmente coloridas nos braços, e seus rostos, sob as luzes intensas da loja, comunicavam desesperança. Havia um contraste no conjunto, e os seus pontos de contato com a realidade pareciam sob uma pressão magnífica e, entretanto, reconfortante.

A sensação era que aquilo não podia durar muito tempo, mas estava fadado a durar.

Foi num desses dias de cappuccino na Vauquer, em que deixei Emil encordoando uma antiquada *Wilson Pro Staff 95* e assistindo ao terceiro set de Guillermo Coria vs. Gastón Gaudio na final de *Roland Garros* 2004, que conheci a Caoimhe. Eu estava dedilhando o celular à procura de *Pet Sounds*, não o álbum genericamente, mas em particular a música homônima dentro do álbum, para ouvir com os meus fones de ouvido. (Os fones são a minha alternativa para os lugares públicos fechados, onde seria ridículo demais usar óculos escuros. Sem um nem outro, não conseguiria ficar diante de estranhos ou suportar a mera possibilidade de seu aparecimento.) De passagem, ela há de ter espreitado, na tela, a célebre capa do álbum com os integrantes da banda alimentando bodes, pois eu fui surpreendido pela seguinte pergunta, à queima-roupa, quando ouvia os primeiros compassos da melodia havaiana: Brian Wilson ou Mike Love?

Caoimhe vestia o antigo e detestável uniforme das funcionárias da boutique — blusa social branca com colarinho lilás, calça verde e sapato preto imaculadamente engraxado —, mas com uma graça feminina quase implausível, que eu nunca tinha imaginado possível observando suas várias colegas. Os seus cabelos louros estavam repuxados em um coque, e o seu rosto, coberto de alguma maquiagem que simulava um bronzeado. Mesmo sob a maquiagem pesada, julguei avistar a remota sombra de umas manchinhas de sarda nas suas bochechas.

Eu tinha entendido textualmente a pergunta e acreditava ter captado o sentido da alternativa que ela levantava, mas, por reflexo e alguma medida de pânico, eu devolvi somente um Oi? Brian Wilson ou Mike Love? Você é do time de qual deles?, ela insistiu, esmiuçando um pouco a indagação. Enquanto eu raciocinava mal e mal em caóticas direções, notei que a testa dela era um tanto mais comprida do que seria a medida justa; estranhamente, o defeito não deslustrava sua beleza, mas antes a magnificava, pois dava a ela a materialidade das coisas reais. Eu conhecia a história dos *Beach Boys*, mas não o suficiente para tomar partido na rixa entre os primos. De qualquer forma, eu não ia nem a deixar sem resposta nem digressionar sobre a minha falta de conhecimento: nas minhas interações com as pessoas, principalmente as desconhecidas, meu instinto é procurar o caminho mais curto, dentro do terreno da cordialidade, para encerrar o contato o mais rápido possível. Nesse caso, me pareceu que, entre a genialidade e a capacidade gerencial, havia menos risco na primeira opção. Brian Wilson, eu disse, supondo que a opinião dela acompanharia a da maioria ilustrada. Mas não: diante da minha resposta, o rosto dela se contorceu brevemente, como se um filtro de desprezo houvesse por instantes se interposto entre mim e ela. O Brian pode ter talento pra composições, mas no fundo é um fracassado. Eu, pelo menos, já tive experiências demais com o fracasso pra ter simpatia por outro fracassado. Estraguei o ponto alto da minha vida com uma história de fracasso, que nem sequer era minha. A declaração implorava uma interrogação, e, apesar de eu no fundo dispensar detalhes (nunca tive curiosidade sobre o que está próximo de mim), aquiesci por educação: Como assim? Um roteiro rejeitado pelo Larry David, em 1992, ela revelou, me deixando sozinho no café para ir pendurar calças em uma arara do outro lado da loja.

* * *

Dentro de um mesmo dia — não, às vezes dentro de um intervalo de meros minutos, eu oscilo entre dois estados inconciliáveis. Num momento, eu me encontro confortavelmente instalado no presentismo, digamos, que é o estado mais frequente, e sinto como se eu mal tivesse uma história de vida, como se a realidade se limitasse à visão das pessoas anônimas perambulando no calçadão e de uma eventual embarcação riscando o Atlântico. Enquanto estou imerso nesse estado, chego a me sentir feliz. E é exatamente por esse motivo que abomino o presentismo quando sou catapultado, por processos que, pena, não controlo, para o outro estado, inconciliável com o primeiro. Vou chamá-lo, comprometendo a estética em favor da expressividade, de *santo triísmo.*

Nesse estado, minha percepção da vida fica distorcida pela meia década que passei em Santo Trio, um vilarejo nos arredores de Paraty que vi se transformar num dos centros econômicos do estado do Rio. Enquanto perdura a distorção, que geralmente se esvai logo, mas já chegou a se arrastar por semanas, é como se minha infância e juventude tivessem sido uma introdução à catástrofe e meu futuro pós-Santo Trio estivesse fadado a escorrer como um epílogo rememorativo, penitente. Reconstruo, confusamente, tanto trivialidades quanto relances do dia inominável, e também direções emocionais que minha vida tomava no litoral fluminense, e então não estou habitando Cartagena das Índias nem lugar algum. Sou a reverberação labiríntica de um cordão de eventos, embaralhado, alargado e repuxado pela culpa.

* * *

A Caoimhe é cheia de amigos, que surgem na casa dela da mesma maneira que ela surge na minha loja: sem mais nem menos e com a naturalidade de quem tem certo senso de propriedade sobre o território. Não me estranham, mas por outro lado tampouco procuram se aproximar. Alguns vão direto para a varanda, levando consigo um objeto qualquer que encontraram jogado no apartamento: um maço de cigarro, um jornal amarfalhado, uma garrafa de vinho abandonada pela metade. Outros preferem conversar com a anfitriã, para quem contam historietas sobre conhecidos ou propõem passeios em teoria inofensivos. Evito falar com ela sobre os visitantes, mas quando estamos sozinhos ela os menciona com frequência, e sempre no tom mais elogioso. Até a eventual referência a defeitos é cândida: ela os toma com espírito humorístico. Não me preocupo. Não pretendo ficar com ela por muito tempo.

* * *

Um dia, o japa das anotações assíduas, da mesa cativa na Cantina Vico, apareceu sombriamente próximo da frente da loja, deslizando junto às vidraças de um lado para o outro. Nas mãos, tinha a câmera fotográfica de praxe, que ele apontava para dentro da loja, batendo inúmeros retratos. Por alguns instantes, parou diante da porta, segurando a maçaneta redonda cromada. Passava um pouco do meio-dia, e o sol tostava a cabeça do japa, coberta por uma cuia incongruentemente infantil. A sensação era que, se vivêssemos as mesmas circunstâncias dez vezes, em nove o japa empurraria a porta e caminharia loja adentro para revelar o que queria. Mas a vivemos uma única vez, e nessa vez o japa não testou a maçaneta.

Apenas recuou um passo e deu quatro batidas secas no vidro, não como se chamasse alguém, mas como num lance ofensivo dentro de um jogo de forças indecifrável.

***

A primeira pessoa que recomendou que eu partisse de Cartagena foi Gaspar, um mexicano, exilado como eu, que será talvez meu único amigo na cidade. Une-nos o fato de termos fugido de um balneário — o dele beirava as águas do mediterrâneo espanhol — e buscado abrigo neste outro, neste museu colonial cercado por muralhas e fortalezas obsoletas. Desconheço o que o levou a abandonar a Andaluzia, mas presumo que terão contribuído, para a decisão extrema (o adjetivo não é exagerado: é justo), uma grande decepção e uma investigação criminal. Por outro lado, não tenho dúvida de que ele sabe muito bem por que debandei da Baía da Ilha Grande, pois vive fazendo insinuações de todo tipo. As insinuações não me incomodam, porque ele as faz com certa classe — Gaspar tem classe, embora seja uma reles alma pulando de bico em bico. O que me incomoda é a assimetria entre o conhecimento de um e de outro sobre nossas respectivas vidas pretéritas. A verdade é que não posso tê-lo como um amigo.

Segundo me explicou o próprio Gaspar, a recomendação de que eu partisse de Cartagena foi feita com base naquilo que ele chama, empoladamente, pois ele vê graça em ser pretensioso e obscuro, de "a heurística da restrição arbitrária." Perguntei o que significava "heurística", em parte para aborrecê-lo, em parte para testar o seu conhecimento, e, bufando, em tom de deboche, ele disse que eu podia trocar a "palavrinha, meu deus, tão rara e assustadora", por "método", que estava "velha e estropiada, não era um sinônimo perfeito, mas dava pro gasto." A tal heurística vem a ser o princípio que ele usa para guiar a própria vida e procurar a Verdade, ao menos na forma que ela assume dentro das condições banais da existência dele. Que essa heurística seja uma heurística superior, a fórmula suprema para o aprimoramento pessoal, é para ele algo evidente, e muito o pasma que ela jamais tenha sido rigorosamente formulada e distinguida com as honrarias que merece nos anais da filosofia. Ele a inventou (ele diria que "a descobriu") no meio da leitura de

La Disparation, o absurdo romance que Georges Perec escreveu sob a limitação autoimposta de jamais utilizar nem por uma única vez a letra *e*. Gaspar, mais tarde, veio a saber que o romance era um produto do grupo Oulipo, e ficou ainda mais admirado que nenhum daqueles intelectuais tivesse tomado o passo óbvio de estender a aplicação de sua brincadeira literária ao domínio, segundo ele mais nobre e premente, da condução da vida humana.

Por que perguntei a ele, enquanto me distraía desenhando num guardanapo possíveis novos letreiros para a loja, deixar a sua cidade de tempos em tempos é uma heurística digna, que você aprova, mas o seu oposto, o desafio mais duro de permanecer num mesmo local por décadas, ou talvez por toda uma vida, é o esconderijo dos perdedores?

O rosto do Gaspar jamais expressa sentimentos, e é incerto se ele tem o dom de reprimir qualquer manifestação física de suas emoções ou se de fato não sente nada. Entre mim e ele, que mirava meus desenhos impassivelmente como se não tivesse ouvido minha pergunta, transcorreu uma medida incalculável de tempo. Por fim, ele disse, em tom catedrático:

Continuar é o contrário de restringir. Restringir é limitar, delimitar, cortar. E acrescentou, como se pensasse alto: e eu gosto de cortes.

* * *

Um início de tarde, quando andava à beira do mar, deparei com a Beatriz, minha ex-namorada de Buffalo, vindo na minha direção. Nós não nos encontrávamos há uns nove ou dez anos, e ela abriu um sorriso radiante para mim. Eu tentei, tentei, mas não consegui sorrir de volta. Pelos caminhos sinuosos da memória, vê-la me fez lembrar do rosto e da voz de pessoas que eu tinha perdido, em Santo Trio, para a eternidade.

É à Beatriz que devo a ideia de montar a loja de encordoamento na orla da praia. Na época em que cheguei a Cartagena, ela me arrastava para frequentes passeios pela cidade— passeios durante os quais minhas únicas preocupações eram me apresentar para ela como um sujeito normal e comum e, contraditoriamente, examinar o meu entorno, em busca de indícios de que alguém estava reconhecendo a minha figura —, porque queria me convencer de que a cidade era linda e de que eu seria feliz se me instalasse em Cartagena em definitivo. Num desses passeios, ela comentou, jogando conversa fora, que os planos que ela guardava para o futuro tinham sido inesperadamente subvertidos, no fim de semana anterior, por uma crônica que lera no *FT Weekend*.

A crônica, assinada por um jornalista e escritor americano, relatava uma história pessoal que, em si, não continha nada de novo ou original. O homem contava que, ao se aposentar das redações, resolveu se desfazer de seus bens na Inglaterra, onde construíra carreira, e se fixar em Sydney, por motivos de praia e língua inglesa. Seu plano principal era passar os dias a escrever ficção, testando um punhado de argumentos e motores narrativos que sua mulher sempre qualificara de insensatos, mas nos quais ele acreditava; seu plano secundário era eventualmente produzir, de medeio, para a imprensa britânica, matérias autobiográficas ou sobre o modo de vida no Pacífico, o que faria como se comprasse uma apólice de seguro, como se de muito longe apontasse uma lanterna sobre o Reino Unido para não deixar que seu nome se apagasse nas ilhas distantes. Mas o plano fracassou. Na ficção, sentiu-se hesitante, inepto; para o jornalismo, descobriu-se cansado. Vagou longamente, então, acompanhado da mulher, pelas ruas de Sydney, cogitando outras terras e outras serventias para o seu tempo. Como tantos outros homens, achou seu destino diante do mar. Havia uma livraria à venda na avenida da praia, e ele a quis para si. Imaginou-se atrás de um balcão, escolhendo criteriosamente, para as estantes apertadas da loja, novos títulos, e usando para tanto o único método possível — lendo as obras de capa a capa, fossem antigas ou recém-publicadas. Assim fez e viu-se feliz ao longo dos lentos anos, mesmo sabendo que suas economias estavam sendo pouco a pouco consumidas e dilapidadas na sustentação daquela rotina indolente. A coluna no *FT* foi escrita quando o homem se sabia próximo do fim, e a mensagem que ele queria transmitir nas páginas do jornal era a de gratidão pelos últimos anos de paz entre os muitos livros e os poucos, mas queridos clientes. É uma história comum, Beatriz disse o óbvio, depois de me contar o caso no ano da minha chegada a Cartagena, mas veja bem: mesmo assim o *Financial Times* publicou o texto. Isso significa que ele guarda uma verdade que mesmo as elites intelectuais costumam esquecer. E acrescentou: eu vou montar a minha loja quando chegar o momento certo, é fato; antes de completar, depois de uma pausa: e eu acho que talvez o seu momento já tenha chegado. É só uma questão de decidir o ramo.

Disso segue que algo certamente havia mudado dentro dela na quase década em que ficamos sem nos encontrar, porque uma das primeiras coisas que ela me perguntou, ao me ver na praia, foi: como é que você passou o ponto daquela loja maluca de encordoamento? Nesses anos, eu vim acompanhando com perplexidade a sobrevivência da lojinha. Algumas vezes, eu ousei chegar perto da vitrine, e via sempre só um homem moreno olhando para a televisão. Em volta dele, ninguém, tudo deserto. Quem é ele? Você sabe? Quando lhe elucidei a realidade, ela me olhou com fascínio e pareceu estudar meu rosto como quem estuda um objeto extraordinário. Sucede que ela imaginava que eu há muito tinha partido de Cartagena. Eu quis saber o porquê e pressionei por uma resposta, o que surpreendeu até a mim mesmo, mas ela ficou reticente, obstinadamente reticente. Deixamos a praia e o assunto para trás e, sem nenhuma decisão consciente de nossa parte, fomos levados a repetir um dos programas que tanto fazíamos em Buffalo e também na própria Colômbia, quando aqui retomamos nossa convivência: assistimos a um filme no cinema (se não me engano, o enredo girava em torno da viagem de um detetive particular para uma cidade no Alaska em pleno verão, quando o sol não se põe; incapaz de pegar no sono, o detetive enfrentava dificuldades invencíveis para concluir sua investigação) e de lá fomos tomar drinques. Bebericando um *mojito*, Beatriz comentou que, apesar do que tinha dito mais cedo, continuava com vontade de ter um bar — pensei com meus botões que ela, economista com passagem pelo mercado financeiro, via o mundo como um rateio de portfólios e propriedades, em que é sempre possível melhorar sua posição. Por esse caminho, o papo acabou desembocando, outra vez, no caso do dono da livraria em Sydney, contado por ela tanto tempo atrás. Ela indagou se eu me lembrava de uma estranha e dúbia passagem da crônica, em que o autor dava a entender que, na verdade, tinha sim passado os dias na Austrália escrevendo. A questão era que ele não escrevia para publicar; ou melhor, escrevia para publicar um único exemplar do seu manuscrito, impresso artesanalmente pelo próprio autor e depositado sub-repticiamente por ele entre os tomos da própria livraria, como se fosse apenas mais um entre os indistintos títulos à venda. As obras, dizem, corporificavam projetos tão diversos quanto versões de clássicos da literatura modificados para efeito dramático ou aprimoramento estético, biografias apócrifas de personalidades da política e das artes, tratados históricos sobre povos e guerras que nunca existiram. Não se tem notícia de quantos manuscritos foram produzidos, mas se sabe que não haverá novas adições à coleção misteriosa. O dono da livraria, afinal, morreu, e sua esposa e herdeira vendeu o negócio para regressar à Inglaterra. Isso deu origem a outra questão obscura, que talvez seja a definitiva: ninguém pôde apurar o que foi feito do acervo bibliográfico. No lugar da livraria, os pedestres encontram hoje uma loja de artigos esportivos.

A Beatriz me contou o misterioso desfecho desse caso literário, e o único comentário que me ocorreu fazer era um comentário filisteu. Eu disse que o que estava por trás do interesse dela na história era o desejo de ter a propriedade sobre algum daqueles exemplares, porque bens raros costumam ser ativos valiosos. Pedro, você é melhor do que isso, ela respondeu, brava. Tentei consertar dizendo que, na minha loja, ludibriamos os clientes, no máximo, na tensão das cordas, que o Emil costuma apertar com mais intensidade do que o solicitado. Ouvindo isso, Beatriz fez que não com a cabeça com certa convicção. No seu caso, ela logo explicou, não é você que pode tramar contra os clientes. São os clientes que podem vir a te derrubar. O garçom veio trocar nossos copos de *mojito* vazios pelas xícaras de café com leite que eu tinha pedido, mas não ela não esperou que ele se afastasse para emendar: Pedro, vende essa lojinha e vai embora de Cartagena.

****

Emil e eu — ele a contragosto — ouvíamos um filósofo e um psicólogo americanos conversando sobre a morte. Era uma sexta-feira, o dia de maior movimento na loja, se é que tenho o direito de usar a expressão. Tínhamos entregado meia dúzia de raquetes para jogadores de fim de semana, o que sempre criava um esdrúxulo e absolutamente injustificável senso de desesperança entre nós dois.

A verdade é que estávamos bem acostumados com o marasmo, a verdade é que prosperávamos dentro do seu conforto fácil, porque era essa a nossa natureza — embora jamais fôssemos admitir isso nem para nós mesmos. Bastava, entretanto, qualquer movimento acima do normal, qualquer entra e sai, que se estilhaçava nossa ilusão de imobilidade, trazendo a incômoda memória da máquina do mundo. Foi nesse estado de espírito que eu tinha ligado o *podcast*, logo depois de encerrada a última partida de quartas-de-final de um *challenger* em Gênova. Não lembro quem jogava.

O filósofo e o psicólogo procuravam isolar o problema fundamental da morte, isto é, o que torna a morte um evento temido e essencialmente trágico. Apresentando e endossando as ideias do pensador americano Thomas Nagel, postulavam que a resposta é simples: ao falecer, perdemos a experiência de estar vivo, a percepção da passagem do tempo e do nosso lugar dentro do seu curso. O que se perde, assim, é um valor presente e absoluto — as sensações biológicas, racionais e emocionais que o fato de estar vivo implica e desperta no ser humano —, e por isso o infortúnio da morte tem a mesmíssima dimensão em todo caso, não sendo menor para quem parte já muito idoso, por exemplo. Se havia consciência, havia a graça de se experimentar a vida, e isso é o que basta para dar à morte a sua brutalidade comum. Ninguém jamais "viveu o bastante" nem "mereceu ter tido esse fim", como às vezes se gosta de dizer.

Não creio que havia nada de muito profundo nessas observações, que são conhecidas por todos os homens, embora nem todos compartilhem da visão materialista em que elas se inspiram. Para minha surpresa, notei, entretanto, que o Emil estava tentando segurar o choro, sentado atrás do balcão sobre o qual enfileirávamos tubos de bolas *Wilson US Open*. Apertei o botão de pausa, e ele cruzou os braços sobre o balcão e apoiou a testa sobre eles, derrubando uma dezena de tubos, que saíram rolando pelo chão. A situação era banal (há alguma situação que não o seja?), mas dentro do conjunto mais amplo da personalidade do Emil e do relacionamento que nós mantínhamos, adquiria certo grau de gravidade — ou, quando menos, de novidade. Interpretei tudo como uma espécie de declaração muda, a primeira que ele fazia desde que o conheci, mas eu não soube decodificá-la. A começar porque eu supunha que ele não dominava o inglês. Não sei se devo ir tão longe a ponto de dizer que pensei em perguntar a ele o que se passava, mas é certo que senti um tipo particular de desassossego dentro de mim, um desassossego, digamos, inquisitivo. Que, entretanto, não demorou a se esvanecer e sumir, pois a Caoimhe logo empurrou a porta e cruzou a loja, saltando os tubos de bolas espalhados pelo chão com toda a naturalidade, como se eles sempre tivessem estado ali. Ela me disse que tinha feito uma nova amizade, com um jornalista, mas não deu muitos detalhes; nem eu teria interesse em conhecê-los.

* * *

Na noite em que encontrei e saí com a Beatriz, fiquei com a sensação de ter visto a Caoimhe e o japonês do caderninho conversando em frente à Cantina Vico. A rua da praia estava lotada, e a Beatriz e eu avançávamos laboriosamente entre colombianos e turistas na direção da minha loja, que ela queria rever. Durante a caminhada, a Caoimhe e o japonês — ou dois desconhecidos que eu tomava por eles — desapareciam e ressurgiam atrás da pequena multidão (não exagero: Cartagena tem estado insuportável) em pontos ligeiramente diferentes. A impressão, algo irreal, era a de uma dança ou de uma brincadeira, na qual competia a mim localizá-los em sucessivas rodadas, até que chegasse tão perto a ponto de poder surpreendê-los em flagrante. Eu não sabia o que faria então, nem pude descobrir: quando a Beatriz e eu alcançamos a porta da loja, tudo indicava que eles haviam escapulido de vez.

Não permanecemos mais do que alguns minutos dentro da loja, cujo cheiro de "fiapo de bola de tênis", disse a Beatriz, dava-lhe enjoo. Ao sairmos, avistei novamente a mulher de cabelos louros e o homem de cuia preta, os dois agora bem perto do mar, molhando os pés. Estivesse sozinho, eu teria ido até lá, mas eu nem sequer havia dito para a Beatriz que eu tinha uma namorada, e estava cansado demais para contar uma novidade dessas.

* * *

O Gaspar acha que devo confrontar a Caoimhe sobre o encontro dela com o japonês das anotações. Segundo ele, um escritor holandês de ficção científica, com quem ele jogava sinuca em um bar de Trento, nos anos 90, morreu em circunstâncias parecidas com aquelas em que eu estou metido. Desterrado porque ofendera a opinião holandesa em algumas crônicas despretensiosas e infelizes publicadas em um jornal de Amsterdã, o autor, dono de uma obra insignificante, escondera--se nos Alpes italianos para repensar o futuro, talvez arriscar outros gêneros com pseudônimos, talvez dar aulas de inglês para crianças, talvez tentar multiplicar o pouco dinheiro que tinha investindo em ações e títulos públicos no terceiro mundo. Lá, em Trento, acabara se apaixonando por uma sul-coreana, que primeiro o fizera feliz, depois lhe trouxera apreensões crescentes. Pouco antes de morrer, sentado ao balcão de um bar e olhando com indiferença um jogo de sinuca (já não mais queria jogar), o holandês dissera ao Gaspar que notava um sombrio paralelo entre o comportamento da namorada e uma sub-trama de um de seus romances. O holandês não desejava contar nada além disso, mas Gaspar insistiu em saber como a história terminava, e o amigo afinal respondeu, com um sorriso frio, que tivesse um pouco de paciência, pois o desfecho seria revelado em breve na imprensa de Trento. Dias depois, foi noticiado o suicídio do escritor holandês. Como é de praxe, iniciaram uma investigação para apurar o caso; em seu curso, foi-se formando a convicção de que o autor não tinha se matado, de que, na verdade, sua namorada sul-coreana o tinha assas-sinado e manipulado as circunstâncias para que tudo parecesse um suicídio. Assim foi feita a acusação. Em sua defesa, a sul-coreana ale-gou uma tese espetacular, baseada em dois elementos. O primeiro não era incomum, nos atrozes anais dos crimes violentos: fora o holandês que orquestrara seu suicídio de tal maneira a induzir os promotores a aprofundar o inquérito e inevitavelmente chegar à conclusão, se-guindo pistas falsas e bem plantadas, de que sua namorada o matara, simulando um suicídio. O segundo elemento era inverossímil, fan-tástico, e transformava o caso num macabro exercício literário: o ho-landês seguira, na vida real, a exata sequência de atos praticados pelo personagem de um de seus medíocres romances, com o fim de incri-minar sua namorada; no livro, assim como em Trento, promotores e delegados alteraram suas opiniões durante as investigações, passando por fim a acreditar na culpa da namorada; esta alegou inocência, e coube ao júri decidir. A partir daí, a realidade divergiu da ficção. No romance, o júri inocentou a namorada; em Trento, a sul-coreana foi condenada. Gaspar me instruiu a tirar minhas próprias conclusões.

Antes de apontar o que me parecia óbvio — que a história não tinha nenhuma relação com a situação em que eu me encontrava —, observei que a lógica não admitia que o holandês tivesse enxergado, no comportamento da coreana, a reencenação de atos que só o próprio autor do suicídio poderia praticar. A não ser que o holandês estivesse se referindo a outro livro ou a trecho diverso do mesmo livro. De qualquer forma, ressalvei, isso tudo é uma bobagem. Não sou autor de nada, nem... acrescentei sem nenhuma convicção, nem estou lidando com assassinos. Gaspar respondeu que o princípio subjacente aos dois casos estava me escapando. A morte do holandês, ele disse, podia ser vista como a correção de um destino literário; e a minha poderia ser vista como a correção de uma injustiça factual: não eram poucos os que acreditavam que a explosão em Santo Trio devia ter me levado junto (era a primeira vez que ele indicava sem meias palavras que conhecia o meu passado). E talvez você não seja capaz de ver o que está acontecendo agora, ele concluiu, porque o seu ponto de observação não permite; isso te leva a construir uma sequência de eventos errada, assim como o holandês talvez estivesse recordando o livro errado.

* * *

A Caoimhe e eu conversamos longamente sobre o tema da memória. A noite caía, e estávamos sentados à varanda da casa dela com as luzes apagadas, para não atrair os cupins. Tínhamos dividido uma garrafa de Malbec no jantar, e a Caoimhe estava quieta, com moleza. Comentei, pensando alto, que naquele dia um sujeito com bronzeado permanente e o braço esquerdo hipertrofiado tinha entrado na loja carregando uma meia dúzia de raquetes. Era óbvio que se tratava de um tenista profissional, talvez ainda em atividade, mas eu não conseguia lembrar quem era. Ele falava espanhol como um nativo, mas não me pareceu que fosse colombiano; talvez chileno ou equatoriano — ainda não sou capaz de distinguir os sotaques dos cucas, e creio que nunca serei. Ele iria buscar as raquetes encordoadas dois dias depois, e eu teria então uma segunda e possivelmente derradeira chance de recordar sua identidade. Contei, como poderia não ter contado, essa historieta irrelevante, e com isso precipitei uma inesperada conversa sobre a capacidade de recuperar o passado.

Se bem que a palavra "conversa" talvez não expresse com exatidão o que se passou. Depois de secamente comunicar que o tenista em questão era de fato equatoriano, o que disparou dentro de mim uma enxurrada de questões que eu presumia que jamais seriam respondidas, Caoimhe pediu que eu imaginasse uma grande estrutura, tanto fazia se aberta ou fechada, que contivesse inumeráveis portas ou se dividisse em inumeráveis unidades. Como um edifício, como uma favela, como uma vila de chalés, como um palácio. Mas antes que eu conseguisse avaliar as opções, ela sugeriu que eu escolhesse um vestiário, composto por um longo corredor de azulejos brancos pontilhado de ambos os lados por uma sequência numerada e alternada de portas. Abrindo uma dessas portas, a de número 1, nós guardaríamos aquele tenista equatoriano sem nome. Abrindo a de número 2, guardaríamos um outro tenista qualquer, e ela ficou esperando que eu nomeasse alguém. David Nalbandian, eu disse, e prosseguimos mentalmente abrindo portas e colocando dentro de pequenos cômodos individuais Guillermo Villas, Franco Squillari, Juan Ignacio Chela e outros jogadores argentinos. Chegamos até a porta 27 e dali resolvemos caminhar de volta para a de número 1, para reabrir as portas uma a uma e rever quem tinha sido guardado atrás de cada uma delas. Errei o dono da porta número 4, e a Caoimhe disse que eu deixasse o vestiário se desintegrar dentro da minha mente.

Juntos, construímos outras estruturas — um prédio de escritórios, onde cada sala acomodava empresários que eu tinha conhecido ao longo da vida; um terminal de aeroporto, onde cada portão conduzia a uma viagem que eu tinha feito; uma prisão, onde cada cela trancafiava uma recordação que eu preferiria esquecer. A noite já era profunda quando tentávamos acrescentar celas à minha penitenciária da memória, e gritos da juventude e a distante melodia de um bambuco subiam das ruas e resvalavam a varanda. Caoimhe estava sentada e me olhava de um jeito avassalador, enquanto eu procurava dissabores dentro de mim e, estranhamente, não achava nada. No esforço dessa busca, perdi contato com a prisão, que desmoronou. Exausto, eu disse que preferia parar, mas a Caoimhe retrucou que não, não antes que ela pudesse demonstrar o que era uma estrutura imaginária "realmente majestosa e funcional".

Assim comecei a subir os degraus de mármore de uma larga escadaria, cuja base partia de um gramado esplêndido e cuja extremidade tocava o céu azul intenso em um ponto inavistável. A cada vinte e cinco degraus — a Caoimhe tinha vinte e cinco anos quando começara a imaginar a escadaria —, dávamos com uma cavidade, uma espécie de incisão escura que vazava o mármore marfim. De um lado e de outro da cavidade, sobre as duas balaustradas laterais da escadaria, notavam-se florões esféricos, de ouro maciço, onde estava gravado o número correspondente à cavidade em algarismos arábicos. Não entramos na primeira cavidade, nem na segunda, nem nas vinte e quatro seguintes. A Caoimhe queria me levar diretamente para a de número 27. Desse ponto, em frente à fenda soturna, olhei para cima, consultando Caiomhe se já era possível divisar a conclusão da escadaria; ela me respondeu negativamente, explicando, primeiro, que eu devia imaginar as balaustradas deslizando sem fim pelo céu azul, duas setas avançando severamente em sua trajetória ascendente; e comunicando, em seguida, com certa irritação, que a mim não seria dado conhecer o ponto onde a escadaria "se dissolvia no futuro em criação". Caminhamos para dentro da cavidade número 27, e pude entender, então, por que a Caoimhe chamava as incisões pelo termo muito mais digno de "câmara" — *chamber*. A entrada sombria escondia um salão largo, repleto de ilhas fracionadas por divisórias em tons pastéis; dentro de cada cubículo, viam-se funcionários trabalhando, a maioria digitando em computadores, alguns ao telefone, outros matutando com expressões conturbadas. Acompanhei a Caoimhe em direção a um dos cubículos que estavam desocupados, que presumi ser o dela: víamos, trabalhando no cubículo, uma versão alguns anos mais jovem da minha namorada. Algo no jeito com que ela folheava uma pilha de papéis impressos não parecia bem, no entanto. Uma folha acabou prendendo a atenção da jovem Caoimhe, que retirou o documento da pilha e o levou até a fotocopiadora. Restituído o original ao cubículo de origem, atravessamos o salão até o lado oposto, passando por uma comprida mesa de madeira e por uma fileira de salas, todas com as portas fechadas. A jovem Caoimhe se sentou, por fim, em um segundo cubículo, e passou a digitar furiosamente diante do computador. Logo saímos dali, com uma folha impressa em frente e verso, e fomos bater à porta de uma das salas que ladeavam o salão.

Quem a abriu foi Larry David. Ele tomou a folha entre as mãos, circulou algumas palavras, fez um ponto de interrogação, anotou uma observação à margem e devolveu a lauda, dizendo nada mais do que *OK*. Voltamos para o cubículo, onde a Caoimhe recolheu todos os seus pertences, jogando-os dentro de uma mochila. Cruzamos novamente o salão, até regressarmos à escadaria. A Caoimhe revelou, então, que a mensagem que o Larry David rabiscara na sua proposta de episódio continha um aviso, seguido de um agradecimento: já vimos o bastante do seu trabalho, obrigado. Era a famosa e temida senha. Semanas depois, um amigo em comum viria a contar para ela que o roteirista de quem ela roubara o argumento rejeitado também tinha recebido a senha, com uma formulação distinta e degradante: já vimos o seu trabalho antes, no trabalho de um colega, obrigado.

Feita essa revelação, tornamos a subir as escadas e entramos em mais um punhado de câmaras, dentro das quais a Caoimhe me orientava a imaginá-la cometendo outras indignidades. Nada me pareceu muito grave, e me convenci de que, vigorando um sarrafo tão rasteiro, era natural que as câmaras se contassem nas casas das dezenas ou talvez das centenas. Pensei, por outro lado, que Caoimhe possivelmente estava me levando apenas para os pecadilhos inofensivos, e que o fato de a sequência ser cronológica tornava impossível adivinhar onde estariam guardados os principais esqueletos. Cansamos, e a Caoimhe se atirou da escadaria e mergulhou no céu azul; eu não quis ser tão dramático: simplesmente me concentrei na distante melodia do bambuco, que continuava a se esgueirar na noite, e deixei que ela me içasse de volta à Calle de la Iglesia.

A Caoimhe real veio deitar no meu colo. Senti que me cabia fazer algum comentário, exprimir alguma opinião sobre a experiência conjunta que ela tinha acabado de reger, ainda que fossem palavras fingidas. Disse, por fim, que eu provavelmente teria ficado encantado com a técnica se tivesse sido apresentado a ela tempos atrás, e me dedicaria com rigor, em tardes ociosas no gabinete, a organizar as minhas memórias nesses palácios do passado; mas que, hoje, o exercício me parecia desnecessário, redundante: eu já vivia dentro de uma galeria de recordações infames, que preservava minúcias e detalhes e prescindia de aprimoramentos. Dela, saía apenas para contatos sem substância com o presente, onde gostaria de permanecer, mas do qual eu sabia e aceitava estar banido. A Caoimhe, de olhos fechados, respondeu com um *OK* lânguido, que por uns instantes acreditei que poria fim, e um fim graciosamente suave, à nossa conversa. Porém, enquanto eu fazia carinho na testa dela, a Caoimhe decidiu acrescentar: o problema de não proteger a sua memória, de não colocar as suas recordações dentro de uma estrutura ordenada e acessível, é facilitar a invasão dos bárbaros. Diante de um terreno descampado, eles vêm, levam o que querem e inventam uma realidade paralela sobre o que nós vivemos. Eu pensei no verbete da Wikipédia em que eu figurava indecorosamente, nas inúmeras reportagens que foram escritas sobre a tragédia em Santo Trio, e refleti que qualquer tentativa de controlar a percepção do passado era inútil — se não em todos os casos, pelo menos certamente no meu. Eu já tinha decidido que não falaria mais nada e deixaria as ideias da Caoimhe ficarem sem contestação, mas antes mesmo que eu tivesse a chance de dar uma palavra, ela acrescentou: e o bárbaro vai ter uma coisa que os observadores externos não têm: a autoridade de quem conversou com o próprio dono das memórias. Qualquer pessoa pode ser um bárbaro, e ela pode chegar a qualquer momento. Se você não tem um palácio da memória, talvez não consiga reconhecer que alguém apareceu para pilhar as suas recordações. Depois disso, a Caoimhe dormiu, enquanto eu concebia vagas estruturas imaginárias e as descartava, por preguiça e por desalento.

* * *

Dali a alguns dias, entrou na loja um casal de brasileiros. Soube que eram brasileiros assim que arriscaram perguntar, num castelhano de constranger — a moça tomando a iniciativa, o rapaz vindo em seu socorro e cometendo erros diferentes, criativos até —, sobre o tipo de corda recomendável para quem estava voltando a jogar depois de muito tempo parado. Minha reação automática, irrefletida, foi a de responder com o espanhol mais escorreito que eu podia alcançar, que talvez, eu pensei, fosse o bastante para tapeá-los. Enquanto eu argumentava em defesa do *nylon*, entretanto, percebi que o Emil me olhava do canto dele como se eu estivesse praticando uma abominação — depois de tantos anos de convivência, ele reconhece o portunhol tão bem quanto eu. Além disso, algo no jeito com que o casal me observava falando (a testa franzida, como sempre a testa franzida) me sugeria que eles adivinhavam alguma estranheza. Assim, cedi preventivamente — Pessoal, por acaso vocês são brasileiros?—, afetando simpatia. Seguiu-se a conversa de praxe entre compatriotas expatriados, e fizemos consultas recíprocas sobre o que nos tinha trazido a Cartagena, há quanto tempo morávamos aqui, o que achávamos da vida na cidade e no país. Durante esse breve diálogo, em que eu disse a verdade de uma maneira imprecisa o suficiente para não entregar minha identidade, julguei não apenas que a testa deles continuava franzida, como também que uma apreensão nova tinha eclodido entre o casal, aparente sobretudo na expressão do rapaz. E foi mesmo ele quem, aceitando minha recomendação do *nylon* e cantando um algarismo absurdo para a pressão das cordas (18 libras?), me entregou o par de raquetes e deu a mão à moça para tomar o rumo da porta. Antes de abri-la, ele ainda se desculpou pela pressa, dizendo, num tom quase arrependido, que um amigo estava aguardando o casal ali do lado.

Eu os vi andar na direção da Cantina Vico, mas não me deixei rebaixar ao nível da minha curiosidade e não fui até a frente da loja para tentar surpreender o encontro com o amigo, para conferir se ele de fato existia e quem vinha a ser. (Reprimir minha curiosidade mais rasteira é o meu exercício predileto de autocontrole.) O que fiz foi olhar para o Emil, em busca de um sinal de que ele também havia achado o par no mínimo esquisito e, mais precisamente, suspeito. Foi em vão: o Emil estava compenetrado na partida entre Jimmy Connors e Vitas Gerulaitis no *Masters* de 1979 e, entre os pontos, digitava mensagens em romeno no celular. Apesar disso, talvez justamente por causa disso, quis-lhe bem.

Decidi fechar a loja mais cedo e convidar o Emil para bater bola no *Complejo de Raquetas*. Não me lembrava de jamais ter fechado a loja antes do horário normal, por certo nunca tinha convidado Emil para nada (mal tínhamos conversado sobre qualquer assunto) e li, no seu rosto inerte, a batalha silenciosa, atônita que o meu único funcionário travava para dar um sentido ao que estava acontecendo. Não esperei que ele me respondesse, nem sei se algum dia ele me responderia. Pelo menos eu não ignorava que ele sabia jogar tênis, porque essa tinha sido uma das poucas perguntas que eu tinha feito a ele durante a entrevista de emprego, anos atrás. Enquanto Vitas

Gerulaitis sacava em 6/5 no primeiro *set*, puxei duas raquetes encordoadas que esperavam há meses que seus donos as buscassem, peguei dois pares de roupas e de tênis no nosso restrito estoque de produtos e pus sobre a mesa do Emil a metade que lhe cabia. Fui primeiro me trocar no único toalete da loja e, ao voltar, constatei que o Emil estranhamente também já vestia bermuda e camiseta e, agachado, amarrava os sapatos. Gerulaitis tinha uma quebra de saque de vantagem no segundo *set* quando saímos da loja.

À mesa cativa na varanda da Cantina Vico, o japonês das anotações estava debruçado sobre o seu caderninho, rabiscando uma infinidade. Quando nos viu trancando a porta da loja, ele estacou no meio de uma frase — não podia haver dúvida quanto a isso, não importava a distância — e procurou encontrar uma maneira de largar o lápis e pegar a câmera fotográfica que parecesse espontânea e natural. Tudo tomado dentro de suas devidas proporções, era um daqueles pequenos lances dramáticos, em si irrisórios, que põem às claras os termos de uma relação. Mesmo, ou talvez principalmente, os termos de uma relação inexistente, como a que então ligava o japonês a mim. Certa sensação de superioridade quis insuflar o meu ego, mas imediatamente me vi lutando contra ela, a reação treinada de quem sabe que só se sente confortável na condição de derrotado. Lutei, mas dessa vez não com muito afinco: minha impressão geral era que não havia lugar para mim no mundo, nem entre os brasileiros, nem entre os expatriados, e supus que uma vitória ligeira era uma distração justa para quem se dirigia para um beco sem saída. É verdade que eu podia fazer o que bem entendesse, fosse algo inofensivo como fechar o meu estabelecimento comercial num horário incongruente, fosse coisa pior; é verdade que o japonês se via forçado a evitar que eu percebesse que ele vinha monitorando os meus passos, por mais evidente que isso fosse àquela altura; mas essa dinâmica, que me colocava acima dele em termos de poder, periclitava se inverter a qualquer momento, trazendo o que eu pressentia ser o meu fim. Enquanto esse momento não chegava, decidi deixar tudo estar, inclusive minha provisória sensação de superioridade.

Olhando em volta, constatei que, para lá da Cantina, não muito ao longe, o casal de brasileiros caminhava a sós, perto da areia. Seguimos, Emil e eu, no sentido oposto. Eu tinha resolvido que íamos a pé para o *Complejo de Raquetas*, palmilhando sem pressa a dezena de quilômetros até o clube. Era um daqueles dias em que o calor de Cartagena dava ao ar um caráter rarefeito, um tipo de leveza que subtraía da vida a perspectiva temporal. Avançando pelas ruas de pedra, Emil e eu não tínhamos passado, e nosso futuro não espichava além da partida próxima nas quadras de cimento do clube. Partida que, por sinal, venci, e por um placar tão elástico que, a certa altura, paramos de contar. Emil tinha dificuldades no *backhand*, que ele batia invariavelmente com um *slice* sem força e sem efeito. Isso quando ele não conseguia fugir para usar a direita, o que tentava fazer em todas as oportunidades. A direita dele era um golpe bonito, plástico até, mecanicamente falando, mas não era muito efetivo. O principal problema não era nem a falta de treino, embora fosse evidente que o Emil estava sem prática, mas o estilo de jogo dele, agressivo demais. Emil buscava o *winner* em quase todas as bolas, mas jogava na rede ou errava as linhas na maior parte das tentativas. (Tive aí, aliás, mais uma confirmação do princípio segundo o qual somos na quadra o que não podemos ser fora dela.) Forçando o *backhand* do Emil e aproveitando, quando necessário, o descampado que se formava do lado da direita dele para fechar o ponto, venci. O Emil não deu a mínima.

No clube, estava acontecendo um torneio juvenil, e Emil e eu nos sentamos no bar para assistir aos jogos tomando *mojitos*. Na quadra logo em frente, dois meninos da categoria 11-12 anos disputavam um segundo *set*. Um deles, que usava uma *Babolat* vermelha, era claramente mais talentoso do que o outro: conseguia alternar a velocidade e o efeito dos golpes e, portanto, tinha a capacidade de ajustar sua estratégia de acordo com as dificuldades específicas impostas por seu adversário. Nessa partida, entretanto, seus ajustes não redundavam em nada, e ele estava fracassando. Sua raquete era arremessada ao piso a cada game perdido, e o *grip* branco já estava encardido de saibro. Do lado oposto da rede, o outro menino, de bandana azul e amarela da Diadora, tinha um jogo pobre, mas indefectível: devolvia todas as bolas com balões seguros, cheios de *top spin*, que quicavam religiosamente depois do T, no centro da quadra. Eu sabia, por experiência própria, que esse era o estilo de jogo invencível no tênis juvenil. Eu tinha jogado torneios pela federação do estado do Rio e nunca tinha ido além da décima quarta posição

— quando estava na categoria 13-14 anos — em parte por causa do paredão dos balonistas. Eu me solidarizei com o menino da *Babolat* e pensei em oferecer a ele uns encordoamentos de graça na loja, como prêmio de consolação. Comentei a ideia com o Emil, que não quis opinar.

Decidi esperar o fim do jogo. Emil e eu dividíamos uma porção de empanadas ridiculamente gordurosas, que empurrávamos para dentro com a ajuda dos *mojitos* e de uma *lager* local indeterminada, que eu achei prudente pedir para tomarmos como *chaser*. Nas mesas ao redor, víamos, basicamente, crianças, adolescentes e aposentados. Só quando a noite começasse a cair, o que aconteceria em breve, surgiriam os primeiros engravatados e as primeiras mulheres de salto alto, carregando mochilas até o vestiário. Aí as coisas começariam a adquirir um caráter de vida real, de funcionalidade, de cálculo; por enquanto, no bar, o que predominava era aquele espírito de comunidade, de imediatismo, de certo descaso, que só aqueles que ainda não podem querer nada ou que já não podem querer nada conseguem sustentar.

A partida dos juvenis terminou. Seu desfecho correspondeu, no essencial, ao roteiro que eu antevia. No *match point* contra, o menino da *Babolat* vermelha preferiu não forçar o primeiro saque, colocando um quique alto, aberto, na esquerda do adversário. Havia bom juízo nessa escolha, mas, na bola seguinte, o menino deu mostras de toda a sua inconsistência tática e deixou claro por que sairia derrotado: a devolução veio alta, funda, cheia de efeito, um perfeito balão defensivo, mas o menino, mesmo naquele momento crítico, mesmo desequilibrado e caindo para trás, decidiu tentar uma direita chapada, de fora para dentro, para matar o ponto. A bola acertou o corredor das duplas, e estava tudo acabado. O menino foi lentamente até a rede apertar a mão do adversário e, cumprida essa formalidade, se descontrolou. Chorou, gritou palavrões e ofensas contra si próprio e jogou várias vezes a raquete no chão. Ainda chorando, ele saiu da quadra com a raqueteira no ombro, e eu notei que um homem se aproximava do menino e tentava abraçá-lo. Presumi que era o treinador ou o pai. Avisei ao Emil que ia até eles para oferecer os encordoamentos de graça, e o romeno assentiu com a cabeça, em silêncio.

Quando cheguei perto deles e lhes dirigi a primeira palavra de cumprimento, o menino, envergonhado, afundou a cabeça no peito do homem, que logo se apresentou como o pai. Expliquei que era dono de uma loja de tênis à beira da praia, em Bocagrande, e que queria patrocinar o filho dele, oferecendo modestos encordoamentos gratuitos até o fim da temporada de torneios juvenis. O pai me olhou com uma expressão perplexa, talvez horrorizada, e imediatamente me arrependi de ter feito a oferta. Atrás de nós, vi que o Emil bebericava seu *mojito* enquanto mexia no celular, e quis voltar para lá. Pedi desculpas ao pai, dizendo que eu podia notar que não era o melhor momento para conversar sobre o assunto. E estendi a ele um dos meus cartões de visita, que ele pegou com desconfiança. Ao ler o meu nome, entretanto, tudo mudou. Pedro Lourenço, ele ficou repetindo, várias vezes, num tom pensativo e com uma pronúncia em português bastante decente.Eu morei no Brasil por alguns anos, em São Paulo, ele continuou em espanhol, quando trabalhava para a ISA. Fiz cara de quem não sabia o que era a ISA, embora eu tivesse pleno conhecimento da existência da empresa. Setor elétrico, ele explicou. A partir daí, conversamos sobre coisas banais de que ele tinha saudade no Brasil — a viagem para Santos, a tapioca, caminhadas em Higienópolis, o senso de urgência de uma metrópole. A essa altura, o menino já tinha desgarrado do pai e trocava o *Tourna Grip* da raquete. Quando o menino terminou, o pai agradeceu num repente a minha oferta, dizendo que passaria durante a semana na loja para levar a primeira *Babolat* do filho. Agradeci de volta e segui os dois com o olhar enquanto caminhavam em direção ao estacionamento. Antes de desaparecerem atrás do muro verde que circundava a última quadra, vi claramente que o pai amassou o meu cartão de visitas e o jogou dentro de uma lixeira.

Um pouco aturdido, retornei ao bar do clube. Achei estranho que o Emil não estivesse mais lá, mas, notando que os copos em que ele tomava o *mojito* e a *lager* colombiana não estavam vazios ainda, dei como certo que ele tinha ido ao banheiro. Seria típico dele se esconder numa cabine fechada, durante a minha ausência, para evitar qualquer possibilidade de um estranho vir puxar conversa. Pedi mais uma rodada de bebidas ao garçom e coloquei meus fones de ouvido para escutar álbuns antigos do *Alkaline Trio*, pois o momento pedia barulho. Beberiquei contemplativamente o meu *mojito*, cogitando a perspectiva de comprar a cidadania ou o visto permanente em algum outro país estrangeiro — nos EUA, onde poderia ter um rancho em Montana; em Malta, onde poderia ter um bangalô na ilhota de Comino, cuja população se limita a três pessoas; na Escócia, onde poderia ter um castelo nas Terras Altas. Comparando esses cenários, cheguei ao fundo do meu copo, e resolvi tomar o do Emil. Quando ele voltasse, eu pediria outro para ele, ou melhor, para nós dois.

Mas ele não voltou. Ou pelo menos eu acredito que ele não tenha voltado. Porque a verdade é que eu, assistindo a um jogo de duplas da terceira idade, tomando o *mojito* extra, ouvindo *From Here to Infirmary* no modo de repetição, já debaixo da noite fechada de Cartagena, acabei cochilando. Se o Emil tivesse reaparecido enquanto eu dormia, ele jamais teria me acordado. Quem me despertou, fazendo barulho de propósito ao tirar pratos e copos da mesa, foi o dono do bar do clube. Os últimos refletores das quadras estavam sendo desligados naquele momento, o que significava que estávamos nos aproximando das dez horas da noite. Deixei uma nota alta sob o peso do saleiro e, sem esperar o troco, saí.

Há algo de apocalíptico em caminhar em meio às estruturas apagadas e desertas da civilização, mesmo para quem já presenciou, de fato, uma das raras materializações antecipadas — que alguns chamam de prenúncios — do Fim sobre a terra. Seguindo adiante entre as quadras de tênis escuras como poços, achei estranho que esse cenário tão prosaico despertasse em mim, justamente em mim, aquele sentido trágico. Tive vontade, ou até mais do que isso, senti necessidade de me reconectar à minha vida anterior a Santo Trio, a alguma pureza que um dia eu tivera e que naquela cidade virara pó. Resolvi ir atrás da Beatriz, bater à porta da casa onde ela talvez ainda morasse, conferir de novo se na colombiana de Cartagena eu ainda conseguia enxergar a minha ex-namorada de Buffalo.

No caminho entre os bairros de Pie del Cerro e San Diego, fui cultivando pelas alamedas esvaziadas os meus sonhos de anonimato e esquecimento, enquanto batia golpes imaginários com uma das minhas duas raquetes tomadas de empréstimo. Passando em frente a uma certa Taberna del Heriberto, resolvi fazer uma breve parada para tomar outro *mojito*. Assim que me sentei, o mais perto possível da saída, um garçom se aproximou para forrar a mesa com uma nova folha de papel manteiga. Veio a mim a memória de um botequim de Santo Trio, a Bodega do Meio, cujos garçons seguiam o mesmo protocolo e onde eu costumava passar as noites dos dias de trabalho, quando lá ainda exercia o cargo de procurador do município. Nos períodos críticos, que foram ficando cada vez mais frequentes e decisivos à medida que se aproximava o fim, àquela altura inesperado, da minha permanência na função, eu levava processos e códigos para a Bodega, mesmo às sextas, e utilizava os forros de papel como rascunho para fazer contas e anotar números de artigos normativos e de decisões judiciais. Não queria me lembrar disso. Bebi rápido, paguei e saí. Eu precisava ver Beatriz.

Mas a Beatriz ou não estava ou, passados quase dez anos da época em que eu frequentava a casa dela, nem sequer morava mais no mesmo endereço em San Diego. Pois ninguém respondeu quando eu bati à porta, nem apareceu durante a hora quase cheia em que esperei sentado ao meio-fio, ouvindo não mais do que o tilintar insistente de um sino dos ventos que pendia sobre a varanda da casa. O recurso mais óbvio era simplesmente pegar o celular e ligar para ela, mas sempre achei que o ato de fazer um telefonema expõe uma carência e uma fraqueza que não estão presentes, pelo menos não no mesmo grau, em uma visita não anunciada. Há algo de espontâneo e de grave em procurar alguém com as próprias pernas, em se expor ao risco do desencontro, e creio que eram exatamente aquelas as mensagens que eu queria transmitir à Beatriz: espontaneidade e gravidade, como truncadas perífrases do desespero. Dito isto, pelo tempo que permaneci à espera, não fiz outra coisa senão ensaiar maneiras leves e descontraídas de explicar por que eu tinha resolvido ficar de tocaia diante da casa dela, quase dez anos depois de ter estado lá pela última vez. Entretanto, durante esses ensaios frustrados, foi crescendo dentro de mim um senso de inconsistência, um senso de ridículo, contra os quais o desespero não pôde. Decidi partir, em busca de um toalete e de um *mojito*, nessa ordem.

Supus que a chance de encontrá-los seria maior se eu caminhasse pela orla da praia. Seguindo o vento, achei o mar. Havia bastante gente indo de um lado para o outro na Avenida Santander. À noite, quando não sou capaz de usar óculos escuros, reverto para a minha tática de sobrevivência auxiliar: olhar fixamente para o chão, levantando a vista em direção ao horizonte mais ou menos a cada dez passos, para evitar que me tomem por maluco. O inconveniente dessa tática é que fico com a impressão constante de que algum conhecido passou do meu lado, e eu grosseiramente deixei de cumprimentá-lo. Nessa noite, tive a sensação, certa altura, de que o Gaspar e eu estávamos cruzando nossos caminhos, mas não me desviei da minha tática para confirmar se minha sensação tinha procedência. Logo à frente, vi um bar, onde entrei para fazer o que precisava fazer. Depois, tomei meu *mojito* em pé, no balcão, praticamente sem soltar o canudo. Quando saí do bar, lá estava o Gaspar, parado de braços cruzados, com o rosto inexpressivo de costume. Perguntei se ele estava andando na Santander minutos atrás, e ele me respondeu franzindo a testa, como se minha pergunta não fizesse sentido ou como se a resposta fosse óbvia demais para que ele se desse ao trabalho de exprimi-la. Perguntei o que ele estava fazendo em San Diego, e aí ele se dignou a me responder, dizendo que morava em San Diego e que passava todas as suas noites de folga caminhando pela orla. Eram coisas de que eu sabia, coisas que me surpreendi de ter esquecido. Ele acrescentou que tinha me visto entrando no bar e que tinha decidido me esperar do lado de fora. Eu quis saber por que ele não tinha ido atrás de mim para me acompanhar nos drinques, e ele confessou que não entrava num bar havia sete anos, três meses e vinte e cinco dias — o que equivalia a uma maneira tortuosa, mas nem por isso menos explícita de me informar que era alcoólatra. Isso era de fato uma novidade e, com ou sem circunlóquios, representava uma estranha quebra de nosso protocolo tácito, segundo o qual não falávamos de problemas pessoais verdadeiros (apenas, como eu pelo menos queria acreditar, dos imaginários). Deixei estar, ele deixou estar, e seguimos juntos na direção de Bocagrande. Mais exatamente: na direção da minha loja, o que fizemos talvez por automatismo, talvez por instinto, talvez porque eu estivesse movido pela esperança de encontrar o japonês das anotações jantando na varanda da Cantina Vico.

Sem qualquer intenção consciente da minha parte, creio que dei à nossa conversa um feitio de despedida. O Gaspar levava nas mãos um molho de chaves, que ele jogava para cima e tornava a pegar com certo ritmo, como se quisesse pontuar meus comentários com o barulho metálico. Eu disse que a minha vida em Cartagena tinha recentemente ficado imperfeita em várias dimensões, e que eu me via obrigado a dar uma solução nisso. Coisas estranhas vinham acontecendo, eu disse, mencionando que minha namorada vinha consultando amigos advogados sobre regime de bens na Colômbia na minha presença, que o Emil tinha cismado de ficar sensibilizado sempre que surgia o tema da morte precoce, que brasileiros estavam pipocando à minha volta como se plantados por alguém, que as colegas da Caoimhe na loja em que ela trabalhava aproveitavam as vezes em que ela estava ausente para se insinuar para mim, que uma pessoa com IP de Cartagena insistia em criar na Wikipédia um verbete sobre a minha loja de encordoamento (verbete sempre apagado pelos fiscais de conteúdo, porque irrelevante) com o objetivo de fazer um link para a entrada sobre a tragédia em Santo Trio, que a proprietária do meu apartamento me enviara uma carta de encerramento antecipado do contrato alegando "superveniência de diferendos intransponíveis" depois de quase uma década de locação. Nem tudo era verdade, e se eu inventei o que inventei, foi porque a caminhada noturna pela orla de San Diego parecia pedir alguma dramaticidade extra. Em seguida, falei por alto do meu sonho de comprar um rancho em Montana, ponderando que uma alternativa oposta também serviria aos meus propósitos: me enfiar em alguma metrópole superpopulosa, de preferência asiática, e trabalhar nos bastidores de qualquer birosca com referências ocidentais — como gerente de um *jazz* bar em Kuala Lumpur, digamos. E completei, sem dar maiores precisões, que eu estava estudando ainda outras alternativas, mais radicais. Eu tinha consciência de que as minhas frases quebradas, os meus silêncios hesitantes, sugeriam que eu estava disposto a cometer o pior dos atos. Não fiz o menor dos gestos para desfazer essa impressão. Gaspar ouvia minhas palavras sem oferecer nenhum comentário, limitando-se a brincar com seu molho de chaves, e eu me perguntei se eu não seria mesmo capaz de realizar o impensável. Ao mesmo tempo, eu ponderava sobre o passado inescrutável daquele homem fantasticamente plácido, sobre os eventos específicos, dentro do ignorado bloco de acontecimentos que compunham a sua vida, que poderiam tê-lo tornado tão fantasticamente plácido, tão excepcionalmente frio.

Estávamos, nessa altura, nos aproximando do bairro de Bocagrande e resolvemos continuar a caminhada pela faixa de areia, porque as calçadas estavam cheias demais de turistas. Eu estive a ponto de dizer que já sentia necessidade de ir atrás de mais um *mojito*, mas, me lembrando do problema de Gaspar, fiquei quieto. Um silêncio apreensivo, perfurado apenas pelo ruído metálico das chaves que ele continuava a jogar para cima, se instalou entre nós, e a minha sensação era a de que apenas um ato impetuoso tinha o direito de quebrá-lo de vez. Mas o que o quebrou foi a voz tranquila de Gaspar, que me disse, como se pronunciasse um veredito óbvio: você tem um problema com a imperfeição. Daí em diante, o objetivo dele era me convencer de que eu não tinha levado a ideia da perfeição às suas últimas consequências lógicas. Eu não me lembrava de jamais ter considerado seriamente a ideia da perfeição, fosse como um conceito abstrato ou aplicada aos limites ordinários e afinal trágicos da minha vida, mas fiquei aliviado com a possibilidade de ficar calado, sem culpa, por alguns minutos, e por isso não impedi que Gaspar se alongasse no assunto o quanto quisesse. Segundo ele, que estava de novo em um espírito filosofante, o nó da questão residia em uma dupla de condicionantes que emergem de qualquer realidade humana. O primeiro seria o fato de que a todo e qualquer fenômeno, seja um ato humano ou da natureza, ligam-se incontáveis efeitos secundários, a maioria dos quais perfeitamente insondável — efeitos que, no caso das ações humanas, podem ser caracterizados como "não intencionais". O outro condicionante seria a realidade inescapável da escassez, que dá origem à necessidade de fazer escolhas — escolhas que implicam, cada uma delas, a abertura de um caminho e o fechamento, em paralelo, de uma infinidade de outros caminhos. Conjugando-se esses dois condicionantes, se chegaria ao drama fundamental da condição humana: tomar decisões irreversíveis num contexto de informação imperfeita e de insuficiência de recursos e de capacidades. Portanto, não existe espaço nem rota pra perfeição. A perfeição não é compatível com o infinito incognoscível, disse Gaspar, concluindo com a observação de que ele não tinha feito mais do que reunir e depurar ideias do economista Frédéric Bastiat e do sinólogo Stephen Albert. Meu estado, naquele momento, não me permitia captar a teoria, mas o Gaspar tinha nítida vaidade, talvez fingida, em relação a ela, e se deu ao trabalho de explicitar de pouco em pouco o seu significado críptico por meio de exemplos. Dentro de mim, eu acabei lhe dando razão. Não sobre a minha suposta ânsia de perfeição, que era inexistente, mas sobre a impossibilidade de a perfeição existir ou poder ser alcançada — tese que, de resto, me pareceu óbvia. O que eu respondi a ele, entretanto, foi um *non sequitur*: esqueci as minhas raquetes na Taberna del Heriberto.

De onde estávamos, já era possível avistar as mesas da Cantina Vico. Estavam todas ocupadas. Não sei se foi antes ou depois de eu ter me dado conta do esquecimento das raquetes, mas notei que um homem, sentado à varanda da Cantina, tinha duas raquetes nas mãos, e testava as cordas de uma batendo nelas com o aro da outra. De repente, o Gaspar parou, agachou e, dizendo algo como "deixei as minhas chaves caírem", começou a revolver a areia com os dedos abertos, suas mãos como dois ancinhos. Aquele era um trecho particularmente escuro da praia: naquele pedaço da orla, não havia comércio, mas apenas os tapumes sem luz da construção recém-iniciada de um novo hotel. Continuei sozinho e, à medida que eu avançava, ficava cada vez mais claro para mim que o homem que segurava as raquetes, na Cantina, era o japonês das anotações. Ele estava acompanhado, e creio que gargalhava. Já bem próximo do restaurante, olhei para trás e vi que o Gaspar estava de pé; ao invés de estar vindo na minha direção, entretanto, ele andava no sentido contrário, de volta para San Diego. Certo pânico, que eu já sentia — que talvez eu sinta sempre, em quaisquer circunstâncias, como um atributo permanente da minha experiência de estar vivo —, se agravou, mas apesar disso prossegui. A cada passo, aumentava a minha convicção de que as raquetes que o japa empunhava eram as minhas raquetes, as raquetes que Emil e eu tínhamos usado na nossa partida, horas antes. Avançando como se trafegasse dentro de um túnel, cheguei à mesa. Imediatamente, as três ou quatro pessoas que acompanhavam o japa se levantaram, e fizeram isso com a maior naturalidade, como se tivessem sido instruídas sobre como deveriam reagir naquela situação específica. Algo nelas não me era estranho, e tive a impressão de que eu os tinha atendido na minha loja. Usando uma das raquetes — definitivamente minhas, por sinal —, o japonês me apontou uma cadeira, e eu me sentei. O seu movimento seguinte foi justamente o de me devolver o par de raquetes, o que ele fez me estendendo não os cabos, como é a praxe absoluta e indiscutível em qualquer parte do mundo, mas os aros — e eu soube, assim, que ele jamais tinha praticado o esporte. Depois, ele enfiou a mão em um bolso interno do casaco para retirar um cartão de visitas, que ele colocou sobre a mesa, à minha frente. Sem o pegar, mal mexendo o pescoço, li o que estava escrito no cartão, constatando que as poucas palavras em cor preta sobre o fundo branco eram, à parte o seu nome gringo, palavras da língua portuguesa. Até então, ele não tinha dito nada. Quanto a mim, eu já tinha decidido, caminhando em direção à mesa, que em princípio eu não diria nada, sob nenhuma circunstância. O rosto do japonês era largo, redondo, corado, e fiquei olhando fixamente para ele, à espera de alguma explicação.

CAPÍTULO 2

Pisei em Santo Trio pela primeira vez no dia em que tomaria posse no cargo de procurador do município. Àquela época, a cidade ainda era um pequeno vilarejo à beira-mar, e sua existência, na costa da Baía da Ilha Grande, a meio caminho entre Angra dos Reis e Paraty, era algo perfeitamente desconhecido dos moradores da capital do estado, de onde eu vinha. Minha vaga na procuradoria era uma vaga recém-criada, o que talvez já pudesse sugerir, a um observador atento, que a maré tinha virado, que o vilarejo estava crescendo. Mas eu, aos 25 anos, de regresso de Buffalo havia poucos meses, estava longe de ser um observador atento, ainda mais dentro das condições em que me vi obrigado a prestar o concurso. A notícia da sua realização, por sinal, tinha chegado ao meu conhecimento pelas deprimentes páginas da Folha Dirigida, jornaleco a que devo, portanto, a minha própria descoberta de Santo Trio. Era uma descoberta respingada de todos os lados por tintas burocráticas, e eu imaginava, ao chegar ao vilarejo numa manhã de verão, que minha passagem por Santo Trio seria, além de curta — acima de tudo, curta —, apagada, discreta, um simples prolongamento, aborrecido, mas esquecível, da minha descoberta.

Naquele momento, não atinei que existia uma oposição, ou pelo menos certa tensão, entre as minhas expectativas: curto e burocrático são qualidades que não costumam andar juntas. Estava reservada para mim alguma surpresa, e com o tempo ela veio. Cheguei a Santo Trio quando o vilarejo começava a deixar para trás sua história de irrelevância e de pobreza, levadas embora pelos sopros da prosperidade econômica e do crescimento populacional. Por uma sucessão de erros, acasos e infelicidades, eu me veria no centro da tragédia que devolveu a cidade ao seu destino inglório. A diferença era que, onde antes havia os males inofensivos da irrelevância e da pobreza, passariam a constar os traumas da morte e da destruição.

***

A notícia de que eu precisava deixar os Estados Unidos, onde pretendia me fixar em definitivo após o meu recém-concluído MBA em SUNY, e retornar imediatamente ao Rio de Janeiro, chegou a mim por meio de um telefonema de um vizinho da minha mãe. Disse-me ele que dona Letícia tinha ficado desorientada na Avenida Rio Branco, sem saber quem era ou para onde ia, e sido levada por um bom carioca para uma delegacia, onde por fim recobrou sua identidade. Minha mãe só tinha a mim, e eu a ela. Meu pai, que morrera havia muitos anos, era o filho único de um casal de imigrantes austríacos, que tinham aportado em Santos em fins de 1939 (no mesmo navio que levara Otto Maria Carpeaux e H. Stern ao Brasil), e portanto não tinha familiares no país. Então um bebê de colo, meu pai foi registrado fraudulentamente por meus avós num cartório de São Paulo capital como se houvesse nascido numa maternidade em Bela Vista. Anos mais tarde, a artimanha viria a permitir que ele ingressasse na carreira militar, mais exatamente no Exército Brasileiro. E foi dirigindo um veículo de combate dentro de uma instalação militar que o meu pai veio a falecer, quando eu contava sete anos de idade. A batida foi dada pelos investigadores militares como acidental, apesar da convicção da minha mãe de que tinha se tratado de um suicídio. Minha mãe, por sua vez, ainda devia ter parentes vivos quando sua saúde começou a ceder, mas ela perdera contato com a família, fixada no Pará, depois que meus avós morreram na década de 1970. O resultado é que cabia a mim abandonar os Estados Unidos e retornar para o Brasil, assim que ficou claro que minha mãe não tinha mais condições de cuidar de si mesma. Ela não tinha mais ninguém.

* * *

Dias depois do meu retorno, em um consultório simples em Copacabana, nós receberíamos de um neurologista o diagnóstico: minha mãe sofria de demência com corpos de Lewy.

Não me vejo como um sujeito particularmente prático e racional. Ao contrário: penso que tenho uma tendência a complicar o que é simples, a exagerar as dimensões emocionais daquilo que é, no essencial, direto e raso. A exceção são justamente os momentos de crise, de real gravidade, quando me vem um profundo senso de objetividade, num nível que até a mim parece atroz.

Assim, quando o Dr. Guimarães, em uma conversa particular que tivemos enquanto minha mãe usava o toalete, fez comentários a respeito da provável evolução da doença — resumidamente, umas misteriosas microestruturas, feitas de proteína, proliferariam nos neurônios da minha mãe, degenerando-os por dentro, e provocariam, com o tempo, num crescente melancólico, a perda do raciocínio, o desaparecimento da memória, a erosão do senso de identidade, a restrição dos movimentos, e, ao cabo de oito anos ou algo em torno disso, a morte —, um dos primeiros pensamentos que tive foi sobre a necessidade que então surgia de eu encontrar um emprego que pagasse um salário decente, com a maior brevidade possível. O que nos sustentava, inclusive a mim durante meu período em Buffalo, era a pensão militar do meu falecido pai, a qual se extinguiria com a partida da minha mãe. O patrimônio familiar, de resto, limitava-se a um apartamento de dois quartos, localizado numa rua sem saída ladeada por palmeiras no bairro das Laranjeiras, que minha mãe comprara quando precisava reestruturar nossa vida, sem o meu pai. O imóvel valia algo, mas é claro que não o suficiente para me dar tranquilidade. A poupança que um dia tinha existido fora consumida, ao menos em parte, para bancar meu MBA em SUNY, mas a verdade é que eu sabia que, de qualquer jeito, ela jamais tinha somado grandes coisas. Apesar de angustiadamente neurótica, minha mãe tinha sido sempre uma gestora sofrível, de posses e da própria vida. Minha sobrevivência, nessas condições, exigia que eu conseguisse um emprego — qualquer emprego, desde que bem remunerado — no par de anos que restavam até que minha mãe partisse.

E foi assim que adquiri o triste hábito de ler diariamente as edições da Folha Dirigida, em cujas páginas eu conferia editais de cargos públicos que, eu estava convicto, pareciam mais palatáveis nas matérias do jornal do que acabariam se revelando aos seus eventuais e infelizes ocupantes.

* * *

A procuradoria do município de Santo Trio estava longe de ser minha opção preferida, mas não havia nenhum concurso de alto gabarito aberto na cidade do Rio, e eu de qualquer maneira queria testar o que restava da minha memória jurídica, depois de dois anos afastado dos livros de direito brasileiro. O calendário de provas me dava, além do mais, uma janela de cerca de 45 dias para estudar, e eu usei esse período com o máximo de intensidade que pude alcançar, tanto quanto os cuidados com a minha mãe permitiam. Minha meta derradeira, ao longo de todo esse percurso de estudos, era me preparar para os concursos futuros da capital, e eu me motivava pensando que os conteúdos cobrados eram, ainda que menos abrangentes no caso de Santo Trio, fundamentalmente os mesmos. A única exceção era um diploma legal de 64 laudas contendo as disposições da Lei Orgânica do Município. Eu jamais poderia saber, quando li e reli incontáveis vezes seus 245 artigos na antevéspera das provas, que uma de suas anódinas cláusulas estipulava condições que, alguns anos mais tarde, me empurrariam ladeira abaixo na rota da ruína.

* * *

Apesar de estar enferrujado, e apesar do meu desinteresse na vaga, terminei aprovado em primeiro lugar no concurso. Embarquei sozinho num ônibus com destino ao vilarejo numa manhã de neblina, para tomar posse no mesmo dia. Minha mãe não sabia ou fingia não saber o que estava se passando, e eu segui o meu caminho com um misto de culpa, arrependimento e resignação. Minha intenção era regressar ao Rio de Janeiro de vez o mais rapidamente possível.

***

Rezam os mitos fundadores de Santo Trio que as primeiras referências à localidade foram feitas numa passagem esquecida ou mal-compreendida da *História Verdadeira e Descrição de uma Terra de Selvagens, Nus e Cruéis Comedores de Seres Humanos, Situada no Novo Mundo da América, Desconhecida Antes e Depois de Jesus Cristo nas Terras de Hessen até os Dois Últimos Anos, Visto que Hans Staden, de Homberg, em Hessen, a Conheceu por Experiência Própria e Agora a Traz a Público com essa Impressão*, publicada por Andres Colben numa região que viria a compor a Alemanha e chamava-se então Marburgo, no ano de 1557. Consta que a passagem descreve uma intrincada galeria de túneis e covas que se escondiam sob as águas de uma enseada na Capitania de São Vicente, dando guarida a uma coleção de criaturas marinhas, entre elas algumas fantásticas, como o ipupiara, o demônio dos mares. Nos duzentos anos seguintes, talvez pautados por aquele documento clássico, talvez seguindo a orientação de habitantes das redondezas, talvez levados pelos próprios instintos de explorador, outros viajantes europeus teriam submergido naquele trecho da costa da província do Rio de Janeiro e constatado a existência dos canais entrelaçados sob a superfície da enseada. Os achados e as avaliações conexas teriam sido registrados em inúmeros livros de relato. Por exemplo: por August de Saint-Hilaire, no segundo volume da *Viagem pelas províncias do Rio de Janeiro e de Minas Gerais*; pelo príncipe de Wied-Neuwied, S.A.S. Maximillian, na obra *Viagem ao Brasil nos anos de 1815, 1816, 1817*; e por von Spix e von Martius, no terceiro tomo de *Viagem pelo Brasil*. Sempre me pareceu maravilhoso que, segundo todas as indicações, ninguém com as devidas credenciais tivesse se dado ao trabalho de localizar, naquelas fontes primárias, para além de qualquer dúvida, as passagens a respeito da propalada galeria subaquática de Santo Trio e em seguida escrito, com base nelas, uma história das percepções científicas e populares sobre aquela suposta maravilha da natureza (nunca mergulhei em Santo Trio e, portanto, nunca a vi com os meus próprios olhos). Tenho ainda, cá comigo em Cartagena, todos aqueles livros, mas não caberia a mim, que além do mais não sou especialista em nada, procurar confirmar as teses que circulavam na cidade. Para falar a verdade, nunca folheei os livros, embora fizesse questão de tê-los, e não seria agora, quando os canais e as covas submersas terão se fechado para sempre — se não para todos, certamente para mim — que eu me ocuparia de fazê-lo.

***

Fossem legítimos ou apócrifos os testemunhos históricos sobre os atributos naturais da região de Santo Trio, o fato é que quem chegava ao vilarejo na época em que eu tomei posse como procurador do município notava, acima de qualquer coisa, que o movimento que havia na localidade, por mais escasso que fosse, orbitava em torno das atividades de mergulho. Pois Santo Trio ainda era um simples balneário de mergulho, visitado por turistas, frequentado por biólogos e habitado por uma indistinta classe de amantes da natureza. Quando saltei do ônibus intermunicipal pela primeira vez, observei que, na areia da praia, diferentes grupos de pessoas estavam diante do que pareciam ser instrutores, recebendo orientações; sob tendas, estavam dispostas pilhas de equipamentos, prontos para o início das sessões. Via-se também, nas extremidades da praia, um par de píeres, aos quais estavam atracados barcos de variadas dimensões; um dos barcos tinha sido posto em uso há pouco e movia-se com lentidão para longe da orla, levando dezenas de pessoas devidamente aparelhadas para explorações em alto-mar. Eu estava chegando a um vilarejo onde não pretendia passar mais tempo do que o estritamente necessário — os dois cenários alternativos estavam muito claros dentro de mim: até ser aprovado em um concurso melhor na capital ou, o que era uma perspectiva impiedosa, mas nem por isso menos certa, até o eventual falecimento da minha mãe. Dito isto, não pude evitar pensar que não era difícil imaginar-se vivendo em Santo Trio pelo resto da vida, os clichês dos coqueiros, do mar, do vento sempre fresco, da tranquilidade praiana vindo a compor o cenário adorado de uma vida sem surpresas.

A sede da procuradoria ficava diante da praça central da cidade, a duas quadras da praia, e para lá me dirigi. Era uma casa simples, embora estivesse encarapitada no topo de uma alta escadaria de mármore, e sobre o seu telhado tremulava uma bandeira, já um pouco desbotada, estampada com o que supus ser o brasão do órgão. Do lado oposto, constatei que tinha lugar o prédio ligeiramente mais imponente onde estava instalada a prefeitura. Nas outras duas pontas da praça, achavam-se a câmara dos vereadores e uma igreja. No gramado do canteiro central, não havia vivalma, apenas folhas secas de amendoeira que o vento suave não tinha forças para perturbar.

As formalidades da posse, à qual nenhuma autoridade do Executivo ou do Legislativo compareceu, foram cumpridas com certo desleixo, na minha opinião, mas não dei a menor importância a isso. Depois da cerimônia, fui recebido no gabinete do vice-procurador--chefe, Felipe Carvalheira, a quem eu ficaria subordinado, e incaracteristicamente acabei fazendo um gracejo. Perguntei a ele por que Santo Trio precisava de um terceiro procurador para dar conta das petições de uma população composta por aposentados de sunga e por turistas com *snorkels* e pés de pato. O Felipe, gargalhando, pediu que eu o acompanhasse. Ao fim de um corredor, ele destrancou a porta que levava a uma sala de arquivo. Coladas à parede, atrás de uma mesa de reuniões, havia duas estantes abarrotadas de pastas de documentos. Então, puxando uma cadeira e colocando sobre a mesa um fichário de capa dura, ele disse: vou deixar que você vá se familiarizando com os motivos da sua contratação. E, batendo a porta, saiu.

* * *

Felipe tinha se mudado para Santo Trio dois anos antes de mim. Ele também era carioca, e sua idade regulava com a minha (ele era apenas ligeiramente mais velho, apesar de os biotipos passarem a impressão de que a diferença era maior). Outras afinidades entre mim e ele viriam à tona com o tempo, mas, de início, foi por um senso de camaradagem ou de dever quase paternalístico que ele tomou para si a tarefa de me mostrar como um sujeito jovem podia tentar aprender a sobreviver "na escala do marasmo e na dimensão do esquecimento, que são próprias de Santo Trio".

No que dizia respeito à saúde psicológica, ele aconselhou que o caminho era aniquilar ou pelo menos congelar a ambição pessoal, pelo tempo que durasse a minha permanência no vilarejo. O trabalho na procuradoria, ele disse, estava fadado a revirar um punhado mísero de questões; conjugada, "a esse sambinha batido do dia a dia", a falta de perspectiva de ascensão na carreira, tinha-se o que ele chamava de "um cenário de areia movediça: melhor você ficar parado, porque se se revoltar vai acabar afundando mais rápido." Com o passar dos meses e dos anos, descobriríamos juntos que ele estava errado sobre os dois diagnósticos. Além disso, eu descobriria que ele não tinha a coragem e a estrutura necessárias para enfrentar os desafios da escalada de responsabilidade, pelos quais ele tanto dizia ansiar. Num lance repentino, sem aviso, ele partiria de Santo Trio e me deixaria sozinho para administrar o (ou manobrar em meio ao) crescente caos.

Retomando: o receituário do Felipe prescrevia, para a saúde psicológica, a abolição das aspirações pessoais, a suspensão da vaidade. Para acelerar a passagem do tempo, o programa recomendado envolvia uma rotina de atividades — demos a elas adjetivos neutros, pelo menos a princípio — sociais e recreativas, nas quais o Felipe procurou me introduzir. O circuito girava em torno da Bodega do Meio, um dos poucos botequins do vilarejo, nem melhor nem pior do que os outros, mas aquele cujo dono tratava os fregueses de acordo com o nível de grandeza que eles imaginavam ter. Era lá o ponto de encontro da inicialmente ridícula elite de Santo Trio, de que o Felipe, para a minha surpresa, parecia gostar.

Quando ele me levou para conhecer a Bodega, encontramos, sentados a uma mesa nos fundos do restaurante, dois senhores que ele me apresentou como "os dois vereadores mais influentes da cidade". O tom dessa caracterização era evidentemente de chacota, mas não foi registrado como tal pelos dois senhores. Ambos me cumprimentaram sem grande interesse e continuaram a conversar sobre um assunto que, àquela altura, me soava obscuro — as visitas de certos doutores Almeida e Fernandes à cidade, e as tentativas feitas por alguns intermediários locais no sentido de influenciar ou, quando menos, de apurar o que ambos escreveriam em um novo relatório técnico a ser encaminhado em breve para Brasília. Durante a conversa, de que o Felipe participava com comentários ora debochados, ora prudentemente crípticos (esses últimos, mais raros, apenas quando sua opinião pessoal era solicitada), notei que os vereadores em alguns momentos olhavam para mim de uma maneira interpelativa, não como se estranhassem minha presença, mas como se achassem que também cabia a mim oferecer algum comentário. Algumas doses de uísque depois, os vereadores se despediram, convidando nós dois para um passeio de iate no próximo fim de tarde, para pescar badejos e tainhas e "pra ver onde estão querendo colocar a plataforma".

Assim corriam os dias do Felipe fora do horário de expediente e, por tabela, os meus também. Pescaria, charuto, sinuca, pequenas viagens a cidades vizinhas (para o tipo de programa que mancha reputações), eventualmente uma partida de futebol, clube de tiro, churrasco, jantares sociais — tudo combinado e organizado a partir do Boteco do Meio. As conversas que eu testemunhava nessas ocasiões atravessavam de um lado para o outro a fronteira da legalidade, num vaivém que eu precisaria chamar de asqueroso, se conseguisse levar o proseado a sério. Mas a questão é que tudo parecia blefe, e ninguém gargalhava mais alto do que o Felipe, meu próprio chefe na procuradoria.

* * *

Não demorei a perceber que o Felipe tinha alguns hábitos e traços de personalidade estranhos, que ele não demonstrava a menor preocupação de disfarçar. Ele nunca usava talheres de metal para comer, por exemplo. Na Bodega, os garçons traziam à mesa garfos e facas de plástico assim que ele chegava. Em outros restaurantes e em jantares privados, a situação era mais complicada, mas ele não se vexava e perguntava na cara dura se não havia alternativa não metálica. Em geral, não havia, e então ele retirava da sua maleta um estojo, onde ficava guardado um jogo individual de talheres de bambu. Enquanto o Felipe apunha os talheres ao lado do prato, chegávamos ao ápice do constrangimento, que ele tentava quebrar brincando que o problema era o seu marca-passo. Ainda mais grotesca do que essa patacoada à mesa, no entanto, talvez fosse a fobia de móveis antigos. Tomei conhecimento dessa esquisitice durante uma viagem que fizemos à sede da procuradoria do estado do Rio, pouco depois da minha posse. O procurador-geral nos recebeu no salão de honra da residência oficial, e do início ao fim da conversa de cortesia, o Felipe permaneceu de pé, secando obsessivamente a testa suada e pálida, com um lenço em que se liam suas iniciais. Era um espetáculo angustiante e inexplicável, tornado ainda mais intolerável pela insistência com que o procurador-geral pedia ao Felipe que se sentasse em alguma das inúmeras poltronas do salão. O sempre tão eloquente Felipe respondia com inusuais resmungos. Terminada a visita à procuradoria, não consegui deixar de questioná-lo sobre o que cargas d'água tinha acontecido. Prontamente recuperada a velha forma, ele confessou, sem meias palavras, que tinha aversão a antiguidades em geral e a mobiliário antigo em especial, sobretudo a poltronas e sofás estofados com veludo vermelho, como era o caso do salão de honra. Creio que ruborizei, envergonhado por ele. Percebendo o meu constrangimento, ele fez que não com as duas mãos, de um modo ao mesmo tempo rude e reconfortante, e disse: não existe fraqueza maior do que procurar esconder as próprias fraquezas. E seguimos em silêncio, por algum tempo, pelas ruas do centro do Rio.

* * *

Não passei um único fim de semana na cidade no meu primeiro ano em Santo Trio. Às sextas-feiras, encerrado o expediente, eu religiosamente pegava a estrada para o Rio de Janeiro, para ficar com a minha mãe. Apesar do meu esforço, apesar de eu me dedicar a ela o máximo possível dentro das circunstâncias infelizmente difíceis determinadas pelo local do meu emprego, minha mãe me submetia a uma incansável bateria de queixas contra o meu alegado abandono, durante toda a minha estada nas Laranjeiras. No começo, ela só deixava de lado as reclamações histriônicas para fazer comentários sobre pessoas famosas que tinham sofrido de demência com corpos de Lewy, cujos casos ela estudava com um afinco obsessivo. Alguns dos nomes dos acometidos — Ronald Reagan, João Cabral de Melo Neto, Rita Hayworth, por exemplo — e algumas das histórias — como a de quando Raymond Chandler levou para um restaurante um ensurdecedor apito naval, acreditando que seria razoável soprá-lo para chamar o garçom — me pareciam extrapolações da verdade ou pura e simples invenção. Fosse o que fosse, eu debitava tudo à conta da própria demência. Com o tempo, no entanto, a obsessão pelos casos famosos foi se esvaindo, consumida pelo breu da doença. Restaram apenas as queixas, e mesmo elas foram ficando cada vez mais apagadas.

Quem cuidava da minha mãe, durante a semana, era uma senhora chamada Maria. Era conhecida de longa data da família, tendo sido nossa empregada ainda na época em que meu pai era vivo, e merecia minha inteira confiança. Eu não duvidava nem um pouco de que ela tinha uma boa alma, simples, sim, porém boa, e no entanto havia algo na personalidade dela que passou a me irritar profundamente, quando ela se tornou a cuidadora da minha mãe: a sua negatividade, o seu pessimismo. Todas as sextas, quando eu abria a porta do apartamento nas Laranjeiras, era recebido pela Maria com o boletim de praxe, que ela nem sequer se preocupava em transmitir em voz baixa para que a minha mãe não ouvisse: dona Letícia tá pior, Seu Pedro, a pobrezinha tá falando coisas que o senhor não acredita. E, já com as bolsas penduradas nos ombros, me contava um ou dois dos disparates da minha mãe, antes de sair. Eu atravessava então o fim de semana em busca de sinais de que o estado da minha mãe não era tão ruim quanto a cuidadora propalava, ou pelo menos que não tinha se deteriorado, de uma semana para a outra, no grau que ela apregoava. Mesmo em relação ao que é mais caro e íntimo para mim, eu me defino, acima de tudo, pela oposição a quem ou àquilo que está ao meu redor, por mais insignificantes que sejam. Não sou capaz de ter convicções próprias e, descontado esse meu contrarianismo mixuruca, me sinto como uma tábula rasa, como um saco vazio, como um fantoche sem mestre.

* * *

O fato de eu viajar para longe de Santo Trio às noites de sexta e retornar apenas nas manhãs de segunda, semana após semana, reduzia minha exposição aos movimentos da política da cidade. Num lugar pequeno como Santo Trio, esses movimentos são idealizados, costurados e realizados a qualquer tempo, inclusive ou talvez sobretudo nos finais de semana, já que é nas intrigas palacianas que os atores da política local encontram sua principal fonte de distração. Isso me mantinha no escuro no que respeitava a nuances da politicagem e me deixava por fora de decisões tomadas. Como tenho dificuldade, por natureza, de captar alusões cifradas e de remontar tramas complexas a partir de relatos fragmentados — sou um "literalista do presente", como já li em algum livro de psicologia clínica —, minha percepção do que estava em jogo na cidade alcançava um horizonte limitado. E, no mais, eu não tinha interesse pessoal nem sequer mera curiosidade nos destinos do vilarejo.

O que eu sabia sobre a política local, eu sabia por meio do Felipe e das conversas que ele mantinha durante a semana com os "mer-dignitários" da cidade (expressão dele), durante as quais eu lhe fazia muda companhia. Penso, aliás, que os merdignitários não demoraram a se acostumar com os meus intermináveis silêncios, que eles deviam tomar como um sinal de respeito e deferência, sobretudo levando-se em conta que eu era invariavelmente o menos graduado da roda ("*the bundest*", como Felipe dizia) e ainda por cima era inaceitavelmente jovem. Fosse como fosse, o fato é que as conversas tendiam a gravitar em torno dos últimos atos do prefeito, explorando seus motivos ocultos, sopesando suas finalidades incertas, usando-os como plataforma para divagações cínicas sobre o caráter do homem. Dizem que o longo arco do universo se inclina na direção da justiça; já o longo arco das conversas na Bodega do Meio se inclina na direção da intriga.Era o que o Felipe, ele próprio um conspirador, gostava de pontificar, quando nós dois retornávamos a pé para casa pelas ruelas desertas de Santo Trio.

Não eram poucos os que queriam derrubar o prefeito. Potencialmente, todos queriam ou estavam passando a querer. Havia um motivo primordial e, abaixo dele, uma infinidade de razões menores, algumas das quais me pareciam francamente torpes ou baixas. O vereador Coimbra, por exemplo, contou durante uma partida de pife-pafe que o prefeito negara um alvará, solicitado pelo filho dele, para criação de uma praia de nudismo num trecho ermo do litoral da cidade — não passa de um moralista barato, que deixa pudores da carochinha ditarem uma decisão que tinha de ser técnica. Simplesmente não tá à altura do cargo.

O Felipe tampouco escondia que desejava a queda do prefeito — no seu caso, "por desprezo e por esporte". Num jantar na casa de um lobista que se instalara em Santo Trio, ele comentou sobre suas inclinações golpistas partindo de uma história que, de início, não parecia ter qualquer ligação com nossos pedestres dramas políticos. O Felipe contou que, quando fazia doutorado em relações internacionais na *Columbia University* — o que era novidade para mim —, tinha lido um artigo publicado na revista *The Atlantic*, em que o acadêmico americano Robert D. Kaplan traçava o perfil de um de seus mestres, o também internacionalista Samuel P. Huntington. A certa altura, depois de caracterizar Huntington como pessoalmente reservado, timorato, algo acuado, Kaplan relatou um episódio que comprovaria, para além de qualquer dúvida, que o mestre realista de Harvard, apesar das aparências, não tinha coragem, força e senso moral apenas no recanto seguro das suas polêmicas obras. Até aí, segundo o Felipe, tudo ia bem, a tese era em princípio válida; no entanto, sua credibilidade era posta em xeque ao ver-se qual era o único episódio pinçado por Kaplan para dar a prova de bravura do seu mestre: caminhando pelo campus de Harvard em determinada noite, depois de um jantar do departamento, Huntington e duas pesquisadoras assistentes que o acompanhavam foram abordados por uma dupla de meliantes, que ordenaram que passassem as carteiras. Sem hesitar, o professor resolveu atacar os vagabundos, jogando-os no chão e distribuindo pontapés. Funcionou, e os dois, assustados, fugiram. Mas é isso, só isso, acrescentou Felipe. Esse episódio pitoresco é tudo o que o Kaplan decidiu publicar como atestado do caráter e da valentia do Huntington fora de uma biblioteca. Era um lance argumentativo ridículo, indigno da inteligência do Kaplan: a reação a uma tentativa de assalto, tomada isoladamente, jamais poderia ser vista como evidência suficiente do valor ou da personalidade de um homem. Bom, era o que eu achava, até presenciar certa situação em Paraty.

Eu tinha viajado pra lá, o Felipe continuou, pra passar um feriado que caiu no meio da semana. Caminhando pelo centro histórico em busca de um café, vi que estava vindo, na minha direção, com seus trejeitos inconfundíveis, o nosso prefeito José Neves. Distingui, ao lado dele, a mulher e a filha, que deve ter uns onze ou doze anos e estava pedalando uma bicicleta. Eu seguia em frente pensando em comentários leves que eu pudesse fazer logo que nossos caminhos se cruzassem, quando de repente a silhueta de um menino surgiu ao lado da primeira família do nosso município. O menino corria e sabia muito bem aonde ia: sem firulas, ele se aproximou da filha do prefeito e empurrou a menina, pra tomar a bicicleta. E o que o Neves fez? Nada. Não enfrentou o pivete, não foi socorrer a filha, não chamou a polícia. Como que em estado de choque, o nosso prefeito ficou paralisado, enquanto a filha berrava de dor e de vergonha e o pivete disparava pra longe, pedalando. Esse é, portanto, o homem que toma decisões que desagradam a vocês, o Felipe disse, descansando os talheres de plástico sobre o prato e apontando para o lobista, e que sabotam a nossa paz na procuradoria. Foi aí que passei a dar razão ao Robert Kaplan, pelo menos em parte: um homem que não defende a própria filha do assalto de um molecote não tem espinha dorsal, é um verme — o contrário, por outro lado, não é necessariamente verdadeiro, pois um sujeito pode reagir até violentamente a uma agressão, sem que com isso fique comprovada, digamos assim, a sua fibra. O certo é que um homem que tem medo de um pivete não pode ser o mesmo homem que toma decisões corajosas sobre o futuro de uma cidade, indo contra pressões políticas e indo contra o poder corporativo. Alguém manda na caneta do prefeito, e a questão é descobrir quem é.

* * *

No dia de trabalho seguinte, perguntei ao Felipe o que um doutor em Relações Internacionais pela *Columbia University* fazia em Santo Trio. Ele respondeu que o mesmo que o dono de um diploma de MBA pela SUNY de Buffalo. Insisti, e ele se saiu com um maroto "eu nunca disse que completei o doutorado". Insisti mais um pouco, e então ele confessou que estava ali em busca de três coisas: "tempo, dinheiro mais ou menos fácil, e isolamento, nessa ordem". Tempo para quê, eu quis saber, e ele disse que sabia que eu o entenderia mal; ele não queria tempo como um instrumento para fazer alguma coisa, ele queria estar num lugar onde pudesse ter uma experiência particular do tempo, um lugar onde o fluxo do tempo transcorresse com lentidão, porque ele acreditava que era essa a única maneira de retardar psicologicamente a chegada da morte. Era recente a minha lembrança — coisa de dois ou três meses — das lições que o Felipe havia me passado para tentar acelerar a passagem do tempo em Santo Trio, e por isso resolvi confrontá-lo, sem excessos porque não tinha a menor intenção de constrangê-lo, sobre a historinha contraditória que ele me acabara de contar. O Felipe deu uma das suas gargalhadas ocas e teatrais, umas gargalhadas de peito vazio que eu tinha aprendido a identificar nos jantares na Bodega do Meio, e, como se estivesse apontando o óbvio a uma criança, ele disse que as antigas lições continham nada mais do que as recomendações que ele imaginava que eu gostaria de ouvir. Simplesmente uma tentativa de camaradagem, ele precisou, que vale mais pelo objetivo a que serve do que exatamente pelo seu conteúdo. Nem de longe comprei essa explicação, mas por ora deixei estar.

* * *

Quando cheguei a Santo Trio, o prefeito José Neves estava completando o segundo ano de governo do seu mandato. Era o primeiro cargo eletivo que ele jamais ocupara na vida, e cada uma de suas aparições públicas era uma nova evidência do quanto ele era inexperiente, do quanto ele era despreparado. Até o seu jeito de andar era indecoroso: ele tinha certo tremelique no tronco, que subia até o pescoço e fazia sua cabeça dar uma ligeira chicotada para o lado a cada passo, como se algum acidente houvesse deixado sequela, ou como se ele sofresse de alguma doença degenerativa. Quem o tinha acompanhado desde o princípio da carreira política dizia que ele parecia não ter progredido em nenhum aspecto durante o exercício do mandato. Pior até: se algo tinha mudado nele desde a eleição, teria sido para pior.

Essa era, pelo menos, a visão entre aqueles que adorariam derrubá-lo, em cujos círculos eu me via obrigado a transitar, a reboque do Felipe — obrigado, bem entendido, caso eu não quisesse antagonizar o meu chefe, o que eu obviamente não considerava convir aos meus interesses.

O fato é que Neves tinha se candidato ao cargo não por ambição — se é que a vontade de chefiar um município com alguns milhares de habitantes mereceria de qualquer forma ser chamada de ambição —, mas por um senso de obrigação e responsabilidade. Aquela havia sido, como se falava, jocosamente, nos meios políticos de Santo Trio, mais uma eleição decidida dentro do esquema da "roleta dos figurões". O que queria dizer: mais uma eleição dentro do sistema de revezamento dos líderes naturais do vilarejo no comando da prefeitura. O sistema, conforme contavam, tinha se estabelecido espontaneamente, como um desdobramento automático de duas premissas: a ausência de cobiça pelo poder entre os habitantes da localidade, que aspiravam não mais do que ao mergulho ou ao sossego; e a necessidade de que alguém pilotasse a administração dos serviços de interesse comum. Foi antes de mais nada para gerir os serviços de coleta de lixo e de transporte escolar, portanto, que Neves, arrendador de pequenas embarcações, tinha aceitado receber as chaves da cidade das mãos do Seu Pacheco, dono de uma papelaria e seu antecessor no cargo. Havia simplesmente chegado a sua vez de assumir, e, passados quatro anos de sacrifício pessoal, ele transmitiria a outro daqueles "figurões" de araque a sina rotativa da prefeitura. Nesse esquema, o voto popular meramente referendava o que já havia sido decidido por um comitê informal, que se reunia a cada quatro anos para escolher a chapa vencedora e definir as dobradinhas inautênticas que garantiam a legitimidade formal do pleito.

Porém, mal iniciado o mandato do novo prefeito, a realidade daria mostras de que não comportava mais a indiferente continuidade do sistema da "roleta". O dinheiro, o poder e a ambição pura e simples queriam instalar-se no vilarejo e assenhorar-se dele, porque, dentro de seus limites territoriais tidos até então como irrelevantes para a indústria humana, tinham encontrado riqueza, e não era pouca. Foi assim que Neves viu abrir-se, sobre sua mesa no gabinete municipal, na forma de incontáveis ofícios solicitando autorização para exploração comercial, a ideia de um novo futuro para Santo Trio. E foi assim que a caneta de Neves começou a disparar indeferimentos em sequência, em todas as direções, salvo pela eventual, rara e fatídica aprovação, por lapso, por exaustão, de um ou outro pedido ambíguo ou enganoso. Visto do lado daqueles que o defendiam, ou seja, daqueles que eram os velhos moradores do vilarejo, o que o Neves demonstrava em cada um dos atos como prefeito jamais poderia ser caracterizado como inaptidão, mas sim como coragem, a coragem de preservar a paz e os modos de vida tradicionais de Santo Trio, contra as forças poderosas da destruição. Para o lado oposto, ele precisava ser apeado do cargo o mais rápido possível.

* * *

Eu não tinha contato direto com o prefeito Neves. Diziam que, no início do seu mandato, ele frequentava normalmente a Bodega do Meio e participava também das outras atividades sociais da "elititica" de Santo Trio ("elititica" era outra das expressões, inegavelmente infantiloides, que o Felipe gostava de usar). Quando eu assumi o

62

cargo de procurador do município, no entanto, correntes subterrâneas já trabalhavam no sentido de alguma ruptura, e o Neves, em resposta, optara pelo isolamento. Os contatos que ele mantinha a essa altura eram contatos estritamente institucionais, o que, no caso da procuradoria, se traduzia em um despacho por semana com o procurador-geral, Roberto Marcondes. Nem eu nem Felipe éramos convidados a tomar parte desses encontros, por determinação expressa do prefeito, mas o Roberto confidenciava depois o teor das discussões ao Felipe, que então procedia a alimentar livremente a curiosidade de quem quer que estivesse à mesa na Bodega. A princípio, os relatos não traziam nenhuma grande novidade, uma vez que o tópico mais importante dos despachos eram os pedidos de exploração comercial, cujos detalhes, propalados aos quatros cantos pelos próprios lobistas das companhias, eram para todos os efeitos de domínio público. Porém, à medida que o caos político santo trino se aproximava do ápice, o que antes era uma peraltice boba por parte do Felipe foi-se convertendo num desvio funcional, possivelmente criminoso: o que o Felipe passou a compartilhar com os nossos comensais na Bodega eram as estratégias de defesa do Neves no processo de cassação do seu mandato, as quais eram cuidadosamente definidas em conjunto com o Roberto. Apesar dos meus conflitos morais internos, eu não me opunha a nada nem censurava Felipe; pior: aos poucos, passei a nem sequer ver mal nas atitudes desleais que ele estava tomando. Eu imaginava que elas estavam a serviço de um projeto pessoal, e isso, de alguma maneira, as explicava e as normalizava.

Assim como o prefeito, o Roberto tampouco frequentava os círculos sociais do vilarejo. Mas seus motivos eram outros. É verdade que ninguém sabia ao certo quais eram eles, já que o Roberto estava sempre dando desculpas contraditórias para o seu confessado (orgulhosamente confessado) desengajamento da vida do município. Não restava dúvida, por outro lado, sobre o desprezo que ele sentia a respeito de tudo e todos naquele trecho inglório do litoral fluminense, inclusive a respeito dele mesmo, por morar ali. E creio que entendíamos, tacitamente, que o desprezo era a raiz primeira do seu isolamento, tomando-o, aliás, como algo muito natural — o desprezo, quando muito intenso, ganha uma aura de inevitabilidade, estejamos ou não dispostos a reconhecer isso no nosso íntimo.

Não quero sugerir, entretanto, que o Roberto fosse um sujeito amargo. Não era, ou era apenas episodicamente, dentro de sua personalidade complexa. Na verdade, não sei se alguém, na procuradoria, terá decifrado o verdadeiro Roberto — na medida em que existe uma versão verdadeira de cada um de nós, que pode ser descoberta pelas outras pessoas, havendo interesse e capacidade para tanto. Eu não o decifrei, sei que o Felipe muito menos, mas sempre me pareceu que a secretária dele, que o conhecia melhor do que nós, pois o conhecia com a guarda baixa, era paradoxalmente quem tinha a visão mais inexata a respeito do nosso chefe. O Roberto tinha hábito de beber algumas taças de vinho no almoço e depois cochilar no gabinete à tarde, enquanto ouvia tortuosas e soporíferas argumentações forenses em rádios de tribunais (sua estação preferida era a do TJ-RJ), e a dona Regina tomava isso como sinal bastante de que o chefe da procuradoria era um alcoólatra e um bosta. Os olhares que ela dirigia à porta do gabinete dele, quando chegávamos para despachar algum assunto, mas ele não estava em condições de nos receber, eram olhares de repugnância. Mas o fato, que dona Regina não estava apta a reconhecer, é que Roberto trabalhava não apenas bem, como estupendamente bem, e não era menos do que um enigma que ele tivesse resolvido afundar seus talentos jurídicos naquele fim de mundo.

Ele nunca nos explicou por que tinha prestado o concurso para Santo Trio e lá permanecido por mais de uma década, mas não cansava de delinear possíveis futuros longe dali. Quando entrávamos no seu gabinete, ele invariavelmente tirava os óculos, conferia as lentes contra a claridade dos janelões que iam de fora a fora na parede oposta à sua mesa, e esfregava-as com um lenço de seda que sempre mantinha no bolso do paletó. Tudo era feito com infinito vagar, e, enquanto durava o ritual, ele desdobrava para nós algum dos planos por ele ideados para a vida pós-procuradoria. Uma das coisas curiosas do ritual, e que não me passava um bom augúrio, era que os planos não se cruzavam em nenhuma dimensão, eram absolutamente isolados um do outro. E o Roberto, ao avançar na descrição de um deles, parecia o tratar como o único plano que jamais existira, nunca se referindo a qualquer outro. O Felipe dava corda: oferecia palavras de incentivo ou, quando inviável, fazia gracejos sem maldade. Eu ficava quieto. Sobre mim, o efeito do ritual era, em primeiro lugar, desinflar a importância dos assuntos concretos que estávamos levando ao conhecimento dele; em segundo, temer por mim mesmo e pelas minhas circunstâncias. O Roberto conseguia pôr em contato, separadas apenas por uma linha tênue — linha que, naqueles longos despachos vespertinos, não parávamos de serpentear —, a abertura para a diversidade do mundo, de um lado, e o choque inclemente da realidade, de outro. Isso poderia ser emocionalmente torturante, e talvez devesse ser, mas, de alguma maneira, não era.

* * *

Um dia, descobri acidentalmente por que Felipe dizia aspirar ao tempo e ao isolamento (embora recomendasse o contrário para mim). Numa das intermináveis manhãs na procuradoria, eu estava redigindo a contestação a uma ação trabalhista ajuizada por uma ex-funcionária. Notando que uma pasta de documentos estava faltando na minha pilha de autos, fui até a sala do Felipe, imaginando que pudesse estar extraviada nas estantes caóticas que cobriam as paredes dele. Ele não estava na sala no momento, e eu acreditei que ele não veria mal se eu passasse alguns instantes sozinho ali, examinando as lombadas dos pesados volumes. Enquanto eu fazia isso — e me surpreendia com a quantidade de livros e revistas que, nada tendo a ver com o nosso trabalho, roubavam espaço nas prateleiras ao material que deveria estar ali por direito —, o monitor do computador dele acendeu de repente, por conta própria, na mesa bem ao meu lado. Olhei para a tela sem nenhuma curiosidade, por simples reflexo, e vi, atrás de uma pequena janela do Java, sobre o fundo branco do processador de texto, as linhas picadas de uma minuta em construção. Aí sim, tive a curiosidade besta de me aproximar e verificar qual era o caso em que o Felipe estava trabalhando. Assim que pude discernir as primeiras palavras, entretanto, ficou imediatamente claro que aquele arquivo jamais seria incorporado aos autos de qualquer processo da procuradoria.

Mas então alguém pigarreou na porta. Ao batente, Felipe enxugava as mãos com um lenço azul claro. Senti o sangue subir até as minhas bochechas e a sobrancelha tremer.

Se T.S. Eliot estivesse vivo hoje, ele falou com uma voz tranquila, ele diria: "poetas imaturos imitavam; poetas maduros roubavam;

poetas contemporâneos invadem o seu computador e copiam os seus arquivos".

Eu ia tentar me explicar, mas ele indicou que isso não era necessário. Dobrando o lenço com um esmero que, naquelas circunstâncias, me pareceu algo sinistro, ele acrescentou:

São os tempos modernos. Você pode ficar à vontade. Eu ia te mostrar o manuscrito, de qualquer forma, quando ele estivesse pronto. Mas você tem razão: é mais interessante ter contato com o rascunho, que é uma versão mais precária, mas também mais autêntica da obra. Os bastidores do texto, saca? Segue em frente, enquanto eu tomo um café.

Ele saiu, e eu, evidentemente, saí logo atrás. Eu poderia procurar a pasta desaparecida mais tarde, ou, melhor ainda, deixar isso de lado e concluir minha contestação sem fazer referência a nenhum dos documentos contidos nela. Nossa ética de trabalho era fazer "o mínimo decente", e para isso eu já tinha o bastante.

No entanto, pelo resto do dia, não consegui mais me concentrar. Ficaram martelando na minha cabeça dois fragmentos curtos que eu tinha pescado no texto do Felipe. O cínico "forjar dossiê é para os preguiçosos, porque todo homem esconde um mar de lama", e o fragmento mais poético, apesar de um pouco piegas e banal: "mas então todas as decisões já foram tomadas, o arco da vida encontra o seu fim, e a esperança já não tem nenhum valor".

Supus que eu jamais leria qualquer outro fragmento.

* * *

Éramos mais ou menos dez pessoas trabalhando na procuradoria. À exceção dos procuradores, os funcionários não tinham muito trabalho para fazer (falariam eles o mesmo de nós procuradores?; estou certo que sim), o que significava que dedicavam toda a sua vasta energia ociosa à meticulosa construção de relações espúrias uns com os outros. O Felipe se envolvia diretamente nos jogos de força, nas danças de afinidades e provocações: tomava partido, costurava alianças, buscava a paz, às vezes perseguia e punia. O Roberto se comportava da maneira oposta: escondido atrás da porta do seu gabinete, que permanecia fechada durante todo o expediente, ele não tinha contato regular com ninguém, salvo com a secretária Regina, e acredito que ele desconhecia até o nome de alguns dos seus subordinados. Quanto a mim, o que poderia dizer é que, na prática, eu me situava entre um e outro, e que, em sonho, eu almejava radicalizar ainda mais o isolamento do Roberto. Nada impedia que eu fizesse isso como sub do subprocurador-geral; pelo contrário, seria no fundo até mais fácil do que num cenário em que eu ocupasse cargo mais elevado, ao qual estivessem ligadas responsabilidades mais graves, inclusive sobre assuntos de pessoal. Mas eu não conseguia. Só mais tarde eu descobriria que o isolamento quase pleno, quase patológico — que vinha se transformando no meu lamentável ideal de vida durante minha estada em Santo Trio —, só se tornaria um caminho acessível, para mim, quando eu não estivesse mais subordinado a ninguém naquele buraco de cidade.

Enquanto isso, pelo tempo que fui sub do sub na procuradoria, eu me via obrigado, por instinto e por um sentido de decência, a navegar a política de escritório, embora tentando balançar o mínimo possível o mar de lama. Contatos — "relacionamentos" já seriam algo muito além do que eu me dispunha a estabelecer com os colegas de trabalho — corretos, amistosos e distantes com todos eram o que eu tinha traçado, inconscientemente, como meu ponto de partida e o meu ponto de chegada; em outras palavras, eu pretendia arrastar as amabilidades superficiais que tinha trocado com cada um deles quando nos conhecemos, até a despedida que um dia haveria de vir — e eu esperava que ela viesse o mais breve possível. Durante esse período de sacrifício pessoal, eu não queria abrir guarda para intimidades, nem permitir mergulhos em hostilidades.

Isso, na verdade, não me parecia tão complicado de alcançar. A rede de intrigas, alianças e rixas era uma presença quase subterrânea no escritório, como se fosse uma vibração nociva operando numa frequência baixíssima, e era raro que qualquer lance de maior intensidade, fosse de alegria ou de raiva, rachasse o marasmo rançoso da nossa rotina. A sensação, no dia a dia, era a de que a procuradoria vivia sob um estado de trégua, mantida pelos funcionários com perceptível esforço e regular sucesso, a ponto de que o tédio, um tédio esmagador, era o senhor da nossa sede à beira da praça de Santo Trio e fazia os minutos passados ali dentro tartarugarem angustiosamente. Se eu tivesse de descrever a atmosfera da procuradoria em poucas palavras, eu diria que reinava ali o tédio, com uma subcorrente de catástrofe.

De modo que, num dia de expediente normal, eu estaria na minha sala com a porta escancarada — minha paranoia, talvez paradoxalmente, não me permitia nem sequer encostá-la, que dirá fechá-la —, compondo uma peça jurídica qualquer como se pagasse um castigo, enquanto um painel de interações banais se desdobrava preguiçosamente ao alcance da minha atenção, nas salas e corredores próximos. Apenas quem dominasse a arqueologia do escritório poderia saber, por exemplo, que não era por acaso ou por falta de jeito que o Gerônimo da contabilidade e a analista judiciária Ângela, quando davam de cara no corredor, trocavam sempre um par de palavras sobre a chuva ou sobre o sol e nada além disso, sem nem mesmo reduzir o passo, mas sim porque tinham definido tacitamente que aquele era o limite seguro dos contatos que um podia ter com o outro; o motivo, por sinal, era grave: em outras encarnações, como se diz, o Gerônimo tinha sido professor de mergulho da Ângela, então uma advogada recém-formada por uma universidade de Juiz de Fora e recém-regressa a Santo Trio, sua cidade natal; durante uma das aulas, a última que Ângela jamais frequentaria, Gerônimo tinha supostamente tentado abusar da futura analista. Da mesma maneira, só quem conhecesse a ficha daquelas figuras ordinárias e trágicas poderia supor que o nosso despachante, Miguel, que passava as longas horas do expediente assistindo à televisão na copa e que só cumpria diligências quando tinha vontade, mantinha seu emprego não exatamente porque as chefias tinham preguiça de demiti-lo e realizar um novo concurso público — embora, com toda a franqueza, isso nunca pudesse deixar de ser um fator crucial, independentemente de qualquer outra coisa —, mas porque, na gestão anterior à do Roberto na procuradoria, Miguel tinha sacado uma peixeira e cravado sua ponta no tampo de madeira da mesa do procurador-geral, certa vez em que foi por ele questionado por que uma petição ainda não tinha sido protocolada numa vara de fazenda de Paraty, um mês depois de ter sido deixada no escaninho da sala dele; por isso, alguns dos colegas jamais pisavam na copa, a menos que algum dos corajosos frequentadores daquele espaço em tese de uso comum (como eu) avisasse que por algum acaso o Miguel não estava lá no momento; por isso, o nosso técnico judiciário, Adalberto, tinha se voluntariado para instalar um forno micro-ondas na sua sala, que os colegas mais humildes visitavam com timidez todo início de tarde, para aquecer quentinhas trazidas de casa; por isso, havia um bebedouro extra no corredor da procuradoria, adquirido pelos próprios funcionários, graças a uma vaquinha organizada por nossa técnica judiciária, Vanessa. E, por falar nela, quem, se não nós que tínhamos os mapas do passado para dar sentido aos arranjos do presente, poderia cogitar que a Vanessa e o nosso chefe de arquivo e tecnologia da informação, o Batista, quando se juntavam para conversar na última meia hora antes de irem para casa, riam sobre as maiores banalidades e se revezavam contando piadinhas infames justamente porque dividiam uma mácula inominável; que eles tinham tido um caso anos antes, quando o Batista já era casado, e que a Vanessa tinha engravidado; que, de comum acordo, tinham resolvido levar a gravidez a termo e, assim que possível, dar a criança para adoção; que assim tinham feito e, desde então, em diferentes graus, se martirizavam com a crueldade que tinham praticado, não com o filho indesejado — que, acolhido por um casal neozelandês, tinha sido levado para Adelaide e, muito provavelmente, estava muito bem —, mas com eles próprios; que, assim que a Vanessa voltou para o trabalho, tinham naturalmente criado um hábito de falar sobre bobagens ao final do expediente, sempre sob a perspectiva da alegria barata, como se tivessem combinado que, com os pés falsamente leves, circundariam juntos o poço do remorso, jogando tempo fora à espera do primeiro passo em falso, da queda inevitável.

Mas quem acabou despencando, e num precipício muito mais fundo, fui eu. Sob o tédio do escritório, sob a aparência de modorrenta normalidade que ali reinava — normalidade sob a qual se escondiam tão bem os tons ora mais fortes, ora mais fracos, do absurdo —, infâmia se empilhava sobre infâmia. Dentro dos outros dois edifícios que cingiam a praça principal de Santo Trio, o da prefeitura e o da câmara de vereadores, infâmia também se empilhava sobre infâmia. E, um dia, a infâmia me alcançou e me derrubou. Ela não veio exatamente da procuradoria nem da complexa rede subterrânea que se estendia sob a praça, alimentando e rescaldando malignidades interinstitucionais —, mas se fez possível por causa dela. E a infâmia não veio me atingir sem antes me colocar no topo da cidade

— por mais baixos que fossem os topos do litoral por tanto tempo ignorado de Santo Trio. Mas ela veio, e me derrubou e me degredou.

Eu não merecia nada disso.

* * *

A primeira vez que temi pela morte da minha mãe como algo concreto e próximo, e não como uma eventualidade certa, porém abstrata, foi num final de semana em que fui recebido por ela não com a indiferença que tinha se tornado a regra em consequência do avanço da doença, mas com uma predição atroz: você vai acabar se matando, que nem o seu pai.

Ela estava sentada em frente à televisão, acompanhando, com um olhar opaco, imagens de animais africanos correndo pela savana. No colo dela, repousava um prato com uma fatia de bolo formigueiro. Eu me sentei num pufe, e minha mãe arqueou as sobrancelhas. A tevê estava no mudo, e o único barulho que se ouvia no apartamento era o da dona Maria pegando suas bolsas para ir embora. Minha mãe levou o garfo vazio à boca, e eu supus, com tristeza, que ela havia se esquecido de partir um pedaço; mas não era isso: ela cuspiu alguma coisa no talher e largou-a em cima de um montinho claro que se formava no canto do prato, o que reconheci como um montinho de coco ralado. Minha mãe sempre detestou coco ralado. Vou entregar à..., eu disse, apontando em silêncio para a acompanhante que naquele momento abria a porta de serviço, a lista de comidas e temperos de que você não gosta. Minha mãe não me escutou ou fez como se não tivesse escutado, pois o que falou em seguida retomava e desdobrava os seus vaticínios sobre a minha morte:

seu pai enfiou de propósito o carro naquele poste de iluminação no quartel em Água Verde, justamente num momento em que a depressão não estava nos níveis mais graves. E eu sei que você também vai acabar com a própria vida num momento em que ninguém estiver esperando, em que você parecer estar mais forte. Todo suicida quer chocar os outros o máximo que puder. Nunca existe desespero na execução, mas somente o cálculo, o cálculo mais sombrio.

Olhei para a televisão, em busca de refúgio. A câmera acompanhava um filhote de elefante em plano fechado, aparentemente com

70

o intuito de captar seu aprendizado do uso da tromba para beber água. Porém, à medida que o ângulo se abria, ficava claro que o documentarista queria mostrar algo menos gracioso: chacais surgiram nos cantos da tela e começaram a cercar o filhote. Voltei a olhar para a minha mãe, que parecia estar esperando que eu fizesse isso, pois de imediato me perguntou: você não tem filhos, tem? Respondi que não, e ela devolveu de bate-pronto: Mulher? Diante de nova negativa, ela arrematou: ótimo, e espero que continue assim.

Preferi não consultar o motivo, nem ela me deu algum. Instalou-se o silêncio, e eu fiquei observando minha mãe comer o bolo formigueiro. Vislumbrei uma delicada beleza no modo como ela partia os pedacinhos, separava os fiapos de coco na boca e os depositava num canto do prato. Havia naqueles atos simples uma falta de autoconsciência, um senso de rendição ao presente e ao domínio dos sentidos, que transmitiam uma impressão reconfortante, talvez ingênua, de autenticidade e completude. Deu-me o estalo de que era isso que eu tinha perdido em Santo Trio, mais do que tudo: a capacidade de viver coisas autocontidas, não relacionais — ou, em palavras menos pretensiosas, coisas puras e independentes. Eu ia quebrar a aura sutil daquele momento de silêncio compartilhado, eu sabia, mas queria contar para a minha mãe o que eu tinha descoberto; ou antes, o que era mais realista, eu queria poder ouvir a mim mesmo desenvolver uma ideia que era, pelo menos por ora, mais uma sensação informe do que uma proposição lógica. E assim tentei.

Mãe, acho que eu sei por que eu não me sinto bem em Santo Trio. É a overdose de contatos hierarquizados dentro da procuradoria, o dia inteiro, todos os dias. Eu não posso interagir com ninguém que não seja, se você pensar bem, ou meu subordinado ou meu chefe. A troca de palavras mais miserável, um bom dia que seja, é uma troca de palavras que acontece como se fosse num plano vertical: um de nós bate a bola de baixo pra cima, e o outro rebate de lá pra cá. É impossível esquecer isso. Qualquer contato põe ou pode vir a colocar em questão a minha autoridade ou a minha obediência, e isso contamina qualquer possibilidade de um envolvimento aberto, desimpedido, sem escudos. Porque a verdade é essa, a verdade é que eu sinto que o meu escudo tem que ficar sempre levantado, e, já que é assim, eu não consigo estabelecer uma conexão verdadeira, como dizem, com ninguém. Depois de tanto tempo sentindo isso, vivendo assim, eu acho até que o que eu passei a querer, como um ideal de vida, é o isolamento completo. Não falar com ninguém, ficar no meu canto o tempo todo, é o que eu tenho sonhado pro meu futuro. E eu sei que isso não é normal, mãe, eu sei, mas ser um procurador o tempo todo, até quando cumprimento alguém no corredor, é angustiante, é de matar. Se isso tem solução, eu não sei.

Minha mãe tinha terminado a fatia de bolo e contemplava a tevê de um jeito ao mesmo tempo torturado e vazio, como se seu rosto estivesse reagindo simultaneamente a dois estímulos, vindos de dimensões muito distintas. Eu me virei para a tela, imaginando que veria nela os chacais arrastando o filhote de elefante que se desgarrara da manada. Mas o que o documentário mostrava então eram passarinhos de bico vermelho empoleirados no lombo de zebras e girafas, ciscando carrapatos. De repente, ela piscou com certa intensidade, quase que com determinação, como se estivesse recobrando a consciência. Longe disso: olhando para o que suas mãos estavam segurando, constatou, com surpresa, que se tratava de um prato. Viu que, sobre ele, restava uma garfada de alguma comida sem cor, e prontamente a levou à boca. Então, percebendo o que era aquilo, começou a cuspir coco ralado com desespero, me xingando e ao mesmo tempo tentando se livrar dos fiapos ressequidos, que caíam sobre o tapete, sobre o sofá, sobre mim.

Você faz isso de propósito, né, seu filho da puta? Põe o que eu não gosto em tudo que você cozinha, só pra me espezinhar. É mau hoje como era ontem, e vai ser ainda pior no futuro. Eu lembro tão bem, como se estivesse olhando pra uma fotografia, do rosto alegre com que você veio até mim naquela noite no Tivoli Park. Do jeito eufórico que você pulava sem sair do lugar, saboreando a malvadeza que tinha aprontado com o seu amiguinho Thiago. Cadê o Thiago, eu perguntava, e você só levantava os ombros; cadê o Thiago, e você me mostrava o beiço. Thiago, Thiago, Thiago, eu fiquei berrando no meio da multidão do parque, enquanto você me seguia, agora chorando. Mas a história de vida do Thiago já tinha se partido em dois. Ninguém do lado de cá, nem nós, nem os pais dele, nem mesmo a polícia, conseguia achar o menino perdido pra trazer o coitado de volta. E foi você, inventando aquela brincadeira sem juízo, um pique-pega no lugar mais impróprio, que fez seu amiguinho escorregar pra um mundo desconhecido. Quem tem essa anotação no prontuário, é capaz de tudo. Dado tempo suficiente, fatalmente vai fazer coisa pior. Se é que já não fez.

Nenhum registro dessa noite no Tivoli Park havia perdurado na minha mente. Ou era uma invenção da minha mãe, ou minha memória do incidente havia esmaecido até o esquecimento em meio aos outros solavancos da infância e da adolescência. Se o caso de fato acontecera, o motivo do meu esquecimento não podia ser a minha pouca idade na época do ocorrido: eu já devia ter então bem uns oito ou nove anos. O que eu sabia é que nunca se falara sobre o incidente em casa, e supus que fora com esse apoio dos meus pais que eu acabara conseguindo riscar a tragédia da minha própria biografia privada. (Quem, entre nós, não constrói para si mesmo uma narrativa pessoal em que figuramos como protagonistas, se não benevolentes, ao menos justos e isentos de pecados maiores? Afinal, estão em jogo nossa sanidade, nossa autoestima, nosso futuro.) Todavia, enquanto minha mãe descrevia o que tinha se passado no Tivoli, era como se as palavras dela iluminassem cantos há muito tempo não palmilhados na minha mente; era como se aquelas palavras reapresentassem, para mim mesmo, faces até ali ocultas da minha personalidade. Enquanto ela falava, eu pinçava flocos de coco ralado espalhados por toda parte da sala, e, de certa maneira, eu sentia como se eu já estivesse começando a pagar minhas penas pelos meus erros passados e esquecidos. Apesar de tudo isso, tive vontade de contestá-la, de questionar a veracidade da história. Quem falou primeiro, entretanto, foi a minha mãe.

Você acha que é muito inteligente, meu filho. Direito na UERJ, MBA nos Estados Unidos, agora procurador municipal — essas pequenas vitórias em provas, essas pequenas vitórias ganhas no papel foram te dando a sensação de que você está acima dos outros, merece estar acima dos outros e está destinado a continuar subindo. Porque você não viveu nada, você ainda acha que o jogo dos concursos, o jogo do currículo têm alguma relação com a vida real. Em primeiro lugar, eles não têm; segundo, eles podem até te colocar, ou melhor, te catapultar, zuuuuum — com o dedo indicador, ela descreveu um arco no ar —, direto por uma posição mais ou menos respeitada na pirâmide social, mas, se te faltar o estofo pra ocupar essa posição, talvez tenha sido até pior pra você ter conquistado essas vitórias de Pirro. Porque ser desmascarado como um impostor, escondido atrás do título vistoso, é das piores humilhações pelas quais uma pessoa pode passar. E se você se encontrar nessa situação, Pedro, e se sentir, como qualquer um na sua pele se sentiria, acuado, oprimido? Vai cometer uma atrocidade? Vai se matar? Ou os dois? Eu sei que você vai fazer os dois. Você não é inteligente como você pensa que é. Você sabe jogar um jogo, sim, mas é um jogo que não passa de uma porta de entrada pro jogo real, o jogo de gente grande. E você vem me falar de contatos verdadeiros, vem me falar que está cansado de dar bom dia só pra cima ou pra baixo, que sente falta de pureza? Você não entendeu porra nenhuma, meu filho. E minha mãe, que nunca tinha sido de falar palavrão, ficou repetindo "porra nenhuma" inúmeras vezes seguidas, variando a entonação como se estivesse gostando de ouvir a expressão na própria voz, ou como se estivesse atribuindo a ela significados sutilmente diferentes a cada repetição.

Eu queria dar um fim àquilo. Peguei o controle e desliguei a televisão, que reproduzia fotografias de caçadores ilegais na África sorrindo diante de animais abatidos. Fui levar o prato à cozinha, onde permaneci em silêncio por um bom tempo, esperando que a mente da minha mãe enveredasse e se perdesse em outras divagações, oxalá mais amenas. Fiquei observando-a do batente. Quando ela passou a investigar as palmas das mãos — algo que ela vinha fazendo com interesse cada vez maior à medida que o fim se aproximava, como que num esforço de cotejar a vida que de fato tivera com o futuro que estivera traçado desde sempre nas suas linhas do tempo —, achei que era seguro voltar. Assim que me viu, no entanto, minha mãe me olhou e disse, num tom ao mesmo tempo displicente e catedrático, como se declarasse uma verdade que já deveria ser do conhecimento de todos: Tudo é relacional — e olha bem, eu disse 'relacional', e não 'relativo' —, porque o status é que governa o mundo.

E emudeceu. Pelo resto do fim de semana, minha mãe não me dirigiu uma única outra palavra. Julguei notar laivos de culpa no recolhimento dela, em sua atitude em geral, mas sei que, muito provavelmente, eu estava apenas projetando o que eu queria que ela sentisse. Tantas vezes, nesses sábados e domingos que pareciam derradeiros, o olhar e a postura da minha mãe aparentavam esconder uma grande profundidade de sentimentos e ideias, e eu não conseguia deixar de tentar descobrir o que se passava sob aquele véu de ambiguidade circunspecta. A verdade — de que o que estava em curso era, é claro, o processo reverso, correndo rumo ao destino final da extinção da personalidade — era trágica demais para ser contemplada.

* * *

Fantasias de um mundo impossivelmente hospitaleiro, o Roberto concluiu, limpando os óculos com um lenço vermelho. Ele tinha descrito, para mim e o Felipe, o seu plano de acumular capital suficiente para constituir um fundo de apoio a benfeitorias, alimentado exclusivamente pelos juros do principal. A ideia dele era entregar, a qualquer pessoa que aparecesse pessoalmente na sede do fundo e delineasse os contornos, ainda que mínimos, de um projeto de fortalecimento de alguma comunidade, um par ou dois de milhares de reais. O processo de liberação do dinheiro seria descomplicado e expedito, e uma das únicas exigências formais, estabelecidas no ato de criação do fundo, seria que o interessado fizesse o pedido em pessoa, sem intermediários. O Roberto queria entregar em mãos o envelope com as notas, falar algumas palavras sobre o princípio da boa-fé, olhar nos olhos do premiado, incutir nele algum sentido de responsabilidade e de medo. Roberto dizia ter consciência de que os oportunistas, é claro, não seriam poucos e talvez chegassem a representar a maioria, mas isso não lhe preocupava em nada. O interesse maior do Roberto, para além de incentivar o desenvolvimento de comunidades e, portanto, a "coesão social" (ele era, a propósito, um conservador carola), era acompanhar a evolução da vida privada, em toda a sua diversidade de manifestações e propósitos. Por isso, as cédulas estariam marcadas, de modo que ele pudesse seguir a trilha do dinheiro, puxando o fio das incontáveis e prosaicas transações financeiras que os beneficiários fariam. O único porém, o Roberto ressalvou, já escolhendo as pastas pertinentes para o nosso despacho do dia, é que, pra que esse meu projeto humano funcione, eu dependo da colaboração do pessoal do Ministério da Fazenda. E o meu único contato próximo lá, um cara que fez faculdade comigo e é meu chapa pra cacete, já me confessou que está insatisfeito e pensa em migrar do setor público pro mercado. Se ele sair mesmo, aí nada feito, só comprando alguém na Fazenda, talvez com os próprios rendimentos do meu fundo — o que, se você parar pra pensar, não deixaria de ser interessante, porque daria um caráter meio circular pro projeto todo. O Roberto pegou seu copo d'água, quase vazio, e distraidamente fez o seu conteúdo girar, como se se preparasse para tomar não água, mas vodca ou uísque.

Eu gostaria de ser o seu sócio nisso, o Felipe comunicou, olhando de soslaio para mim. Não como um parceiro para cofinanciamento, ele se apressou em explicar, mas como uma espécie de curador dramático, de consciência narrativa. O ponto, ele continuou — agora praticamente já virado de lado, dirigindo-se a mim —, era que a premissa do segundo romance que ele pretendia escrever tinha acidentalmente grandes semelhanças com a lógica do projeto do Roberto. O que o Felipe queria fazer era criar uma história fragmentada, mas contínua e potencialmente infinita, em que cada capítulo, de meia dúzia de páginas, abordasse com algum detalhe um momento na vida de uma pessoa, introduzindo, como um personagem lateral e absolutamente secundário, uma outra pessoa que viria a ocupar o centro dramático do capítulo seguinte. Esse tanto, a estrutura formal do romance, estava definido; o que faltava decidir era o mecanismo de movimentação dos personagens, que deveria ser idêntico em todos os casos para dotar o romance de consistência interna, em primeiro lugar, e também para dar ao conjunto do enredo um alcance global imediato e "orgânico". O Felipe estava inclinado a definir que aquelas pontes entre os capítulos seriam feitas por viagens de avião. Depois de ouvir sobre o projeto do Roberto, ele passaria a considerar a possibilidade de que o fio condutor do livro fossem transações financeiras — *follow the money*: claro, Roberto, claro, e usando isso eu ainda poderia criar uma conexão mais ou menos óbvia, para quem for bom entendedor, com o meu futuro primeiro romance. Fosse como fosse, ele precisava avançar rápido, "porque a ideia está no ar, e não vai demorar para que um americano, um canadense ou um europeu, um dos grandes ou um escritor desconhecido e menor, tanto faz, publique um livro com a mesma premissa". O projeto seria um laboratório para a ideia, só que real e impossivelmente complexo, e o Felipe queria participar dele, nem que fosse só para constatar e se maravilhar mais uma vez com a multiplicidade da vida e talvez obter, da experiência, alguma inspiração.

O Roberto nunca treplicava aos comentários do Felipe, e parecia evidente, em muitos dias, que ele não tinha ouvido nem uma palavra. Pelo olhar remoto com que ele pegou uma pilha de pastas e colocou-as sobre a mesa, ao que tudo indicava para finalmente dar início ao nosso despacho, acreditei que o mesmo se passaria naquela tarde. Mas uma expressão sardônica de repente surgiu no rosto do Roberto, que incaracteristicamente decidiu retrucar o seguinte: então você está atrás de dinheiro pra financiar a redação dos seus livrinhos? É isso que você quer, um mecenas, pra ter mais tempo livre? Não fode, Felipe, diz a verdade e não me vem com essas ideias elaboradas e fajutas. Enquanto falava, o Roberto fazia algum desenho inescrutável na capa da pasta verde que estava no topo da pilha. Depois de uma pausa, ele completou: E eu te daria o dinheiro com a maior satisfação, sem historinha nenhuma, sem sociedade no projeto nenhuma, porque acredito pra caralho no teu talento. Vocês sabem bem o que eu penso, que nenhum de nós deveria estar com a cabeça enfiada na areia de Santo Trio, como três caras perseguidos por alguma coisa, por alguém, por um fantasma, ou pelo destino. Mas o passado é só um prólogo, como se diz, e em algum momento vão chegar as correções.

O olhar do Roberto tornou a ficar distante e embaçado. Com vagar quase aflitivo, como se quisesse suspender a passagem do tempo, ele abriu a primeira pasta de documentos. Dela tirou duas folhas, entregando uma para mim, uma para o Felipe. Com uma voz invejavelmente mansa, ele nos comunicou que tinha sido aberto, por decisão soberana da câmara municipal, o primeiro processo de *impeachment* do prefeito na história da cidade.

* * *

Por essa época, a minha sensação era que o caos estava cada vez mais perto de esmagar Santo Trio. Não era que os sinais do caos estivessem rebentando a olhos vistos: em sua maioria, eles permaneciam sutis, eu precisaria admitir. Entretanto, para quem vinha acompanhando as engrenagens da revolução dos bastidores, eles pareciam agentes avançados — silenciosos e, por isso mesmo, tanto mais eficientes — da subversão da ordem.

Dava para notar, por exemplo, que crescia o número de forasteiros perambulando por várias partes do balneário, sem aparente propósito turístico: na Bodega do Meio e em outros restaurantes, víamos homens de blazer conversando quase aos sussurros e tomando bebidas destiladas; nas areias da praia, víamos sujeitos mais simples, de jeans e blusa polo surrada, fazendo anotações em pranchetas; nas ruas mais agradáveis e arborizadas, víamos casais caminhando sem pressa, examinando a fachada das casas, como se avaliassem se alguma delas valia a pena comprar. Outro sinal era a chegada de caminhões trazendo material de construção, que era deixado em terrenos descampados nas imediações de Santo Trio. E havia ainda um fenômeno que eu não ousaria associar verbalmente à iminente tomada da cidade, embora eu não acreditasse numa coincidência: o aumento dos casos de suicídio e morte súbita.

Tudo isso aparentava comunicar o seguinte: o vilarejo que estivera fora do tempo e da história, ou quando muito preso ao passado — à obscuridade colonial, à mística pré-cabralina —, estava sendo sorvido pelo moinho do progresso.

Em parte, eu me vi querendo protegê-lo. Pois não havia certa pureza naqueles grupos de aprendizes de mergulho, recebendo lições dos instrutores na areia da praia, ao lado de uma montanha de *snorkels* e pés de pato protegidos do sol sob tendas coloridas? Pois não havia certo encanto em um pequeno balneário onde todos os habitantes se conheciam e se cruzavam nas lojinhas e restaurantes, dividindo um destino simples, mas um destino que em todo caso lhes pertencia? É justamente o singelo, e não o grandioso, que desperta em mim a vontade de sustar a marcha do tempo. O grandioso, o raro, são os marcadores do tempo, os trampolins da história. Mas é nos interstícios entre um e outro trampolim que se desenrola, com placidez heroica, aquilo que efetivamente tem valor. Sentado nos fundos da Bodega, a uma mesa em que o Felipe conspirava com a vereança e maquinava a chegada de uma nova era, eu me via querendo conservar um modo de vida, eternizando o que era por sua própria natureza precário e contingente.

Por outro lado, eu também desejava, em parte, acelerar o triunfo do progresso. Pois não era intolerável que o novo estivesse sendo represado por não mais do que uma sequência de decisões autocráticas? Pois não era simplesmente errado que as dinâmicas espontâneas da vida em sociedade fossem manietadas pela imposição de apenas um homem? Muitos anos antes, bacias de petróleo tinham sido descobertas naquele trecho do litoral fluminense, mas àquela época não havia empresa capaz de extraí-lo de debaixo do assoalho marítimo e ainda conseguir algum lucro. Desde então, o preço do barril tinha subido, a tecnologia tinha avançado, as normas federais de exploração tinham se flexibilizado, e as corporações já estavam prontas para montar suas plataformas. No caminho, havia apenas o prefeito José Neves, que precisava, portanto, cair.

* * *

Eu me perguntava se era o único que sentia que a vida tinha passado a transcorrer simultaneamente em duas velocidades. Uma era a velocidade habitual: a do fluxo manso e estável das coisas cotidianas. A outra era algo novo: a velocidade do desmoronamento da ordem política do vilarejo. De uma maneira geral, as velocidades distintas operavam em esferas distintas, o que me permitia manter, quando estava transitando no mundo ainda muito mais vasto das coisas cotidianas, um senso de normalidade. Com uma frequência cada vez maior, entretanto, a marcha da crise atropelava a valsa suave do cotidiano, e o senso de normalidade dava lugar a um senso de catástrofe, que pesava ominosamente no ar.

Foi o que aconteceu numa tarde até então irrelevante, em que eu examinava antecedentes de denegação de alvarás na sala de arquivo. Num dos momentos mais insignificantes dentro daquele dia irrelevante — eu tinha ido à copa para encher minha jarra d'água e, encontrando lá o nosso despachante Miguel, me vi obrigado, por educação ou talvez por medo, a esperar que ele terminasse uma história que ele começara a me contar sem nenhuma provocação de minha parte, a respeito do dia em que ele tivera de levar o Roberto ("chorando que nem uma menininha no banco de trás", segundo ele) a Petrópolis, para que o chefe resolvesse um problema pessoal misterioso —; nesse momento, o Felipe abriu a porta falando "Mayday, Mayday", à minha procura. Li, no rosto dele, um misto de euforia e pavor. Mataram o fiscal federal: mataram o doutor Fernandes, ele avisou sem rodeios, gesticulando para que eu o acompanhasse.

Fomos até a sala do Roberto, onde o nosso chefe conversava ao telefone com o presidente da câmara municipal. Assim que desligou, ele relatou para nós que, com a concordância unânime das lideranças, a mesa da casa tinha marcado, para dali a duas semanas, o primeiro turno da votação do *impeachment* do prefeito José Neves.

* * *

Conheci a Tatiana durante essas duas semanas críticas.

Era um início de tarde ensolarado, e eu estava sentado num dos bancos rústicos da praça principal de Santo Trio, comendo um sanduíche à sombra de uma amendoeira. Era nessa praça que eu almoçava todos os dias de trabalho, a não ser quando chovia. Os meus jantares, esses, sim, eu continuava fazendo na Bodega do Meio, ou aonde quer que Felipe me arrastasse depois do expediente. Os almoços, entretanto, eu desde o princípio tinha reservado religiosamente para mim mesmo — em grande parte, é preciso reconhecer, porque o próprio Felipe sumia nesse intervalo, por um motivo que me era obscuro no início, mas logo viria ao meu conhecimento: para escrever o seu romance. Dada a ausência do Felipe, eu usava a restrita janela de sossego que assim se abria para descer à praça. O que eu almejava, acima de tudo, era ficar longe dos colegas de procuradoria; ao mesmo tempo, não queria ficar insulado em casa, porque sabia que lá eu ficaria matutando angustiadamente sobre o que eu estava fazendo com a minha vida, naquele supérfluo vilarejo fluminense. Eu precisava de um lugar que fosse público, mas pacato, em que eu me sentisse exposto (e portanto intranquilo para qualquer pensamento mais complexo), mas suficientemente protegido do contato humano. E era isso que eu encontrava ao descer as escadarias de mármore da procuradoria: em regra, a praça ficava deserta no início da tarde. Os funcionários dos três prédios que a circundavam ou comiam alguma coisa no escritório, ou pegavam o carro para ir para casa; o cidadão santo trino comum raramente precisava ir à sede de qualquer dos poderes constituídos; turistas, sim, de quando em quando havia um ou outro, mas não era a norma. No dia a dia, dificilmente passava vivalma por ali.

Há guinadas na vida que se apresentam como tal desde a primeiríssima hora, e você em nenhum momento duvida de que nada mais será como antes. Há outras guinadas que se iniciam com suavidade, e apenas depois de algum tempo, depois de percorrido um trecho da estrada, é que você se dá conta de que está seguindo novos rumos, cuja origem discreta seria necessário ir buscar, com algum esforço, nas ruínas do passado. O princípio do meu relacionamento com a Tatiana teve, estranhamente — posso dizer agora —, um pouco de cada um daqueles elementos.

A maneira como nos conhecemos foi trivial, acidental. Eu descia as escadas do edifício da procuradoria quando a vi pela primeira vez. Ela estava mais ou menos distante, no meio da praça, e batia fotografias na minha direção, fazendo incessantes microajustes na lente da câmera. Era um dia de sol, sem vento, e o ar translúcido e estático estava imbuído daquela aura de estabilidade e permanência que, certas vezes, parece se instalar como um prelúdio da desgraça. Lembro que a Tatiana estava usando um vestido branco, estampado com enormes flores azuis; lembro que reflexos dourados reluziam nos seus cabelos castanhos escorridos; lembro também do desconforto que eu senti descendo as escadarias , devido à sensação de estar sendo observado; lembro de dar um passo depois do outro com insegurança, aflito com a possibilidade de tropeçar; lembro do alívio que senti quando alcancei ileso o meu banco cativo, à sombra da minha amendoeira preferida; e lembro do desprezo que senti por mim mesmo por estar tendo a reação emocional de um menino, e lembro das minhas tentativas de reprimir esse desprezo.

Decidi esperar tudo (minhas emoções, aquela mulher inominada, Santo Trio: tudo) passar, convicto de que tudo passaria. Comendo meu sanduíche de salmão defumado com molho rosé, vi a Tatiana direcionar sua câmera para a prefeitura e, em seguida, para a câmara de vereadores, batendo outras fotografias a partir do mesmo ponto central da praça. Tomei-a por uma turista e julguei que não a veria outra vez. Continuei observando-a, meio alheadamente, até que ela, girando em torno do próprio eixo para divisar o último quadrante da praça, apontou a câmera para o banco onde eu almoçava e, sem nenhum motivo discernível senão o de me constranger (assim pensei na hora), ajustou a lente e pressionou uma porção de vezes o botão de disparo. Feito isso, ela veio andando na minha direção, com passos seguros e um sorriso afável no rosto;

senti o pânico difuso que sentia diante da aproximação de qualquer mulher bonita — no fundo, de qualquer pessoa, mas ainda mais de uma mulher bonita. O que ela queria era perguntar se alguma daquelas instituições de Santo Trio oferecia visitas guiadas à sua sede. Eu disse que não, sem desenvolver muito a negativa, e ela agradeceu e partiu, no sentido da praia. Dando tudo por encerrado, voltei a me obrigar a pensar que em breve a moça e o ocorrido se apagariam da minha memória — técnica de "saúde psicológica" que eu aprendera em Buffalo com Beatriz, e que eu utilizava ora mais, ora menos conscientemente. E procurei também pensar na Beatriz, como se estivesse ainda de alguma maneira ligado a ela, e como se esse vínculo inexistente justificasse a minha frieza gratuita com a moça da praça. Sempre busquei fabricar todo tipo de subterfúgio para superar ou distorcer experiências surgidas fora dos limites do meu controle.

Eu achava que nunca mais veria aquela moça, mas seu sorriso fácil voltou a abrir-se para mim dois ou três dias depois, na casa de um lobista. Era um jantar com lugares marcados, e quis o acaso (ou a indiferença dos anfitriões) que, à longa mesa com dezoito convidados, nós nos sentássemos lado a lado. Enquanto os demais, entre garfadas de camarão na moranga e goles de vinho tinto do Douro, faziam projeções sobre quando as tribulações políticas santo trinas chegariam à imprensa carioca e nacional, a Tatiana e eu trocávamos detalhes, ela com muito mais liberalidade do que eu, sobre quem éramos e o que fazíamos. Ela contou que era filha de um executivo ucraniano da *British Petroleum*, radicado havia mais de vinte anos no Brasil. Fazia uns dois meses que o seu pai tinha sido remanejado de Salvador para o escritório que a empresa estava montando em Santo Trio, porque já davam como certo que a autorização para exploração dos campos *offshore* era iminente, restando apenas superar alguns obstáculos políticos formais. Perguntei se ela também trabalhava na empresa, e ela respondeu, obliquamente, que de certa maneira sim, sem se aprofundar — mas revelou que, naquela noite, comparecia ao jantar a pedido do pai, que estava envolvido em outra reunião. Um silêncio momentâneo se instalou entre nós (à mesa, que os convivas se divertiam imaginando o que o prefeito Neves faria na sua aposentadoria forçada), e eu o quebrei indagando sobre as fotografias que ela batia na praça central, dias antes. Eu me lembro bem, ou imagino que me lembro bem, do que ela respondeu: ah, não era nada. É só um hobby. Eu gosto da ideia de que as fotos contêm um tipo de permanência. Principalmente quando você sente que tudo está desmoronando, você precisa encontrar algum centro, sabe, algo estável, que seja capaz de segurar e preservar as coisas. Ela foi interrompida pelos risos ao nosso redor, sem bem que talvez já tivesse de qualquer modo encerrado. Notei, pela primeira vez, que havia um reflexo de timidez e arrependimento no olhar dela.

Ao final do jantar, trocamos números de telefone. Foi a Tatiana quem ligou primeiro, na tarde seguinte, para marcar um café, e não atribuí a isso nenhum significado, porque sempre me soube lento e hesitante por natureza. Dali em diante, nós nos encontramos todos os dias, e era ela quem segurava a minha mão na vertiginosa tarde do *impeachment* do prefeito.

***

There ain't a thing but dirt on this green God's globe...,o Felipe observou num inglês aprumado, quase perfeito. Não há nada senão lama nesse globo verde de Deus..., ele traduziu logo em seguida, brincando que algo se perdia na versão em português, mas que não era culpa dele.

Havia passado certo tempo desde que o Roberto terminara de falar, e não me pareceu claro se a frase declamada (*dita* seria pouco: *declamada*) pelo Felipe se referia ainda à história que tínhamos ouvido, ou se ele procurava introduzir um paralelo — evidente, implorando para ser traçado — com a política de Santo Trio. Era um fim de tarde chuvoso, e o Roberto ainda não acendera nenhuma luz do gabinete. Antes de batermos à porta, a dona Regina, fazendo com a mão o sinal de pileque, avisara que o chefe estava dormindo na cadeira, com a gravata frouxa e os pés descalços. Entramos na penumbra da sala, e era como se ali a realidade se assentasse sobre outros pressupostos. O Roberto despertou sem susto, e seu olhar parecia nos dizer que ele estava apenas fazendo hora enquanto nossa chegada prevista não se materializava. Em vez de delinear um novo plano para o futuro pós-Santo Trio, dessa vez ele queria nos falar sobre o passado. E o que ele tinha para contar era trágico, como tanto do que ocorreu e tanto do que se recordou e tanto do que se falou naquelas duas semanas derradeiras de tramitação do *impeachment*.

Uma década antes, no último ano que ele vivera no Rio até se mudar para Santo Trio, ele fez uma descoberta. Sua mulher estava desviando dinheiro do caixa do escritório de advocacia Macedo & Guerra, onde ele trabalhava como advogado sênior, e ela, como chefe do setor de compras e contabilidade. O esquema era de uma simplicidade cândida, sem triangulações ou operações intermediárias, e dependia não mais do que da colaboração de um funcionário operacional das empresas contratadas e dos prestadores eventuais de serviços. Como em tantos circuitos criminosos ou imorais, foi um descuido de um de seus participantes, já incapaz de medir riscos devido à força do hábito, que criou as condições para que alguém de fora do esquema compreendesse que se passava algo de escuso no escritório. Esse alguém era o próprio Roberto.

Ele voltava sozinho para o escritório num início de tarde, depois de almoçar com um juiz da 5ª vara de fazenda pública. Na recepção incidentalmente sem funcionários, deparou com um sujeito desconhecido, em pé, contemplando um quadro impressionista de uma rua em Santa Teresa, que enfeitava a entrada. O Roberto perguntou se poderia ajudar em alguma coisa, e o rapaz disse que tinha um documento para entregar à Sr.ª Débora — justamente a mulher do Roberto. Ela estava em licença médica naquele dia, e o Roberto se prontificou a fazê-lo chegar a ela. Segundo o Roberto, o sujeito hesitou por um brevíssimo instante antes de oferecer o envelope pardo, e o Roberto pressentiu, talvez inexplicavelmente, que havia uma correlação inversa entre a duração mínima do titubeio e a gravidade infinita do que estava por trás dele. Ainda no corredor a caminho da sua sala, o Roberto abriu o envelope. Dentro dele encontrou, entre duas folhas brancas dobradas, um cheque nominal para a sua mulher.

Imediatamente, ele telefonou para casa. Questionada de supetão sobre o motivo da visita e do envelope, a Débora pareceu ficar perturbada e afônica. Com uma voz distante, um fiapo de voz, ela apenas pediu desculpas e prometeu que explicaria melhor mais tarde.

Algumas horas depois, num início de noite chuvoso, o Roberto, chegando ao seu apartamento no Alto Gávea, deparou-se com uma cena que ninguém jamais poderia estar preparado para ver. A sua mulher estava desfalecida no chão, numa posição impossível, e ele nem sequer precisou agachar-se para tentar ouvir a respiração dela ou para testar o seu pulso para saber que ela já não tinha vida. A gola da camisola estava presa a uma haste da cama de madeira rústica, comprimindo o pescoço da sua mulher. Tudo indicava que ela havia se suicidado, e o Roberto levaria essa certeza até o seu próprio fim. Entretanto, meses mais tarde, quando ele já havia se mudado para Santo Trio, uma perícia viria a determinar que se tratara de uma asfixia acidental, num quadro de intoxicação alcoólica.

Felipe e eu ouvimos essa história e guardamos um silêncio respeitoso por um bom tempo. Foi ao cabo dele que o Felipe observou:

There ain't a thing but dirt on this green God's globe...

Pensei que, se ele estava se referindo ao que a mulher do Roberto tinha praticado, o comentário era, acima de tudo, impolido, desrespeitoso; e pensei também que, se ele estava buscando traçar um paralelo com o que se tinha descoberto sobre a gestão do prefeito Neves, e que servia de fundamento para o processo de cassação, o comentário era mordaz e certeiro, mas que ainda assim seria mais cortês deixar que o próprio Roberto ligasse os pontos em voz alta, se assim quisesse. Eu permaneci quieto, e o Felipe repetiu, olhando para mim:

There ain't a thing but dirt on this green God's globe...

Sobre a mesa do Roberto, estava aberto o caderno principal de *O Estado de S. Paulo*. As luzes do gabinete continuavam apagadas, e não seria possível ler nenhuma linha, mas o chefe começou a folhear o jornal, com uma expressão grave. Achei que fosse a senha para que passássemos a tratar dos assuntos de trabalho, mas o chefe ainda queria laçar, completar e explicar a frase em inglês do Felipe, a qual pendia — sem sentido claro, ao menos para mim — no ar.

"except what's under water, and that's dirt too," o Roberto disse, concluindo o período que o Felipe deixara inacabado. Vai dizer que você não sabe de onde vem essa frase?, o chefe me perguntou, notando que eu não tivera nenhuma reação. 'a não ser o que está debaixo d'água, mas isso é lama também...Tu não contou pra ele, Felipe? Porra, que amizade é essa que vocês têm? É dum livro do Robert Warren, o escritor americano, Pedro, do *All the King's Men*. O Felipe tá escrevendo um romance inspirado no Warren, uma espécie de *King's Men* tupiniquim, fluminense, tosco, com todo o dramalhão político terceiro-mundista. Fala pra ele, Felipe. Meu colega,

sempre tão espontâneo, estava atipicamente acanhado e lutava para encontrar as palavras. O que ele disse soava como uma reprodução mecânica de uma resposta pronta, que tinha o jeitão de sinopse do editor emplastrada na orelha: é uma recriação do Warren com referências temáticas brasileiras, sensibilidade estética da literatura latino-americana, principalmente de Borges e Bolaño, e estrutura formal machadiana. Enquanto os dois falavam, veio, à minha mente, a lembrança dos fragmentos que eu tinha lido por acaso no computador do Felipe, meses antes; recordei que falavam de um "mar de lama". O Felipe riu da própria resposta e logo emendou: isso na teoria. Na prática, é uma merda.Ou seja, *that's dirt too*, o Roberto gracejou. Todos rimos.

Eu não sabia o que comentar, mas, querendo evitar a qualquer custo silêncios constrangedores, acabei me vendo forçado a oferecer um absolutamente infantil "que legal, vou querer ler". Sentindo minhas sobrancelhas tremerem sem controle, eu mesmo tomei a iniciativa de começar o nosso despacho propriamente dito, relatando o que eu tinha presenciado na câmara dos vereadores naquela tarde. E o fato é que eu tinha mesmo coisas importantes para dizer — ou, o que seria mais exato, "nós tínhamos" a dizer, pois o Felipe também tinha conhecimento do que se passara na câmara, embora estranhamente aparentasse não dar a mínima naquele momento, no gabinete cada vez mais escuro do Roberto.

* * *

Alguns meses antes da minha chegada a Santo Trio, uma viatura da guarda municipal atravessou o sinal vermelho num cruzamento a duas quadras da praia. Testemunhas diriam que o veículo corria em alta velocidade, o que poderia levar a crer que estava atendendo a algum chamado, mas que não restava dúvida de que a sirene não estava ligada. Pela rua transversal, seguia, a caminho da praia, o sedã prata da dona da imobiliária do vilarejo. Era um dia ensolarado de verão, e crianças soltavam pipa, casais passeavam com carrinhos de bebê, turistas mergulhavam nas águas geladas da Baía para observar peixes e corais. O dia parecia destinado a se dissolver na indiferente história de Santo Trio, indistinguível de tantos outros semelhantes — um resultado aborrecido que, em retrospecto, teria sido esplêndido. Mas isso estava vedado para sempre. Naquele cruzamento a duas quadras da praia, a viatura da guarda municipal se chocou com o sedã prata, fazendo-o capotar um par de vezes. Tamanho foi o impacto da colisão, que a coluna cervical da empresária se lesionou de maneira irreversível, e ela nunca mais sairia de uma cadeira de rodas. Se os fatos terminassem aí, por mais terríveis que fossem, não seriam o suficiente para singularizar aquele dia dentro da cronologia da cidade — pois não se teria deixado o terreno das tragédias privadas, envolvendo pessoas desconhecidas. Mas aquele dia, e aquele acidente, dispararam a sequência de acontecimentos que levaria ao *impeachment* do prefeito José Neves — e a tanto mais, a partir dele.

Um inquérito para investigar o acidente teve de ser aberto de ofício, e os poderes constituídos fizeram todo esforço para que não desse em nada. Mas a dona da imobiliária, tendo recursos e contatos próprios, encomendou pareceres independentes para servirem de contraponto à versão oficial. Sempre que se estava diante de um elemento de fato ou de direito que fosse crucial dentro das investigações, lá vinha um advogado da vítima protocolar um entendimento contrário. Um desses pareceres buscou determinar se teria havido alguma causa mecânica para a colisão. A guarda municipal sustentava que ambos os veículos apresentavam "perfeitas condições de circulação" no momento do acidente, mas o perito contratado pela vítima identificou uma falha total do sistema de freio da viatura da guarda, provocada por um vazamento de fluido. Quando essa informação foi publicada no *Diário de Santo Trio*, o único jornal local, as coisas foram lentamente escapando do controle da prefeitura. Sob pressão, e angustiado com a própria consciência, o dono da oficina que prestava serviços à guarda municipal, um evangélico de bigode amarelado chamado Tadeu, acabou confessando que praticara o mal. A pedido, ele vinha fazendo propositalmente um "serviço lambão" nas revisões periódicas da frota da prefeitura, de modo a acelerar o desgaste dos veículos e assim justificar a compra antecipada de carros substitutos zero km. Ganharia com isso, era óbvio a todos, o proprietário da única concessionária do vilarejo, que vinha ser o genro do prefeito Neves.

Nessa mesma época, em paralelo, o prefeito negara uma primeira leva de pedidos de licença para exploração de reservas marítimas de petróleo, descobertas havia não muito tempo na costa do vilarejo. O escândalo das viaturas atiçou o interesse das companhias frustradas em apurar outros casos de gestão criminosa, que não tardaram a emergir — indo desde a nomeação de parentes até o perdão arbitrário de dívidas fiscais. A junção do apetite comercial ao moralismo cívico tornou irreprimível a eventual instauração de um processo de impeachment. Faltava apenas um fato precipitador que minasse em definitivo as condições de governabilidade, e isso foi dado pelo assassinato do doutor Fernandes. O doutor era funcionário concursado do Ministério federal do Meio Ambiente e voltara a Santo Trio para reavaliar se as decisões denegatórias do Neves, com respeito aos pedidos de alvará para exploração das reservas de petróleo, encontravam bom fundamento, tal como o prefeito alegava, nos preceitos de leis complementares de proteção ambiental — o primeiro parecer entendera que não, e ninguém duvidava de que o segundo e último confirmaria o entendimento do primeiro. Muito provavelmente, a morte do doutor Fernandes não tinha nenhuma relação com as disputas políticas da cidade, visto que o grupo de apoio do Neves jamais tinha praticado qualquer ato violento e não parecia capaz de tal coisa, mas, àquela altura, a verdade já era uma consideração secundária. O sentimento dominante em Santo Trio passara a ser o de que o prefeito precisava cair, e o processo de *impeachment* foi afinal instaurado. Eu viria a ser — em momentos distintos, e por nenhuma ação de minha parte — o seu principal beneficiário e a sua maior vítima.

* * *

O art. 135, §3º, inciso I, da Lei Orgânica do Município de Santo Trio estipulava que, na hipótese de vacância do cargo de prefeito nos dois anos finais do exercício do mandato, o primeiro na linha sucessória era, naturalmente, o vice.

Quem havia sido eleito, como companheiro de chapa do Neves, era um camarada extremamente afável e discreto, que operava a única franquia dos Correios no vilarejo. Nós o chamávamos pelo apelido de Toninho. Ao tomar posse, Toninho precisou se desligar do seu negócio, que passou a ser comandado por sua esposa, uma senhora gorda que gostava de repartir o cabelo castanho em duas tranças, que pendiam infantilmente sobre o seu volumoso busto. O Neves não achou de bom alvitre dar ao Toninho, que apesar de toda a simpatia não era um sujeito de muitas luzes, nenhuma grande responsabilidade nas lides do governo, confiando a ele não mais do que a supervisão do pacato setor de comunicações e arquivo, tema em que ele ao menos tinha vivência. A carga de trabalho era impossivelmente leve, e Toninho, de natureza pouco pró-ativo, e de resto desinteressado mesmo na política local e nos assuntos de administração, passava os dias assistindo aos ponteiros do relógio que ele pendurara acima da porta do seu gabinete. Em raras ocasiões, ele era visto passeando sozinho pelos corredores da sede da prefeitura, como um fantasma algo angelical com seus cachos de cabelo branco, envergando o terno creme que aparentemente era o único que ele tinha e mordiscando um palito de dente por trás do espesso bigode amarelado. Dessa maneira transcorreram os primeiros dois anos de mandato.

À medida que as tribulações em torno do Neves se tornavam mais sérias e fatídicas, entretanto, a própria presença do Toninho na prefeitura rareava, e quem passava diante das portas atipicamente descerradas do seu gabinete via as luzes apagadas e papéis espalhados pelo chão, pois o Toninho costumava se esquecer de fechar as janelas. Fosse ele outro homem, ninguém cogitaria outra hipótese que não a de que o Toninho estaria tramando a queda do Neves e já se ocupando da montagem da sua secretaria de governo. Mas a verdade era que, em vez de dar expediente na prefeitura, o dono da franquia dos Correios estava atrás do balcão da sua agência, atendendo aos clientes do lado da esposa. Ao entrarmos no estabelecimento, o Toninho, com seu terno creme amassado, dava um sorriso tímido e contrito, como se pedisse desculpas por sua fraqueza. Quando o colocavam a par do que estava ocorrendo e o alertavam de que, ao que tudo indicava, ele muito em breve seria empossado prefeito, ele apenas tirava o palito da boca e procurava assegurar, com voz tíbia: "compreendo perfeitamente". Ele podia até compreender, mas tinha outros planos. A uma semana da votação do *impeachment*, uma carta chegou à mesa diretora da câmara dos vereadores. Escrita à mão numa caligrafia grosseira, a única lauda, contendo uma única frase, registrava a renúncia de Toninho ao cargo de vice-prefeito.

Era essa a mensagem que eu tinha a transmitir ao Roberto, na tarde em que ele queria falar sobre toda a sujeira do mundo e me iniciar nos ambiciosos projetos literários levados adiante pelo Felipe. A bem da verdade, havia urgência em transmiti-la, porque, conforme o inciso II do §3º do art. 135 da Lei Orgânica do Município de Santo Trio, que todos sabíamos de cor àquela altura, era o procurador-geral quem assumia a prefeitura, na hipótese de tanto o prefeito quanto o vice deixarem o cargo durante os últimos vinte e quatro meses de mandato. Além de mim, outros tantos tentavam alcançá-lo, fosse para dar a notícia, fosse — acreditando que aquela etapa estaria superada — para já começar a jogar um novo jogo: ouvi a dona Regina atender a dezenas de chamadas na antessala, enquanto nós conversávamos sobre questões excêntricas e despropositadas no lusco-fusco do gabinete. Absurdamente, o telefone do próprio Roberto não tocou nenhuma vez durante todo o tempo. (Eu sabia bem porquê, e as razões eram prosaicas: por desejo do Roberto, seu aparelho não tinha número externo; e a secretária não tinha autorização para transferir ligações enquanto durasse nosso despacho. A despeito disso, não me pareceu menos absurdo observar a sublime imunidade do aparelho preto à premência dos acontecimentos.)

Eu supunha que, assim que eu o informasse sobre o ato extremo e irretratável do Toninho, o Roberto seria abatido pela incredulidade, que daria lugar a uma crescente apreensão, na medida em que caísse a ficha de que competiria a ele assumir os destinos da cidade, uma vez vencido um sobreaviso irrisório de uma semana. A isso, eu esperava que se seguisse, sem muita demora, um punhado de telefonemas, feitos com dificuldade, mas por um sentido de dever, com o intuito de tranquilizar os atores-chave da política e do empresariado. A realidade foi outra. Depois de reportar a mensagem urgente, eu tive a impressão de que a vida desertara o corpo do Roberto, ou se refugiara em algum lugar muito remoto dentro dele. Mas não era exatamente como se o choque de uma novidade odiosa estivesse reverberando sobre ele, mas antes como se minhas palavras tivessem reiluminado (com uma luz sombria) um caminho futuro e potencial, que ele já contemplara anteriormente e cuja existência ele lutava para fingir desconhecer. Ficamos em silêncio por um tempo, ouvindo pelas frestas da porta a dona Regina anotar recados ininteligíveis, e tudo ganhou ares de sonho. Ao cabo, o Roberto disse uma única palavra: "sei". Achei por bem tomá-la como uma mera confirmação polida de que ele entendera o que contei, embora algo na entonação parecesse querer exprimir um significado mais complexo, fora do nosso alcance. Voltamos ao silêncio, e logo ficou claro que já não despacharíamos nenhum outro assunto naquele fim de tarde. Enquanto Felipe e eu saíamos do gabinete, Roberto se servia de conhaque. O telefone da secretária não parava de tocar.

A partir desse dia, os despachos vespertinos se tornaram precários ou impossíveis. Quando Felipe e eu aparecíamos na antessala do gabinete, já recebíamos, das mãos de uma dona Regina que alternava entre estados de exasperação e apatia, um maço de folhas de bloco de anotações, grampeado inúmeras vezes ao longo do expediente. Eram recados de telefonemas não retornados. Ela desistira de repassá-los ao chefe, que, segundo ela nos dizia, ou estava dormindo, ou os recusava aos berros. Com o passar dos dias, notamos que a espessura do maço vinha diminuindo consistentemente: sinal de que, assim como nós, os demais envolvidos no processo de *impeachment* também se sentiam cada vez mais impotentes diante das circunstâncias. Felipe e eu éramos, ou acreditávamos ser, espectadores de um destino incontornável. Da tribuna da câmara, Roberto fazia intervenções crescentemente caóticas, e em certa sessão precisou ser substituído às pressas pelo Felipe, por não estar conseguindo responder de maneira minimamente pertinente aos questionamentos dos vereadores; no gabinete, atrás de sua poltrona, ele instalara um frigobar, no qual gelava dezenas de pequenas garrafas de vodca e conhaque, das quais bebia no gargalo. No dia seguinte à renúncia do Toninho, Felipe e eu aceitamos uma garrafinha de bolso de uísque escocês para acompanhar o chefe, e cheguei a achar que havia certa virilidade em calmamente regar a álcool o desmoronamento da ordem que conhecíamos; na véspera da votação do *impeachment*, não teríamos conseguido acompanhá-lo nem se o quiséssemos: Roberto estava apagado de um jeito tão desgraçado que Felipe julgou prudente conferir se o pulso dele ainda estava batendo. Estava, mas isso mal nos trouxe qualquer alívio, tamanha era a perturbação que sentíamos diante daquele quadro. Tantos futuros longe de Santo Trio o Roberto havia contemplado a partir daquele gabinete frugal, onde não se via nenhum enfeite, nenhuma pintura, nenhum porta-retrato, nada que pudesse sugerir que ele pretendia ou ao menos aceitava criar raízes no trabalho ou no vilarejo; era como se ele procurasse deixar tudo meticulosamente idêntico ao que ele encontrara e, portanto, em prontidão para receber o seu sucessor na chefia da procuradoria; era como se ele quisesse se sentir livre para, a qualquer tempo, partir e nunca mais voltar, por mais remota que fosse essa possibilidade. E agora, a hipótese aflitiva que éramos obrigados a conceber, ao nos depararmos com o Roberto desmaiado, inerte, era a de que ele poderia não sair com vida daquele balneário insignificante, daquele gabinete incolor.

Nessa noite, comentei com a Tatiana que eu estava preocupado com o repentino colapso do Roberto, que eu queria fazer alguma coisa a respeito, mas não sabia o quê. Estávamos na praia, sentados na extremidade de um dos píeres desertos, com os pés descalços quase encostando nas águas do mar remexido. Ventava muito, e gotículas salgadas vinham pinicar nossos rostos. Perto de nós, uma das tábuas da passarela de madeira, meio solta, não parava de estalar e martelar, fazendo barulhos ora irritantes, ora lúgubres. Era preciso segurar os objetos que tínhamos conosco — pastas com documentos da procuradoria, bolsa com câmera fotográfica, uma cópia já úmida do *Harlot's Ghost* do Norman Mailer, um gravador e tocador de fita cassete — para que não caíssem no mar — o que lamentavelmente acabou acontecendo com o lenço de seda da Tatiana, que se desenroscou do seu pescoço e, enchendo-se de vento como uma vela, foi soprado para longe até ir a pique nas águas geladas do Atlântico.

Sob o céu noturno e sob as nuvens escuras que corriam aceleradas e às vezes escondiam o brilho da lua, eu explicava à Tatiana as desditas do Roberto; ela tentava olhar nos meus olhos, através do véu ondulante que os seus cabelos formavam sob o vento, e não conseguia. Mas eu sabia que, por trás daquele véu, o olhar dela transmitia aborrecimento: só eu queria estar ali. Ela já pedira algumas vezes que fôssemos para casa ou pelo menos à Bodega do Meio, que ficava bem atrás de nós, na rua da praia. Mas eu queria esperar no mínimo mais uma hora, para ter certeza de que Felipe e outros conhecidos já teriam deixado o restaurante, rumo à casa de algum vereador ou lobista, ou a algum prostíbulo de Angra dos Reis, ou a alguma reunião conspiratória. Desde o jantar em que a Tatiana e eu havíamos trocado telefones, eu não seguia mais o Felipe nos seus compromissos pós-expediente, e não queria correr o risco de topar com ele por acaso na rua. Não por medo, mas simplesmente com o objetivo banal de evitar constrangimentos, visto que eu não avisara a ele que ia me afastar, nem nunca esclarecera o meu sumiço. Eu teria vergonha de contar isso para a Tatiana; para ela, eu dizia, balançando as pernas na ponta do píer, que eu sentia falta de "passar mais tempo em meio à natureza e distante das pessoas" — o que talvez soasse ainda mais ridículo do que o motivo verdadeiro, mas ao menos tinha a vantagem de não abrir nenhuma janela para as minhas fraquezas, para os meus frívolos receios.

Amuada, tentando por reflexo, mas em vão, arrumar os cabelos sob os ventos insanos daquela noite, a Tatiana não deu pelota para o colapso do Roberto. Que ele morra então, Pedro, ela disse com frieza, quase com desprezo, acrescentando ominosamente: a cidade tem o Felipe e, mais importante ainda, tem você. Foi a primeira vez que atentei para a possibilidade de o *impeachment* do Neves ricochetear sobre a minha vida, sobre o conjunto delimitado de responsabilidades profissionais que eu estava acostumado a administrar (ou a evadir). Numa sucessão febril de ideias, pensei na minha mãe — nos efeitos que minha ausência nos fins de semana poderia ter sobre sua saúde em declínio —, e também no meu futuro, dentro do qual eu não queria admitir que Santo Trio se delongasse além do estritamente necessário — isto é, até que minha mãe morresse. No terreno da lógica, minhas apreensões poderiam cancelar-se mutuamente; no terreno das minhas emoções, que correspondia ao terreno da minha verdade, uma apreensão amplificava a outra, numa dinâmica própria, circular. O peso dessas reflexões confusas era maior do que eu podia suportar. Emudeci, fechei os olhos e procurei me concentrar apenas em sentir o vento. Mas fracassei. Levantando bruscamente, dei a mão à Tatiana, e voltamos caminhando pela passarela do píer. A Bodega, ela me disse quando chegamos à rua, como se adivinhasse ou conhecesse secretamente os meus receios, já está vazia.

Fomos para a minha casa, onde passamos nossa primeira noite juntos. Só que eu não tinha condições para nenhum romantismo, para nenhum chamego. Tentando conjecturar todas as maneiras como o dia seguinte poderia transcorrer, com o intuito de ter planejadas, pelo menos em esboço, algumas reações sensatas, eu mal toquei a Tatiana.

Tampouco conseguia dormir. Sensível à minha aflição, quantos carinhos e quantas palavras afetuosas ela me ofereceu para me acalmar. Nenhuma pergunta pessoal inconveniente, nenhum conselho não solicitado: apenas a preocupação sincera, o acalento amoroso. No limiar do sono, creio que perguntei a ela, em tom de delírio ou de sonho, se não se casaria comigo. Não sei se me respondeu. A certa altura, no meio da noite, tateei a cama em busca dela e não a encontrei, mas não tive forças para procurá-la pela casa. O travesseiro continuava com o cheiro dela, o que foi suficiente para me acalmar.

Quando os primeiros lampejos de claridade começavam a coar-se lá fora através da escuridão, fui acordado pelo cheiro do café fresco que ela preparava na cozinha. Levantei sem fazer barulho porque queria espiá-la escondido. Ela já tinha tirado o pijama que eu lhe tinha emprestado, trocado pelo vestido curto segunda pele que ela estava usando sob a roupa na véspera, e seus cabelos estavam presos num coque com forma de rosca. Sobre a segunda pele, ela vestia um avental branco com bolinhas vermelhas, que eu não me lembrava de jamais ter visto — presumi que ela o havia encontrado no fundo de algum armário, talvez um legado do locatário anterior; às costas, ela tinha amarrado o avental com um laço apertado, que marcava sua cintura estreita. Quis me aproximar, abraçá-la por trás, mas me contive. Enquanto aguardava algo ficar pronto no fogão, ela começou a dar miúdos deslizes de um lado para o outro, seus pés delicados calçando os meus chinelos (constatei) como se fossem dois esquis. Os gestos eram suaves, mas transmitiam contentamento, ou até exultação. Vertendo água fervente sobre um escorredor dentro da pia, ela balançou um pouco os quadris, como se respondesse ao som dançante de uma música inexistente.

Quando, afinal, se virou e viu meu rosto despontando com timidez no batente da porta, ela não demonstrou surpresa nem desconforto. Simplesmente disse, com naturalidade, como se estivéssemos casados há anos e aquela fosse apenas mais uma manhã entre tantas já vividas e esquecidas: vem sentar pra comer. Hoje você não pode chegar atrasado.

Na câmara dos vereadores, quem pareceria estar irremediavelmente atrasado para oferecer alegações finais na tentativa de salvar o mandato do prefeito na sessão de votação do *impeachment* era o procurador-geral. A pedido do Neves, e no espírito de evitar posteriores acusações de cerceamento de defesa, o presidente da casa consentiu em adiar o início dos trabalhos por quinze minutos. O Felipe e eu ficamos aguardando a chegada do Roberto no salão nobre da câmara — o Felipe em pé, porque sua fobia não o deixava nem se aproximar dos sofás e poltronas antigos que compunham o salão. Não acreditávamos, ou não queríamos acreditar, que o chefe não fosse aparecer. Por isso, deixamos de aproveitar os quinze minutos que haviam sido concedidos, e nem sequer começamos a montar um roteiro improvisado de sustentação oral, para a eventualidade de o Felipe precisar fazê-la. Ao cabo dos quinze minutos, os quais passamos basicamente tomando xícaras de café aguado e especulando sobre os votos dos vereadores, o presidente convocou mais uma vez os presentes, e o Felipe se viu obrigado, então, a solicitar outros quinze minutos de tolerância, para que pudesse preparar seus papéis para o púlpito. O adiamento foi aceito — pela segunda e última vez, alertou o presidente. Em vez de discutirmos o teor da exposição, entretanto, o que o Felipe e eu fizemos foi explorar, sob a perspectiva do desespero, hipóteses sobre o que poderia ter acontecido com o Roberto. Coma alcoólico, suicídio, morte natural, fuga, paralisia por simples medo: eis o rol deselegante de cenários que em conjunto cogitamos.

Expirado o derradeiro quarto de hora de adiamento, e não havendo sinal do chefe da procuradoria, Felipe foi chamado à tribuna. Sua exposição, realizada de improviso, foi longa, propensa a se perder em filigranas jurídicas irrelevantes para o caso, e às vezes sutilmente desonesta no encadeamento dos fatos (por exemplo, a renúncia do vice-prefeito Toninho não tinha nenhuma relação com o assassinato do técnico federal doutor Fernandes, embora tivesse sido anunciada, conforme ardilosamente sugerido pelo Felipe, um dia depois de o Neves ter prometido "capar" qualquer membro do seu governo que porventura estivesse metido no crime). A certa altura do discurso, o próprio prefeito se levantou e aos berros acusou o vice-procurador-geral de conspirador e traidor, o que foi respondido com vaias e delicadezas de mesmo gabarito da parte dos legisladores. Na tribuna, o Felipe permaneceu impassível — exceto por um discreto esfregar de uma mão sobre a outra, o que eu, e provavelmente ninguém mais, sabia tratar-se de um sinal de desprezo. Passada a algazarra, o Felipe levou as alegações finais até sua inescapável conclusão, pedindo a absolvição do prefeito. Eu estava atrás do púlpito e podia ver a totalidade dos presentes, sentados no plenário ou em pé nas modestas galerias; notei, em alguns rostos, um sorriso, e acreditei ouvir uma ou outra gargalhada abafada. O cerimonioso pedido de absolvição, arrematando uma exposição que nas entrelinhas defendia a tese contrária, só podia mesmo ter um efeito cômico. Ao menos para quem estava do lado dos vencedores.

E, tão logo cumpridas mais algumas formalidades, a divisão do plenário num grupo vitorioso e noutro destronado se materializou, seguindo de perto as fissuras prenunciadas. Sete vereadores votaram pelo *impeachment* e apenas um se opôs, placar que eximiu o presidente de se manifestar. Neves estava destituído do cargo. Dentro de vinte e quatro horas, decidiu o presidente, o procurador-geral do município seria diplomado e empossado como prefeito. Nesse intervalo, o secretário de Justiça, Segurança e Ordem Pública se encarregaria do dia a dia da administração e das questões urgentes que surgissem.

O Felipe e eu saímos antes do encerramento da sessão, para não termos de cumprimentar ninguém. Pela praça ainda sem vivalma, corremos em busca do Roberto. Talvez por hábito, talvez pelo objetivo inconsciente de evitar o lugar mais óbvio e a temida descoberta, fomos primeiro à procuradoria. Encontramos lá, nos nossos escritórios desertos, apenas a dona Regina, que nos recebeu com uma batelada de perguntas: "Como foi a votação? E o seu Roberto? Conseguiu fazer o impossível? Ele está bem?" Demos meia-volta e teríamos deixado o prédio sem dizer nenhuma palavra de resposta, porque as circunstâncias nos imbuíam de certo retraimento aflito e pareciam exigir certo decoro piedoso; quem não nos permitiu sair assim foi a dona Regina, que correu no nosso encalço, entortando os tornozelos devido aos saltos muito altos e puxando para baixo a saia preta que cismava em subir por suas coxas gordas. Sob os insistentes pedidos de informação feitos pela secretária, que já aparentava estar antes ofendida com nosso desdém do que propriamente interessada em saber do chefe, o Felipe acabou dizendo, para calá-la: o procurador-geral morreu. Na praça ainda deserta, a frase soou como uma profecia sobre o passado, como a declaração de uma verdade ainda ignorada. Dona Regina, desconstruída, sentou-se num degrau da escadaria, enquanto nós entrávamos no meu carro. Pelo espelho retrovisor, vi as pessoas começarem a deixar a sede da câmara.

Seguimos em busca do Roberto. Nós dois sabíamos muito bem aonde devíamos ir, e, em absoluto silêncio, guiei o carro até a casa de dois andares, com fachada branca e telhado colonial, onde o chefe morava sozinho. Ela estava erguida no último lote de uma rua sem saída, à beira de uma praia muito pouco frequentada no vilarejo. Até alcançarmos a extremidade da rua, fui observando o mar, em cuja imensidão gelada o Roberto dizia mergulhar diariamente ao alvorecer, para um nado de não mais do que cinco minutos destinado a "tonificar a alma". Naquele fim de manhã, apenas uma canoa de pesca balançava sobre a monotonia das águas, e me perguntei se também Roberto a estaria espreitando detrás de alguma das amplas janelas com moldura de madeira da sua casa. Não estava, ou as cortinas, todas elas cerradas, não nos permitiam saber. Fosse como fosse, o carro dele, constatamos, permanecia guardado na garagem, que não tinha portão. Não restava alternativa senão bater à porta.

Fizemos isso, e ninguém respondeu. Circundamos a casa, voltamos a bater à porta, e nada. Retornamos ao carro, esperamos mais um tempo, repetimos as batidas, gritamos o nome do chefe, e ainda nada. Novamente dentro do carro, fomos tomados por um profundo desalento, que dessa vez parecia definitivo.

Nos termos da Lei Orgânica da Procuradoria-Geral de Santo Trio, o vice-procurador-geral assumia *ipso facto* (assim estava redigida a empolada peça legislativa) a chefia da instituição, na hipótese de morte, aposentadoria ou renúncia do titular. Isso significava que, caso o Roberto tivesse de fato cometido algum ato extremo, Felipe seria promovido ao posto máximo no órgão. Nele permaneceria por um único dia, pois, na manhã seguinte, de lá seria catapultado, por outros mecanismos jurídicos sucessórios, para o cargo de prefeito da cidade. No fundo, no fundo, era incerto se essas ideias e essas perspectivas martelavam na cabeça do Felipe. Ele, assim como eu, parecia compenetrado na simples observação das marés de Santo Trio, que puxavam a canoa pesqueira, e dentro dela seu indolente dono, para longe, no sentido do alto mar. O Felipe estava perfeitamente quieto, e seu rosto tampouco exprimia qualquer coisa. Nessa postura imóvel e neutra, um observador recém-chegado, desinformado, talvez pudesse ler um reflexo de absoluta paz interior; entretanto, para quem dominava o contexto, e além do mais sofria na própria pele o já sucedido e o que se avizinhava, como eu, a apatia do Felipe havia de ser vista como o resultado, talvez contraintuitivo, mas nem por isso menos verdadeiro, de uma comoção psíquica.

Diante disso, resolvi, de certa maneira, tomar as rédeas da situação — na medida em que as minhas decisões desorientadas pudessem ser compreendidas como o exercício de algum controle. Achei, por exemplo, que era precipitado acionar a polícia para que forçassem a entrada na casa do Roberto. Mais tarde, eu sabia, essa minha avaliação poderia revelar-se estúpida e até criminosa, uma vez que ele poderia muito bem estar precisando de assistência médica com urgência. Entretanto, mais alto do que o meu senso de proteção da vida do chefe, falou o meu senso de proteção da imagem e da reputação que ele tinha no vilarejo. O que eu decidi fazer, assim, foi explorar primeiro a possibilidade de que o Roberto tivesse optado por um curso menos drástico, menos definitivo, ligeiramente menos vexaminoso, para escapar dos deveres cívicos que ele não desejava cumprir: o curso da fuga.

Para explorar essa possibilidade — em outras palavras: para realizar esse circunlóquio —, precisávamos ir atrás de um lugar e de uma pessoa. O lugar era a rodoviária; a pessoa, nosso despachante, Miguel. Na rodoviária, a moça que trabalhava no guichê nos comunicou que nenhum bilhete havia sido vendido para o Roberto nas últimas semanas. Do Miguel, que estava assistindo sozinho ao RJ-TV na copa da procuradoria, ouvimos que o Roberto não havia solicitado serviços de motorista "desde, desde, desde... muitos dias".

Tínhamos evadido a verdade tanto quanto podíamos, mas era hora de confrontá-la. Antes de voltarmos à casa do Roberto, porém, fomos à minha sala. De lá telefonei para a polícia, e o chefe da força, o major Mendonça, disse que despacharia uma viatura e chamaria uma ambulância imediatamente. Nem mesmo havíamos deixado o prédio da procuradoria, e já ouvíamos as sirenes ecoando pelo diminuto vilarejo. No carro, Felipe resolveu quebrar o seu silêncio, mas palavrões e xingamentos eram tudo o que ele conseguia ou se dispunha a dizer. Avançando pelas ruas tão familiares de Santo Trio, notei que elas tinham ganhado uns ares de irrealidade. Essa sensação se intensificou quando, chegando ao nosso destino, vi que o major e um meganha se ocupavam do arrombamento da porta do Roberto. Não sei ao certo com que intuito, mas achei, dentro de mim, egoísmo ou desconsideração suficiente para procurar com os olhos, no mar, a canoa pesqueira ociosa — o que eu queria com isso, talvez, fosse me segurar em algo, mesmo que numa simplória visão à toa, que guardasse distanciamento e pureza em relação à marcha irrefreável das revoluções políticas do vilarejo. O fato é que procurei em vão, pois não havia mais canoa nenhuma — nem havia no lugar dela qualquer outra coisa — a balançar sobre o leito oscilante do mar santo trino.

Derrubada a porta, o Felipe e eu entramos afinal na casa, logo atrás do major e do meganha. Eles se dividiram para investigar o andar de baixo, ao passo que nós, descumprindo instruções deles para aguardarmos na entrada, subimos ao pavimento superior. Pensei que era bem possível que o Felipe já tivesse visitado a casa, mas ele não queria andar à frente. Subindo, ele não parava de falar palavrões, que estalavam como descabidas bombinhas de molecagem numa busca forçosamente sombria. As portas dos cômodos estavam fechadas, algo que, sem falarmos nada, com um simples levantar de sobrancelhas, concordamos ser estranho. As duas primeiras portas que abri davam em cômodos — o escritório e um quarto de hóspedes — que me pareceram insanamente limpos, organizados, desalmados, como se fossem mantidos em cuidadosa ordem para a impossível chegada de visitantes inexistentes. A terceira porta que abri dava no que instantaneamente entendi ser o quarto do Roberto. Nele encontramos, esparramado no carpete, já sem vida, o corpo do nosso chefe. No seu pescoço, estava enroscada uma gravata, que se prendia, na outra ponta, a um dos pés da cama. Por toda parte, estavam espalhadas garrafas vazias ou parcialmente consumidas de uísque e conhaque.

Descemos, avisamos ao major sobre o terrível achado, entramos no carro, partimos. Tínhamos acabado de vivenciar uma daquelas raras ocasiões em que a vida se racha em duas, e julguei que precisávamos urgentemente nos separar, de modo que pudéssemos, cada um em seu canto, tentar dimensionar o que acontecera e tracejar os próximos passos. Quando parei o carro em frente à casa do Felipe, entretanto, ele pareceu levemente surpreso de estar ali. Ao cabo de alguns segundos, durante os quais parecia entregue ao exame sumário de algumas opções, o Felipe perguntou se eu não poderia levá-lo até a procuradoria. Assim fiz, sem especular nem me importar com o que ele pretendia fazer lá. Segui então para casa, de onde liguei para a Tatiana, pedindo que viesse ao meu encontro.

Passamos a tarde projetando — ela num estado de lúcida tranquilidade, eu em desespero — o meu futuro como procurador-geral do município, cargo que eu ocuparia automaticamente a partir do dia seguinte, na medida em que o Felipe assumiria a prefeitura. Apavorado, falei inúmeras vezes em me demitir, em voltar para o Rio com as minhas economias para viver ao lado da minha mãe os últimos dias que lhe restavam, e cogitei também soluções inomináveis. Em nenhum momento ela se opôs diretamente aos meus planos febris; apenas tomava a minha mão, levava-a até seu busto tão bem fornido, e procurava me fazer ver um futuro mais gracioso, em que eu surgia como o dono de minhas próprias decisões e como a liderança sobre os novos procuradores que haveriam de ser concursados. Custou um tanto, mas os afagos e a imaginação caridosa da Tatiana me colocaram em relativa paz com a vida que parecia estar reservada para mim. Ou melhor: para mim e para nós, pois convidei a Tatiana a dividir aquela vida comigo — enquanto minha mão estava aninhada nos seios dela, minha paz desembocou em certo enlevo, e transido dele pedi novamente Tatiana em casamento. Ela desmanchava-se num sorriso, e parecia a ponto de aceitar o meu pedido, quando a campainha tocou. Ela foi à porta e, ao voltar, não vinha a sós: o Felipe a acompanhava. E o que ele viera comunicar pôs fim à minha paz e ao meu enlevo.

O rosto dele estava sem cor, neutro, como que sublimado de qualquer emoção. Como se cumprisse um gesto planejado, esse Felipe inusual, esse fantasma do Felipe, retirou do bolso da calça uma folha de papel dobrada, esticou-a entre as palmas das mãos e passou-a para mim. Não havia luz suficiente para a leitura, e fui atrás do único abajur que estava aceso na sala para aclarar o conteúdo da lauda amarfanhada. Estranhei que, enquanto eu dava minha meia dúzia de passos, o Felipe já aproveitasse para se despedir da Tatiana, o que ele fazia de um jeito cerimonioso, como se fosse viajar. Quando o brilho amarelado do abajur revelou o que dizia o parágrafo único do documento, entendi o que se passava: o Felipe havia comunicado seu desligamento "imediato e irretratável" à procuradoria. O que eu segurava era uma cópia da carta de demissão, que já estampava o carimbo do protocolo e a rubrica hieroglífica e convencida do Batista, o chefe do arquivo. Era fim de jogo, e me vi forçado a aceitá-lo, pois não havia remédio. Voltei para perto do Felipe, sem desejo de fazer outra coisa que não o básico da formalidade — cumprimentá-lo, dar-lhe um abraço, desejar sorte na estrada. Fiz isso e fui levando-o para a porta, pois eu não tinha intenção de perguntar sobre os motivos da demissão, que eu tinha como óbvios. Ele acabou falando sobre isso sem que eu pedisse, e a justificativa que me deu destoava, afinal, das minhas suposições. Era quase cândida: sabe, Pedro, sendo prefeito eu não conseguiria me dedicar ao meu romance, pelo menos não da mesma forma. Você sabe que eu vim pra cá em busca de tempo. E agora vou embora daqui pra não o perder. Foi a vez de ele me tratar com as formalidades de praxe, fazendo votos de sucesso à minha gestão como prefeito. Levei-o, enfim, até a porta. Assim que a fechei, a Tatiana tomou novamente a minha mão.

Eu senti minha vista escurecer e as minhas pernas fraquejarem, e Tatiana docemente me guiou, através da minha vertigem, até a cama. Se aos poucos me restabeleci — tanto quanto era possível, dentro das circunstâncias —, foi por um truque da minha mente, que cobriu os acontecimentos com o manto da inevitabilidade. O segredo, que encontrei inconscientemente, estava em ajustar a perspectiva com que eu observava o seguinte resultado final: eu era chamado a ocupar o centro, a decidir os destinos do vilarejo e dos seus habitantes. Vendo esse resultado a partir do meu próprio posto de observação, do meu referencial, eu tendia ao pânico, à autodestruição; vendo-o como um subproduto menor de uma colossal máquina do mundo, eu aceitava os movimentos que me cabia executar. Tatiana ficou ao meu lado enquanto pôde, falando, para me distrair, sobre experiências que ela tivera quando morava na Bahia, sobre fotos que ela tirara quando viajou à Austrália e ao sudeste asiático, sobre outras amenidades que se dissolviam no pano de fundo das minhas reflexões.

O que a fez ficar longe da cama foi o telefone, que logo começou a tocar pela casa, com insistência crescente. A Tatiana atendia a todas as chamadas com uma boa vontade genuína, desconcertante. O tom que ela usava era sempre tranquilizador, embora as informações que ela repassava a meu respeito e sobre o que eu pretendia fazer fossem dissimuladamente vagas, e no fundo não autorizassem nenhuma expectativa. As respostas que ela dava acabaram se cristalizando, com a repetição das chamadas, num discurso mais ou menos uniforme e consistente; com base nas suaves, talvez inevitáveis modulações desse discurso, eu procurava adivinhar a pessoa que estava do outro lado da linha, e fracassava: vereadores, representantes das multinacionais, funcionários da procuradoria, jornalistas, populares, podia ser qualquer um. Só consegui identificar, para além de qualquer dúvida, um único interlocutor, porque era óbvio: o pai dela. Durante a ligação, que foi breve, a altura da voz da Tatiana baixou ao nível do sussurro, mas julguei ter ouvido o meu endereço ser declinado por ela como um segredo. Minutos depois, vi o brilho do farol de um carro ser coado pela persiana do meu quarto e depois apagar-se. Não foi preciso tocar a campainha. A Tatiana, que devia estar aguardando-o do pórtico, deu-lhe passagem, e logo ouvi o som oco dos passos do meu futuro sogro dentro de casa.

Eu estava quieto há muito tempo e pensei que a Tatiana devia estar achando que eu havia dormido. Pensei que a hipótese de que eu houvesse caído no sono enquanto ela distribuía boletins a meu respeito ao telefone não era irrazoável, mesmo tendo em conta as circunstâncias extraordinárias daquela noite. Pensei que era exatamente porque ela presumia que eu estivesse dormindo que ela provavelmente tomara a liberdade de convidar o pai à minha casa, sem me consultar. Fosse como fosse, resolvi transformar o que era hipótese em realidade, como se acionasse um mecanismo (pueril, sim, mas eu não queria saber) de proteção. Concentrei-me no fatigado ciclo da minha respiração, e acabei dormindo um sono intranquilo, perturbado pelos telefonemas, que não cessavam, e pelos sussurros trocados pela Tatiana e o pai nos seus intervalos, sussurros que eu não deixava de procurar deslindar, nos sobressaltos do meu sono. Num desses sobressaltos — também poderia dizer: num desses delírios —, acreditei ouvir os passos do pai da Tatiana se aproximarem e, logo depois, cochichos serem murmurados ao pé da minha cama. Ouvindo mal e mal o que diziam, tive a sensação de quem abre um romance num capítulo aleatório e se vê perdido em meio a uma situação indecifrável; tentei voltar as páginas, para reconstruir o enredo e compreender os personagens e suas motivações, mas os capítulos anteriores estavam faltando, ou as laudas estavam em branco, ou o texto estava escrito numa língua desconhecida. Tornei a dormir.

Quando despertei, já era manhã. Procurei Tatiana na cama, mas não a achei. Entreabri duas lâminas da persiana e constatei que o carro do pai dela já havia partido. O ar lá fora estava estupendamente claro, sob o sol de primavera. Larguei a persiana e fechei os olhos, para melhor contemplar o que estava entabulado para acontecer naquele dia. Dali a umas três horas, calculei sem conferir o relógio (pois não desejava conhecer o tempo exato de liberdade que me restava), devia ter início a cerimônia de posse na câmara municipal; viriam os discursos; colocariam a faixa atravessada no meu peito; pediriam que eu falasse algumas palavras da tribuna. Tentei imaginar o que se passaria depois disso, e fracassei. Eu me sentia mínimo, ínfimo, canhestro, inverossímil; ao mesmo tempo, estranhamente anelava que os ventos inevitáveis me apanhassem e me arrastassem para os lugares solenes que me cabia ocupar. Senti-me dentro de um paradoxo, e se dele saí, sem ter encontrado solução alguma, foi por obra de uma xícara de café preto e de uma cumbuca de ovos mexidos, que a Tatiana me trouxe à cama.

A partir daí, tudo transcorreu com anticlimática banalidade. Não é que os eventos que se seguiram não fossem cerimoniosos divisores de águas, dentro dos limites ordinários da minha vida, dentro da história insignificante do balneário — pois eram; o meu espírito é que, por medida de autoproteção, me fez participar das solenidades num estado de desengajamento, tanto emocional quanto intelectual. Quase como um autômato, jurei cumprir a Lei Orgânica, assinei o livro de posse, fiz um brevíssimo e vago discurso, aceitei os cumprimentos das potestades e dos populares, sentei-me à cadeira de prefeito para fotografias, e assim iniciei o meu mandato acidental.

A partir daí, cumpria-me governar.

CAPÍTULO 3

Ouvi três batidas leves, imponderavelmente leves, à porta, e de imediato soube que só podia ser o meu chefe de gabinete. A porta foi aberta com lentidão, e atrás dela vi surgir o rosto comprido, a careca amassada, a expressão assustadiça do Dr. João Fardoni, o meu braço direito. Poderia entrar?, ele perguntou por formalidade, e eu nem sequer me dignei a responder. Ele tomou um assento à minha frente, do lado oposto da mesa, e eu aguardei que ele explicitasse a questão sobre a qual eu precisava deliberar.

Como ele sempre fazia em casos em que não havia consenso na administração, o Fardoni apresentou primeiro, com fleuma, a rota de ação que era defendida pela secretaria de governo que em tese teria atribuição mais direta sobre a matéria, e era evidente a intenção dele de esgotar todos os modos de enxergá-la; em seguida, ele descreveu uma medida alternativa, advogada por outra das secretarias, expondo igualmente todos os fundamentos e consequências que a ela pudessem se ligar. Era um método tão equilibrado de delinear as opções ao meu dispor, que acabava se revelando, na prática, imprestável. Eu podia ganhar, como de fato ganhava, um retrato minudente do que estava em jogo, mas nenhum aconselhamento — nem o mais implícito — poderia ser extraído do discurso do Fardoni, para me auxiliar na tomada de decisão. Se eu o prensava, ele ajustava os óculos sobre o nariz e, com um ar de decorosa sabedoria, limitava-se a repetir, com palavras aqui e ali mais preciosas, o que já havia me dito. Era um negócio enervante.

Enervante era também, embora isso fosse mais prosaico, o mau gosto que o Fardoni tinha para gravatas. Fiquei admirando a estampa verde e laranja da peça que ele escolhera para usar naquele dia, enquanto ele me enumerava possíveis respostas a uma consulta que o Ministério do Meio Ambiente fizera na véspera. O Ministério perguntara se a prefeitura teria condições de abrigar, em caráter permanente, nos nossos escritórios, um representante que pretendiam enviar de Brasília. O Fardoni falou, por um lado, da necessidade de cultivar boas relações com o MMA, sobretudo levando em conta o assassinato, ainda não esclarecido, do doutor Fernandes, o técnico federal para assuntos ambientais; por outro, falou do apinhamento de funcionários nas dependências da prefeitura, que já estavam no limite da capacidade, e do possível desconforto das petroleiras estabelecidas na cidade com o aumento da fiscalização sobre as suas atividades. Quanto a esse último ponto, achei que era um modo pouco sofisticado de encarar a questão, e que Fardoni revelava aí uma vez mais a mentalidade tacanha de quem se criou e estudou fora das capitais. Não necessariamente as empresas desejariam o menor nível possível de fiscalização, e ainda que desejassem, não trabalhariam para alcançar isso impedindo o envio de funcionários técnicos, mas influenciando a elaboração das leis e dos decretos de regulamentação. Pareceu a mim que o pedido do Ministério era, no fim das contas, uma questão secundária para os dois grupos que sustentavam o meu recém-iniciado governo: os articuladores políticos locais que arquitetaram a derrubada do Neves, e o empresariado do petróleo. Diante disso, decidi como eu tinha colocado na cabeça que decidiria qualquer pleito que não fosse crucial para nenhum dos grupos, nem me soasse absurdo: disse sim.

Fardoni balançou a cabeça para exprimir concordância, tomou nota e se levantou com sua exuberante gravata e sua expressão contraditoriamente sisuda. Prometendo trazer em breve uma minuta de resposta, ele abriu e fechou a porta com impossível suavidade

— uma suavidade que ele fazia questão de preservar, pois, segundo me disse no começo da nossa convivência, não queria "perturbar a retomada das suas profundas divagações".

***

O nome do Dr. João Fardoni havia sido uma indicação do vereador Coimbra, que me visitou, bêbado e eufórico, mas ao mesmo tempo lúcido e convincente, no dia seguinte à minha posse. O bicho é inteligente e muito provavelmente um gênio, o Coimbra opinou, enquanto roubava balas de menta da minha mesa de centro, e seria mais leal a você do que você jamais poderia ser a ele — e mesmo sabendo disso, ele não ia deixar de dar a vida por você, porque é um soldado.Um soldado genial, eu resumi, em tom sarcástico. Um gênio soldadesco, Coimbra inverteu o binômio, falando com seriedade.

A figura pública do Fardoni era conhecida de todos, desde a época em que ele atuara como advogado de defesa da dona da imobiliária do vilarejo, no caso da colisão com a viatura da guarda municipal. Eu que trouxe o Fardoni de Paraty e fiz a ponte com a vítima, coitada. Conheço a família dele há tempos, o Coimbra me explicou. Durante o processo, o advogado chamara a atenção por duas peculiaridades: pelo conhecimento de latim e grego clássico, que ele arrumava um jeito de exibir em todas as suas sustentações orais (conhecimento que o Felipe, por sinal, fazia de questão de qualificar como "suposto", alegando que ninguém estava capacitado a confirmá-lo); e pelo fato de se locomover pela cidade montado numa motocicleta Vespa vermelha — da qual apeava com cansaço, logo procurando na mochila uma bombinha de asma que ele vivia levando à boca, inclusive durante as audiências.

Meio a contragosto, mas já resignado, concordei em entrevistá-lo informalmente para a função de chefe de gabinete, desde que fosse fora da prefeitura. O Coimbra sugeriu a Bodega do Meio, na mesma noite, e eu assenti. (Por alguns meses, no início do meu mandato, eu tornara a frequentar aquele balcão de articulações espúrias e politicagens miúdas, para não fazer descortesia com vereadores, empresários e lobistas, e também — é preciso reconhecer — por alguma medida de necessidade.)

Mais tarde, portanto, o Coimbra e eu tornamos a nos encontrar na Bodega. De uma mesa à janela, vimos o Fardoni chegar, ataviado com uma orgulhosa e surpreendente gravata borboleta. Dentro de mim, decidi que já tinha observado o suficiente e procurei me conformar com a ideia de aturar a excêntrica figura até o fim do jantar. Entretanto, durante a conversa emperrada com o postulante ao cargo (o Fardoni falava pouco, e o que dizia não tinha nem um verniz de autenticidade — ele falava o que imaginava que eu gostaria de ouvir), refleti que aquela combinação contraditória, de corpo e mente frágeis com vestimentas exuberantes, poderia estar querendo sugerir alguma coisa. Pensei comigo que se alguém como ele, esmagado por tantos desajustes, tinha chegado aonde chegou (seu sucesso era modesto, mas real), devia ter mesmo algum valor insuspeito. Talvez fosse um gênio, como apregoava o Coimbra. Ele estava nomeado.

* * *

O processo de formação do meu secretariado me fez perceber, pela primeira vez na vida adulta, e para meu espanto, quão profunda era a minha solidão. Eu queria trazer pessoas da minha confiança para atuarem como meus colaboradores diretos, como meus conselheiros, e me surpreendi ao constatar, esquadrinhando de trás para frente a minha caderneta de contatos, raspando a minha memória de vida, que, a bem da verdade, não havia ninguém. Eu tinha, sim, uma meia dúzia de velhos amigos da faculdade de Direito, mas não me comunicava com eles desde a colação de grau, anos atrás. Seria estranho retomar contato naquelas circunstâncias, fazendo um convite, na condição de prefeito do vilarejo ignorado de Santo Trio, para que assumissem uma secretaria de governo numa administração que lhes pareceria irreal. Mas eu sabia que a humilhação, perante mim mesmo, de não conseguir trazer de fora nem uma mísera pessoa de confiança, seria pior do que o constrangimento de fazer os convites, e eu os fiz. Não por e-mail, porque isso ainda não existia àquela época, nem, a princípio, por telefone, porque me faltou coragem. À moda antiga, expedi cartas, e ao longo de semanas aguardei respostas que nunca vieram. Sob os protestos das elites políticas e econômicas, que queriam logo ver instalado um secretariado definitivo para tocar as "reformas urgentes" na cidade, sustentei no cargo um conjunto de titulares interinos e manietados. Enquanto isso, eu tentava arrumar forças para telefonar para meus velhos amigos e convidá-los de própria voz. Acabei desistindo, em parte por covardia, em parte pelo reconhecimento, afinal, de que tudo não passava de uma empreitada ridícula — conseguiria eu confiar naquela turma da faculdade, tanto tempo depois?

Se eu não tinha nomes, havia quem os tivesse: meu secretariado seria repartido entre os apadrinhados de políticos locais e os indicados de multinacionais presentes na cidade.

* * *

Era a seguinte a composição do meu primeiro secretariado, que aqui e ali (e lá também) tanto me envergonhava:

Secretário de Governo: Floriano Pacheco, filho do vereador Lúcio Pacheco e até então administrador da empresa de frete da família. Pelas costas, nós o chamávamos de Floripa, um apelido sarcástico que evocava praias, sol, coqueiros à beira-mar — imagens de paz e leveza que representavam o oposto da personalidade crua, mal-humorada, inclemente até, do Floriano. Era bruto inclusive no vestir-se: criador de cavalos numa fazenda entre Santo Trio e Paraty, onde residia, ele jamais deixava de usar, mesmo no dia a dia do escritório, mesmo em recepções formais, botas de cavalgada de cano alto e um cinto de boiadeiro com uma enorme fivela oval e dourada, em que se lia a sigla do seu haras. O Pacheco pai me convenceu a dar a Secretaria ao seu grosseiro primogênito alegando que eu carecia, na principal pasta de articulação política do meu governo, de alguém que pudesse fazer frente, nem que fosse pela intimidação física, aos engravatados e endinheirados executivos das petroleiras.

Secretária de Planejamento e Finanças: Rita Abreu, indicada pelo chefe do escritório da *British Petroleum* em Santo Trio, Maksym Shevchenko (que vinha a ser o pai da Tatiana e a quem eu teria, portanto, em breve, como meu dileto e astucioso sogro). A Rita Abreu, ou Ritabreu, para ser mais fiel à nossa fonologia avacalhada, era acima de tudo uma esnobe. Nascida numa tradicional família paulistana com pendores artísticos e aptidões empreendedoristas, formada em Administração de Empresas pela FGV de São Paulo com pós-graduação executiva na INSEAD de Singapura, ela tinha uma vaidade colossal do seu pedigree e das suas capacidades intelectuais. Entrevistei-a num agradável fim de tarde, na varanda da casa do seu Maksym. A juventude de Rita me surpreendeu, embora o seu Maksym houvesse me alertado de que se tratava de uma garota. Ela se sentava com a postura perfeita e aparentava, com seu blazer xadrez, sua saia marfim e seus sapatos de salto agulha, estar brincando de bancar a adulta. Não dei nada por ela, até que ela começou a falar, com desenvoltura e confiança, sobre sua trajetória profissional e de vida. Ela falava com aquela articulação verbal paulistana em que todas as sílabas são pronunciadas com um esmero quase devoto, como se guardassem um peso próprio e sinalizassem individualmente a competência de quem as está pronunciando. Achei ridículo, mas de certo modo compreensível, que ela logo se preocupasse em comunicar que era membro da Mensa Internacional. Só não lhe dei o prazer de perguntar qual era o seu QI, o que de resto não me interessava nem um pouco. (Nas semanas seguintes, quando a Rita já estava instalada e oficiando em seu gabinete, eu observaria, intrigado, que ela arrumava maneiras tortuosas de informar seus colegas de secretariado, e não apenas eles, como também os funcionários menos graduados da prefeitura, sobre sua filiação à Mensa.) Ela mantinha os cabelos longos demais para quem trabalhava num escritório e usava uma franja que recaía sobre as sobrancelhas tingidas de louro. Ela tinha a mania de soprar a franja da testa trazendo o queixo para a frente, mesmo quando não havia fio nenhum pendendo sobre o rosto. Muitos acreditavam que ela era homossexual; o Floripa tinha certeza.

Secretária de Desenvolvimento Econômico, Obras e Habitação: Samantha Ramos, também indicada pelo pai da Tatiana. Samantha (ninguém teria coragem de dar um apelido para uma colega tão formal, inofensiva e correta) vinha da pequena, mas imperial, Petrópolis. Seus pais eram judeus portugueses, que haviam atravessado o Atlântico e se fixado na região serrana fluminense no tormentoso início dos anos 1940. Chegaram com haveres na forma de ouro e diamantes, de que logo se desfizeram em troca de contos de réis, aplicados na construção de um hotel. O hotel seria batizado com o nome enganosamente simplório de Vendinha. Porque se tratava, na verdade, de um palácio, e foi nos majestosos aposentos reservados ao casal de proprietários e aos seus cinco filhos que Samantha viveu sua infância mimada e sua adolescência contemplativa, como ela próprio as qualificava. Na vida adulta, Samantha desenvolveu duas obsessões: o trabalho, qualquer que fosse; e a investigação do destino que tiveram, no exílio, os judeus que conseguiram fugir da Europa durante o Holocausto.

Meus colegas de prefeitura terão conhecido apenas a primeira daquelas obsessões e, por isso, viam-na como uma mulher desinteressante, algo misteriosa no seu alheamento a qualquer coisa que não dissesse respeito ao trabalho; mas eu cometi a imprevidência (como poderia sabê-lo, quando a cometi?) de contar a ela que eu era neto de judeus austríacos que se refugiaram no Paraná, e assim se revelou para mim a dimensão trágica daquela mulher do contrário apagada. Tornei-me o involuntário confidente das pesquisas que ela fazia sobre as tribulações e as conquistas dos judeus desterrados pelo nazismo, com o objetivo prodigioso e talvez impossível de redigir uma enciclopédia sobre o assunto. Admito, aliás, que eu tinha dado um apelido secreto para ela, do qual apenas a Tatiana, de quem a princípio eu não escondia nada, tinha conhecimento: a Judia Petropolitana.

Secretário de Meio Ambiente, Pesca, Agricultura e Pecuária: Carlos Alberto Motta, o Tico. Sua nomeação foi uma solução de compromisso alcançada duramente, depois de idas e vindas e ofertas e recusas das quais eu era ao mesmo tempo o porta-voz e o árbitro. De um lado, ficava o grupo dos políticos locais, que apesar dos pesares (isto é, apesar de terem articulado a queda do Neves para viabilizar o avanço econômico) não abriam mão de que o titular da pasta fosse alguém comprometido com a sustentabilidade ambiental do vilarejo, alguém que pudesse impor limites à exploração dos recursos energéticos no nosso litoral, se no futuro se provasse necessário coibir qualquer excesso. Na outra ponta da mesa de negociações, eu tinha de administrar as demandas dos empresários do petróleo, que bateram o pé por um secretário de perfil oposto: alguém que tivesse sensibilidade para os benefícios econômicos e sociais da perfuração dos poços subaquáticos, que naturalmente obedeceria, os executivos prometiam, às melhores práticas internacionais de proteção dos ecossistemas locais. A acomodação possível entre esses posicionamentos inconciliáveis residia, constatamos todos, na nomeação de um ambientalista de temperamento cordato — ou, olhando o reverso da moeda, de um bunda-mole com convicções ambientalistas. O Tico era biólogo de formação, com uma passagem breve, mas produtiva pela academia, e tinha se estabelecido em Santo Trio ("um sonho muito antigo") alguns anos antes, depois de aposentar-se no cargo de técnico de controle de qualidade da água na companhia estatal de abastecimento do Rio de Janeiro. No balneário, ele montou uma escola de mergulho, com os propósitos de preencher seus dias e de fazer algo útil para pessoas de carne e osso — pela primeira vez na vida, ele acrescentava com um sorriso sem graça que era quase um pedido de desculpas. O Tico tinha um daqueles bronzeados intensos que parecem permanentes, usava barba aparada rente, os seus cabelos longos viviam presos num rabo de cavalo — tanto a barba quanto os cabelos já alvos por completo —, e era um cara grande, em estatura e músculos. À primeira vista, sua figura inspirava certo receio; bastava que ele começasse a falar, entretanto, para que ficasse claro que se tratava de um delicado príncipe. Ele gaguejava, tentava formular frases que não se completavam de jeito nenhum, cedia a palavra em desespero diante de qualquer oportunidade, e vivia corando sem nenhum motivo aparente (ou pressentíamos que ele corava, por trás do seu bronzeado permanente). Conversar com o Tico, mesmo nas ocasiões mais banais, era participar de um exercício truncado, que de certa maneira lembrava uma laboriosa dança: desajeitadamente, tropeçando nos próprios pés, lutando consigo mesmo para não sair correndo, o Tico procurava adequar os passos deles aos seus e deixar-se guiar. Ele torcia, dobrava e girava qualquer opinião ou impressão que tivesse, para conformá-las às suas. O que, em outro, poderia ser sinal de uma mentalidade ardilosa e aproveitadora, era, nele, reflexo de um acanhamento opressivo. Só quando as conversas giravam em torno de algum tema relativo à natureza e à preservação ambiental em Santo Trio, é que a postura do Tico mudava. Mas não que ele contestasse algo ou que procurasse convencer alguém de seus pontos de vista; não, nesses casos, ele simplesmente calava, com um sorriso paciente e encabulado pendurado no rosto, aguardando que o papo murchasse ou tomasse outra direção. A esperança dos políticos locais era que o Tico, por inação, bloqueasse na prática as propostas de exploração mineral que implicassem riscos excessivos à sustentabilidade ambiental do balneário; a esperança dos empresários do petróleo era que o Tico, submetido a determinado nível de pressão, torcesse e dobrasse seus princípios, concedendo alvarás aos projetos multimilionários que seriam apresentados à pasta. A minha esperança era que tudo se resolvesse sem a minha intervenção. Era a mais irreal das esperanças, e eu sabia.

Paro por aqui. Escuso-me de apresentar os outros nove membros do meu *cabinet* — o termo britânico dá à coisa uns ares de sofisticação, sendo portanto deliciosamente inadequado para descrever a trupe de idiotas que trabalhavam sob a minha cada vez mais frouxa direção. Os outros nove eram gente ainda mais pitoresca do que os quatro colegas cujo perfil mal e mal tracei, mas compartilhavam com eles do mesmo defeito incongruente de levarem-se a sério demais. Em alguns casos, eu teria de reconhecer que a gravidade era justificada: alguns deles cuidavam dos assuntos cruciais para o bem-estar do povo santo trino — penso em educação e saúde, em primeiro lugar. São esses aqueles assuntos de administração que geram o maior número de queixas miúdas e azucrinantes dorzinhas de cabeça, e quantas longas horas não passei em companhia da hiperativa e megalomaníaca secretária de Educação e da obesa e oferecida secretária de Saúde, enquanto juntos tentávamos deliberar sobre questões banais, mas relevantes para os moradores da cidade — falo de coisas como críticas a um novo cardápio para a merenda escolar ou a escassez de gaze entre os fornecedores da prefeitura. Mas esta não é uma história sobre o dia a dia da gestão de um prefeito num balneário no Sul Fluminense. Esta é uma história sobre uma tragédia de proporções infernais, e nela apenas o Floripa, a Ritabreu, a Judia Petropolitana e o Tico, além do Fardoni, do Felipe e, claro, de mim, teriam participação, do lado da coisa pública — uma insuportável participação.

* * *

Entre as tantas diferenças existentes entre o trabalho na procuradoria e o trabalho na prefeitura, havia uma que talvez não fosse a mais gritante nem a mais séria, mas que mesmo assim me afligiu durante os três anos e meio em que estive sentado à cadeira de prefeito. Era a diferença no modo de encarar as tarefas.

Na procuradoria, o Roberto e o Felipe moviam-se dentro da rotina com certo distanciamento, que era fruto de um senso de proporção. Eles tinham sempre presente o peso (quase nenhum) e o significado (no mais das vezes, insondável) dos atos que praticavam, no esquema maior das coisas. Isso aqui é Santo Trio, porra, um vilarejozinho fudido e largado à beira do Atlântico, o Roberto dizia às vezes, quando um de nós, por desajuizamento súbito, cismava em discutir algum detalhe de alguma petição. E isso não quer dizer que fossem maus procuradores. Não eram. Aliás, tenho convicção de que a qualidade do trabalho de alguém não tem relação direta com o valor que a pessoa vê no que faz. Afora todos aqueles atributos óbvios — inteligência, aptidão específica, estabilidade emocional, etc. —, penso que o que é determinante mesmo é o sentido de responsabilidade. E nesse quesito Roberto e Felipe não deixavam a desejar. No entanto, como não depositavam, no final das contas, grandes importâncias no que estavam efetivamente realizando no balneário abandonado, nenhum deles achava que o seu mérito ou a sua reputação prendiam-se àquele reles empreguinho. Por isso, a atmosfera nos escritórios da procuradoria era leve: porque era imune à energia ruim que é produzida quando vaidades estão em conflito.

Já na prefeitura, tudo o que havia eram os jogos de poder. No meu gabinete, eu recebia ao longo do dia os meus secretários para sucessivos despachos, e era como se tudo que eles dissessem buscasse operar um movimento num tabuleiro de articulações e emboscadas. Por variados motivos, todos se preocupavam demais com os destinos que lhes tocariam dentro da prefeitura, todos levavam os temas de suas pastas a sério demais, todos se levavam a sério demais. E eu, do outro lado da mesa, em parte por temperamento, em parte por hábito, continuava encarando tudo do alto do esnobismo filosófico dos meus ex-chefes de procuradoria. As disputas eram sutis, oblíquas, mas ainda assim era palpável que a prefeitura vivia sob o estado de enganosa calma que costuma anteceder a uma explosão. E eu não achava ferramentas dentro da minha personalidade para controlar as coisas e evitar o pior.

O fato de eu não conseguir jogar o jogo dos meus secretários refletia-se, de maneira banal, mas em última análise perigosa, na nossa dinâmica de trabalho. É um drama subestimado quando duas pessoas — uma delas ocupando posição de chefia e a outra, de subordinado — têm diante de si um problema, e o subordinado se importa infinitamente mais com a solução que se vai dar do que o próprio chefe. É o que acontecia entre mim e os meus secretários, despacho após despacho. Os secretários faziam a defesa intransigente da única medida que eles consideravam correta (invariavelmente, entendiam haver uma única medida correta), e eu respondia apresentando questionamentos vazios e levantando dúvidas fingidas. Ao cabo desse teatrinho de chefe zeloso, eu deixava, com tom relutante e em caráter precário — para ser fiel ao personagem —, que os secretários seguissem em frente em seu caminho preferido. Parecia que eu estava tomando uma decisão, mas eu estava apenas abdicando de contestar a proposta de ação dos secretários: uma não decisão, portanto.

O resultado é que, muitas vezes, eu acabava autorizando medidas conflitantes para tratar do mesmo problema. E não era sempre que eu tinha consciência de estar criando essa confusão administrativa: eu de fato tinha dificuldades de recordar o que estava se passando em cada uma das pastas, e eu não tomava nota de nada. A barafunda de decisões contraditórias foi se agravando com o tempo, conforme eu me enfiava e me escondia na leitura de biografias e autobiografias dos grandes líderes da história. Diante de cada episódio de "inconsistência burocrática", o Fardoni vinha bater à minha porta, com toda a calma do mundo, para descrever o conflito e solicitar, implicitamente — jamais expressamente, pois isso não seria do seu feitio —, que eu o desfizesse. Na virtual totalidade dos casos, os conflitos podiam ser reduzidos à seguinte oposição: uma secretaria queria fazer algo ou dar sinal verde para que algum particular ou alguma empresa fizesse algo; outra secretaria rechaçava a ideia de que se praticasse esse algo. Eu tinha o entendimento de que, se era para ser criticado de uma maneira ou de outra, que o fosse por tentar fazer alguma coisa; afinal, eu estava ou não estava numa função executiva? Por isso, eu gostava de responder "sim, vamos seguir em frente" aos dilemas sim-ou-não trazidos pelo Fardoni (que me olhava de uma ponta à outra do despacho com um olhar magistralmente acrítico). Ele seguia então para a sua sala, a fim de preparar as minutas dos memorandos que eu assinaria e que forçosamente deixariam enfurecida a secretaria derrotada. A culpa pelo recuo era posta sempre sobre os ombros mirrados do Fardoni, que começou sua gestão com a confiança dos secretários indicados por políticos, mas não tardou a perdê-la, e que nunca teve nem teria o apoio dos secretários ligados ao empresariado do petróleo. Com o tempo, sua permanência no cargo se tornaria insustentável.

* * *

A maioria das decisões importantes que tomei como prefeito, aquelas que de fato transformaram a vida no vilarejo, foram tomadas dentro do curto período em que a secretaria de Meio Ambiente era chefiada por um interino. Eu nem sequer o recebia, pois era um camarada júnior sem muito conhecimento técnico, e o Fardoni achava que despachos com o chefe de gabinete estavam de bom tamanho. Não me recordo de ter ouvido relatos do Fardoni sobre o que era discutido nessas reuniões entre os dois, e não sei se o Fardoni fazia os relatos e eu não os ouvia, ou se ele aguardava que eu pedisse os relatos, mas eu obviamente nunca os pedia. E, além do mais, eu não só estava ocupado cuidando, do meio jeito distante, dos assuntos da administração, como estava envolvido nas difíceis articulações para escolha de um nome definitivo para a pasta — o consenso em torno do Tico, como disse, demorou a se firmar.

Nesse período, de não mais do que um par de meses, concedi alvarás às mancheias. O que pediam, eu dava. Era o momento, eu sentia e o vilarejo clamava, de dar livre curso à marcha represada do progresso. Que explorassem os campos. Que trouxessem as máquinas. Que montassem as fábricas. Que viessem os caminhões. O Brasil precisava de Santo Trio.

* * *

O Brasil precisa de Santo Trio. Foi o que me dissera o seu Maksym, pai da Tatiana, num jantar que me ofereceu dias depois da minha posse como prefeito. Ele tinha me puxado para um canto da sala, onde estavam penduradas, conforme me explicou em voz bem alta para disfarçar o real intuito da conversa, duas obras originais do pintor e futurista ucraniano David Burliuk (eram telas simplórias: uma retratava flores em uma sacada à beira-mar; a outra, uma encosta coberta de grama, com árvores outonais ao fundo). O Brasil precisa de Santo Trio, seu Maksym sentenciou, olhando para o mar esverdeado pintado por Burliuk. Santo Trio vai ser a nossa Houston, a nossa *Boom Town*, e o país precisa disso. Maksym falava português com uma pronúncia peculiar, praticamente impossível: sobre a base do seu sotaque russo, do qual jamais conseguiria se livrar, subia uma entonação distintamente baiana, adquirida durante os anos vividos em Salvador. Embalada nessa pronúncia, a ideia de que o Brasil precisava de Santo Trio soava ainda mais excêntrica, um sonho doido de um expatriado mal-informado sobre a realidade nacional.

Enquanto nenhum outro dos convidados se aproximava de nós, o seu Maksym procurou me explicar, tanto quanto pôde, a lógica do seu conceito de Santo Trio como uma região estratégica. Por um tempo, enquanto fingia admirar a encosta verdejante retratada pelo Burliuk, consegui me concentrar no que dizia o executivo ucraniano; ele falava do desbravamento de novas fronteiras tecnológicas para exploração de reservas no assoalho marítimo, da instalação concomitante de painéis solares e de moinhos eólicos para atendimento sustentável das necessidades elétricas do Sul Fluminense, da criação de um polo produtivo e manufatureiro regional para diversificar a atividade econômica brasileira, de instrumentos de financiamento inovadores, entre outros clichês do empresariado multinacional progressista com atuação no país. Mas, enquanto eu fingia admirar a vegetação de outono na tela que presumivelmente retratava os Cárpatos ucranianos, ouvi a gargalhada da Tatiana escalar e extrapolar o burburinho no salão repleto de políticos e executivos. Eu me virei para procurá-la, e a vi conversando com o boiadeiro que queriam que eu nomeasse como meu secretário de Governo. Distraída, ela apoiou a mão sobre o antebraço peludo do sujeito, que vestia uma camisa social com as mangas arreadas, sem blazer. E não ouvi mais nada do que o seu Maksym me dizia ao pé do ouvido, no seu impossível português russo-baiano, num disparatado tom conspiratório.

O fato é que o meu sogro pregava sem necessidade. Eu nunca cogitara negar alvarás para projetos econômicos. Meu antecessor no cargo, José Neves, fora cassado porque se opunha ao andamento natural dos acontecimentos. Cabia ao seu sucessor, fosse quem fosse, corrigir o desatino. À diferença de seu Maksym, meu credo não era exatamente o progresso; meus ideais eram a obediência ao fatalismo, o respeito à força da história. Mas não importava: por caminhos distintos, o meu sogro e eu chegávamos ao mesmo lugar e observávamos a paisagem do mesmíssimo ponto de vista — um ponto de vista talvez tão simplório e sem imaginação quanto o de David Burliuk.

* * *

Nos primeiros dois meses de governo, a sensação era a de estar operando uma mágica. O truque começava com rotinas banais: a minha secretária pessoal, a princípio (enquanto eu era assistido apenas por interinos), ou mais para frente a minha secretária de Desenvolvimento Econômico, Obras e Habitação, Samantha Ramos,

117

(depois de eu ter enfim nomeado meu gabinete — à exceção do titular de Meio Ambiente), vinham me trazer "uns papéis", como todos
dizíamos. Vendo do que se tratava, eu prontamente rabiscava minha
assinatura ao pé do documento, escrevendo "Pedro Lourenço" com
dois traços preguiçosos que, eu sabia, mais pareciam os riscos de um
exame de eletrocardiograma. Do meu gabinete, os papéis eram levados para o setor de expedição de alvarás, que devia ser o setor mais
requisitado no meu início de governo. A partir daí é que a mágica
cintilava, transformando rabiscos de gabinete nas obras monumentais que começaram a pulular dentro dos horizontes do vilarejo. Dos
janelões da prefeitura, contávamos os guindastes que se levantavam
em terra e mar. Era um processo rápido, como se as empresas já
estivessem com os equipamentos e materiais à porta de entrada da
cidade, aguardando apenas um sinal verde, o meu sinal verde, para
trazê-los e colocá-los em uso. Era um negócio vertiginoso.

A atmosfera no vilarejo, portanto, era de modernização, ou até
mais do que isso: de revolução. Havia os descontentes, porque sempre há, e eles viviam pedindo hora comigo, o que, por instrução minha, era negado de plano pelo Fardoni e pela minha secretária. Essa
turma do contra chiava e chegou a organizar uma passeata ou outra
na praça central, empunhando seus cartazes toscos (certa vez, acreditei discernir o cassado José Neves entre os manifestantes). Mas
ninguém, nem mesmo a imprensa do vilarejo — isto é, o tradicional
e terrivelmente mal-escrito *Diário de Santo Trio* —, lhes dava bola.
A marcha do progresso estourara num ritmo avassalador, e não havia espaço para nhém-nhém-nhém — e, de resto, quem conseguiria
ouvi-lo, em meio aos incessantes estrépitos das poderosas máquinas
que obravam no balneário?

Mas eu tinha uma fraqueza. Nessa época, eu ainda passeava pela
orla, em horas roubadas à pasmaceira do gabinete (não nos iluda-
mos com a mágica do progresso: eu labutava no lado inglório dos rabiscos em papéis timbrados, o lado maçante do truque). Dava pena,
admito, ver o desamparo nos rostos dos turistas que tinham viajado a Santo Trio para mergulhar nas galerias subaquáticas. Como
náufragos de um paraíso perdido, eles balançavam nos barquinhos
rumo ao alto-mar, ao pé dos colossos formados pelas plataformas
em construção, como se estivessem indo verificar o tamanho do de-

sastre. Os barquinhos contornavam lentamente as boias de proteção e, ao sumirem no horizonte, tinha-se a sensação de que jamais regressariam. Vez ou outra, para desespero do Fardoni, eu decidia esperar que regressassem, sentando-me para tomar uma água de coco no quiosque do Seu Braga (que, curiosamente, tinha sido a favor do *impeachment* do Neves — ou talvez estivesse sendo apenas cortês comigo, o bom homem); umas duas horas depois, lá surgia o barquinho contornando de volta as plataformas metálicas, num balançar derrotado. O grupo de mergulhadores apeava em silêncio, removia o equipamento e ia vestir as roupas secas sob uma das tendas armadas na areia; em seguida, como num número ensaiado, o grupo ficava em pé, por longos minutos, sem trocar palavra, um mergulhador do lado do outro, como uma corrente de luto, simplesmente fitando as magníficas estruturas de aço que cintilavam sob o sol de fim de verão, e desejando (eu suspeitava) que elas se desmanchassem no ar.

Minha mágica tinha quebrado, em poucas semanas, os modos de vida imemoriais do balneário. Isso já aparecia muito, mas, ao final, olhando para trás, constataríamos que era apenas o singelo, quase romântico começo: por ora, só se tinha visto a mágica da construção.

* * *

Casei com a Tatiana nesse mesmo período inicial e quase delirante do meu governo, em que o vilarejo se transformava pela ação do empresariado. Foi uma cerimônia simples, organizada às pressas, e realizada no próprio balneário, mais precisamente na casa do seu Maksym. Não havia parentes de nenhum dos consortes, o que dava uma estranha atmosfera protocolar à cerimônia. Minha mãe, que eu não via desde o domingo anterior à semana do impeachment, estava muito fraca de corpo, e ausente de cabeça, para que a dona Maria pudesse trazê-la das Laranjeiras para Santo Trio. Tatiana era órfã de mãe, que sofreu um acidente fatal quando fazia uma aula introdutória de esqui em Mont-Tremblant, no Québec, e nem sequer conhecia os familiares ucranianos, de quem seus pais tinham se afastado depois de escaparem do regime comunista. Sem contar o juiz de paz, portanto, os convidados do nosso casamento eram as mesmas pessoas que frequentavam os jantares habituais na casa do Maksym, jantares que ele oferecia com o objetivo de dar àqueles que tinham algum poder sobre os destinos do vilarejo a oportunidade de acertar os ponteiros.

Não sei se Tatiana e eu jamais acertamos os ponteiros de nossa vida conjunta. Eu pedira a mão dela em casamento — mais de uma vez — nos dias insanos em que fui catapultado de sub-sub-chefe da procuradoria a prefeito da cidade. Depois segui em frente com os planos, não por estar certo do que eu estava fazendo, mas porque me parecia o encaminhamento mais maduro e digno. Não sei se a amei algum dia, não sei se fui exatamente feliz em qualquer tempo durante nosso matrimônio, e no fundo considerava essas questões secundárias. Santo Trio era algo provisório para mim, e acho que sempre tomei meu casamento com a Tatiana como uma das tantas peças provisórias dentro do meu pacote de provisoriedades.

Da parte dela, isto é, no que dizia respeito ao modo como a Tatiana enxergava a nossa relação, as coisas começaram a me parecer esquisitas logo depois da nossa cerimônia protocolar. Ou mesmo antes. Num dos jantares na casa do meu sogro, quando os convivas já tomavam cálices de licor e de conhaque em pé, no jardim frontal, notei a minha mulher apalpar o rabo de cavalo do Tico, com certa demora, como se estudasse e admirasse a sua textura. O sol já se punha atrás da casa, e as luzes da varanda permaneciam desligadas, mas sob o lusco-fusco julguei ver um intenso rubor inflamar as bochechas queimadas do secretário de Meio Ambiente. Ele esfregava as mãos e levava-as ao cabelo, muito sem jeito, como se a contragosto explicasse os produtos e os tratamentos que usava para manter os seus fios brancos daquele jeito. A Tatiana sorria com uma expressão deslumbrada, escancaradamente deslumbrada. De imediato, recordei do outro jantar, em que a tinha flagrado alisando o braço peludo do Floripa. Afinal, os empregados acenderam as luzes, e isso bastou para que os convidados se dispersassem e tomassem o rumo das suas casas.

Quando chegamos à nossa, questionei a Tatiana sobre o que eu tinha presenciado. O seu rosto contorceu-se num esgar de raiva, e, com as sobrancelhas deformadas num V, rebateu o que chamou de as minhas "depravações". Disse que o Tico era gay e que nunca tinha tocado o braço de Floripa nenhum, a não ser que houvesse sido "sem querer". Não me convenci e cheguei perto dela com a intenção de reproduzir os gestos que eu a tinha visto fazer, com um e com o outro. Ela se recolheu com um movimento brusco, como se temesse que eu fosse esbofeteá-la. Pelo resto da noite, ela não falou mais nada. E não apenas pelo resto da noite: pelo dia seguinte, pela semana seguinte, por um arrastado e desgastante mês.

No próximo jantar oferecido pelo seu Maksym ao governo e ao empresariado, um par de dias depois, ele estranhou a ausência da filha. Comentei que ela não saía do quarto e que mal tocava a bandeja que a empregada colocava ao pé da porta no horário das refeições, mas tomei o cuidado de não dar nenhum detalhe sobre o que a levara a esse estado. Na hora, meu sogro não demonstrou sentimento, como se o que eu lhe contara não o surpreendesse. Naquela mesma noite, entretanto, ele visitaria a nossa casa e passaria umas boas duas horas fechado com a Tatiana no quarto. Espantei-me um pouco que ela houvesse aberto a porta ao primeiro pedido do pai, sem enrolar nem reclamar, mas tentei me abster de fazer especulações.

Dali em diante, seu Maksym passou a visitar a filha todas as noites. Ficava sempre pelo menos uma hora trancado com ela no quarto, de onde, em regra, não saía nenhum ruído, como se ele se limitasse a velar o seu ensimesmamento. Muito raramente, vinham, sim, sons do quarto, e não eram sons normais. Eram gritos em russo, que assustavam a mim e ressoavam varanda afora para ir assustar os vizinhos. Quando encerrava o que tinha ido fazer, seu Maksym se despedia de mim com um aperto de mão e um sorriso falso, mas mesmo assim caloroso, e partia sem me explicar nada. Até que, numa das raras noites de berros cirílicos, ele deixou o quarto, chamou-me para a cozinha e pediu uma dose de vodca. Sentado na banqueta, virando o copinho como se mal tivesse conseguido umedecer a boca, ele me pareceu imenso, atipicamente grosseiro, um mujique reencarnado. Quando falou, entretanto, era de novo um pai preocupado e um executivo carismático.

O que ele me disse era que aquela não era a primeira vez que a Tatiana saía de si. Coisa parecida acontecera em Salvador, pouco tempo antes de se mudarem para Santo Trio. A diferença era que, na Bahia, depois de alguns dias de mutismo — dias que seu Maksym deixou correr sem se aproximar da filha, aguardando que o "piti" misterioso passasse por conta própria —, Tatiana sumira. Ele e os seus assessores mais próximos na BP, mas não a polícia, pois queriam evitar alvoroço, rodaram a cidade. Seguindo pistas dadas por conhecidos da Tatiana, descobriram que ela estava abrigada numa igreja, que ela costumava frequentar não para rezar, pois não nunca fora particularmente religiosa, mas para meditar e para se refugiar do calor baiano. O padre, com quem ela gostava de conversar em tardes vazias, aceitou acolhê-la no porão e prometeu que não contaria nada a ninguém. Na verdade, ele dera a si mesmo o prazo de uma semana, para então acionar a polícia. Mas, antes do decurso desses sete dias, seu Maksym encontrou a filha e a levou para casa, envolta numa manta, como se levasse um pássaro ferido para convalescer. Tatiana nunca explicou o que havia acontecido, o que a levara à mudez e ao desaparecimento, mas seu Maksym suspeitava que o seu namorado havia aprontado alguma.

"Namorado?" eu o interrompi, surpreso, pois Tatiana nunca havia comentado sobre ex-namorado nenhum.

"Coisa passageira e sem importância".

"Alguém da empresa?"

Seu Maksym me olhou torto, e por uns instantes achei que não fosse me responder. "Não, um diretorzinho de uma agência estadual baiana. Como eu disse, coisa sem importância".

Tive a impressão de que o meu sogro esperava que eu explicasse o motivo de Tatiana estar escondida no quarto havia semanas. Mas eu não me sentia capaz de contar nada: não queria expor a filha ao próprio pai, o que me soava uma quebra de confiança ainda mais grave do que aquela que ela aprontara contra mim. Seu Maksym ficou calado por um tempo, serviu-se outra dose caprichada de vodca, virou-a num gole e segurou o copo vazio à altura do rosto, encarando-me obliquamente através do vidro. Ele tornara a parecer um camponês embrutecido.

"Era um namorado qualquer", ele retomou, "apesar de se achar um reizinho baiano. Enfim, ele tinha feito alguma coisa com a minha filha... e eu agi de acordo". O Seu Maksym me encarou com um sorriso funesto no rosto; desviei a vista e, quando tornei a olhá-lo, ele parecia me observar com uma comiseração antecipada, como se eu fosse um inseto a ponto de ser esmagado. "Enfim, amanhã a Tatiana volta ao normal. Pode escrever". Ele se despediu de mim com um aperto de mão mais longo e forte do que o normal; da filha, despediu-se com um grito em russo, em cuja entonação não consegui ler nem afeto nem rancor.

Bem cedo na manhã seguinte, a Tatiana me despertou no sofá da sala e me levou para a cama. Sem dizer nenhuma palavra, tirou a minha roupa e depois se despiu. Achei que ela queria algum carinho, mas não: apenas me fez deitar e recostou a cabeça sobre o meu peito. Pouco depois, dormiu. Senti o seu corpo, muito mais magro do que o normal, como algo tão frágil e delicado quanto os primeiros raios de sol que iam construindo a manhã. Minha mente estava confusa, mas me dei conta de que, dali para o futuro, jamais conseguiria questioná-la de novo. Eu vira e ouvira o suficiente para perceber que os riscos eram grandes demais.

Quando acordamos, ela voltara a ser a Tatiana de costume, amorosa e solícita, como se nada de estranho houvesse acontecido naquele longo mês. Eu não poderia dizer o mesmo de mim.

* * *

Sou lerdo para perceber as coisas, mas depois de umas cinco ou seis vezes, seria impossível não notar que havia um padrão ali. Um secretário entrava no meu gabinete, segurando uma pasta de documentos. Ele me entregava a pasta, e dentro dela eu descobria o original de um memorando assinado ou por mim ou pelo meu chefe de gabinete, a depender da importância da matéria. O secretário começava a discorrer sobre a questão, e o seu tom de voz deixava claro que ele queria se queixar da decisão que havia sido tomada. Eu levantava o dedo indicador para pedir que ele aguardasse um instante, tomava o telefone, discava o ramal do Fardoni e, alguns toques depois, eu ouvia não o "Senhor Prefeito" monocórdico com que ele atendia às minhas chamadas, mas o "pois não?" docemente rabugento da minha secretária, a dona Regina (que eu acabara acolhendo na prefeitura, depois de ela ter se indisposto com o novo procurador-geral, um goiano arrogante e desbocado). Dona Regina me explicava que o Fardoni precisara sair, para visitar tal escola, tal hospital, ou tal obra, ou qualquer coisa que o valesse fora da prefeitura, e demoraria algumas horas. Enquanto ela falava, eu discernia, no rosto do secretário que estava à minha frente, um quê de malícia.

A malícia estava no seguinte: meus secretários me procuravam para maldizer o Fardoni justamente quando e apenas quando ele não podia participar da conversa e defender-se. O que os secretários não sabiam, ou fingiam não saber, era que todas as decisões que estavam refletidas nos memorandos trazidos por eles, dentro das bonitas pastas de couro que usávamos na prefeitura, tinham partido de mim, sem qualquer influência do meu chefe de gabinete. O Fardoni era o cordato supremo, o parágono da temperança, e não direcionava nada, não embutia viés em nada, não opinava nem quando eu pedia que ele opinasse. Mas eu não desfazia as impressões equivocadas dos meus secretários, e deixava-os falar, falar, falar, tanto quanto quisessem. Logo percebi que fazer isso — deixá-los à vontade para extravasar todo o seu descontentamento (eles eram muito sérios, levavam tudo muito a sério) — praticamente já dava cabo do despacho. Para arrematar, faltava apenas, o que eu fazia sem dificuldade, demonstrar uma simpatia superficial à causa que vinham defender, deixando claro que eu compreendia, sim, a gravidade do que estava em jogo, mas ao mesmo tempo tomando cuidado para dar não nenhum indicativo de que eu iria reverter a decisão que havia sido tomada. E pronto: meus secretários saíam do gabinete de peito estufado, com sensação de triunfo, sem que na verdade tivessem conquistado coisíssima nenhuma.

Foi o que aconteceu, por exemplo, numa tarde chuvosa em que a Judia Petropolitana bateu à minha porta, pedindo licença para tratar de um "probleminha". Estava mais corada do que de costume e, depois de sentar-se, ficou alisando longamente os cabelos arruivados, com um ar de ligeiro pavor, como se as palavras que tinha planejado dizer houvessem lhe escapado. Para quebrar o silêncio, perguntei como andavam as pesquisas sobre os judeus no exílio, e ela disse: tudo velho, a não ser pela descoberta de que Campos de Carvalho se afastou temporariamente da Procuradoria do Estado de São Paulo durante a Segunda Guerra, pra lutar como voluntário contra as forças nazistas. Eu disse que me custava crer nisso, mas ela não se aprofundou na descoberta: tinha reencontrado as palavras com as quais queria tratar do tal "probleminha". O probleminha dizia respeito à instalação, em caráter permanente, dentro das dependências da própria prefeitura, de um fiscal do Ministério do Meio Ambiente enviado de Brasília, conforme tinha sido autorizado num memorando assinado pelo Fardoni, cujo original eu tinha agora sobre a minha mesa. Uma enorme exclamação havia sido traçada, a lápis, numa das margens do documento. Imagina isso, Lourenço — todo o meu gabinete, todos os empresários e executivos, toda a crescente população de Santo Trio, só me chamavam pelo sobrenome: apenas a Tatiana dirigia-se a mim falando Pedro — não vamos conseguir avançar com nenhum projeto, nenhuma expansão, capaz até de as operações normais das companhias ficarem paradas, tudo bloqueado pelo fiscal. Escuta o que eu estou te falando, ele vai ficar andando com o Código Ambiental debaixo do braço, vendo uma irregularidade a cada passo, encomendando parecer independente pra atazanar, decretando embargos com multas milionárias. Vai ser um inferno. Vai ser o fim do seu sossego... e talvez do seu mandato, completou, depois de uma pausa dramática. Ela continuou nessas linhas por prolongados minutos, e achei que se deleitava um pouco idealizando um cenário de choques e revezes. Quando encerrou, logo dei garantias do meu compromisso com a saúde econômica do setor de energia. Insisti que "compreendia perfeitamente" as preocupações dela, mas disse que não via fundamento para pessimismo. Teríamos todas as condições de estabelecer um relacionamento da melhor qualidade com o fiscal, que, de resto, viria de qualquer maneira, com ou sem a nossa aprovação. E era melhor tê-lo bem perto, junto de nós, do que solto por aí, vidrado nos castelinhos de metal arrancando petróleo do fundo do oceano e estudando maneiras de interromper a brincadeira. E fique tranquila, Samantha, que sou leal a você e ao que você representa, e vou sempre te defender. Era um fecho tranquilizador. Samantha se levantou, com sua pasta de couro nas mãos, e ainda se lembrou de dizer, já do batente: volto outro dia pra conversar sobre o Campos de Carvalho combatente de guerra. Eu sorri de volta, e então percebi como estava exausto.

* * *

De qualquer forma, aquilo não podia continuar. Não queria mais ficar recebendo meus secretários para ouvir maledicências sobre o meu chefe de gabinete na ausência dele. Não era digno. Ainda que eu não desse corda, ainda que eu defletisse os ataques com simpáticos comentários anódinos, ainda que eu jamais voltasse atrás numa única decisão, não era digno. Resolvi dar um basta na prática manhosa, e para isso lancei mão de um expediente basicamente covarde: proibi o Fardoni de realizar trabalhos externos. Ao lhe comunicar minha ordem, notei que ele se segurava para não cobrar uma explicação, ou talvez para não contestar a própria inteligência da minha instrução, mas ele conseguiu se controlar, o cabra gelado, e aceitou em silêncio. Eu sabia que ele a cumpriria sem falhas, sem ardis, como de fato a cumpriu. Dali em diante, quem quisesse tentar derrubá-lo, teria de o fazer diante do próprio. Ninguém apareceu mais.

Quer dizer, os secretários apareciam, a maioria diariamente, mas só para tratar de assuntos desimportantes de rotina, nunca para protestar contra os memorandos que de fato importavam e os afligiam. Por algumas semanas, a crise parecia dissipada. Parecíamos uma máquina de administração de banalidades, e era fantástico. Não durou. No lugar dos despachos pelas costas, meus secretários inventaram os despachos por bilhetinhos. Às tardes, sempre às tardes, a dona Regina passou a entrar no meu gabinete diversas vezes, trazendo os papelotes ao seu destinatário final. Escritos em folhas arrancadas dos blocos de recado da prefeitura, acomodados dentro das nossas solenes pastas de couro em conjunto com os memorandos que buscavam atacar, os recados eram disparados pelos meus secretários num ritmo furioso. Nem sempre eu os pegava imediatamente (tinha os meus livros para ler), e as pastas iam se empilhando na minha carteira de entrada, uma torre de intrigas, e acontecia de acabarem tombando no chão de mármore, com um estampido que parecia até irônico. A dona Regina vinha então arrumar a bagunça, e aproveitava para trazer mais uma pasta que havia chegado. Eu podia demorar, mas respondia a todos os bilhetes, garatujando notas taquigráficas ao pé da própria folha que tinham me endereçado. Quando os secretários apareciam pela manhã para despachar os assuntos do dia a dia, nem eles nem eu mencionávamos os bilhetinhos. Isso alimentava certa mística em torno deles, como se fossem algo sagrado ou demoníaco, e eu tinha a sensação, ridícula, mas verdadeira, de que nos meus retrucos taquigráficos se materializava a essência do meu poder. Um governo epistolar e taquigráfico, exercido nas folhas timbradas e sem pauta dos blocos de anotações da prefeitura. Depois de séculos de marasmo diante das suas lindas praias e sobre as suas magníficas galerias oceânicas, Santo Trio era agora um território de vanguarda administrativa.

Com o tempo — um tempo curto, pois tudo transcorreu tão rapidamente —, a troca de bilhetes adquiriu uma complexidade insustentável. Os bilhetes faziam referências a bilhetes pretéritos e, conforme as alianças, até a bilhetes enviados por outros secretários, tudo exprimido com base em notações cifradas, privativas de cada emissário e crescentemente impenetráveis, ao menos para mim. Certa vez, por exemplo, a secretária de Planejamento e Finanças, Ritabreu, que era talvez a mais perfeccionista entre os redatores dos bilhetinhos (e, diziam os boatos, quem tinha inventado a prática), enviou-me um recado que lia assim:

Rf. b. 20.7 s.r. c/c b. sDEOH 21.7 s.r. c/r m. 312 (CG) – TX indicou q arcaria integral// c/ despesas, se mudarmos obras p/ local afastado da praia. Doação ou pgto direto, sem passar por nós, como preferirmos. Da perspectiva de cx., total interesse. V. b. sDEOH, em q diz q sTur tb está de acordo. V. Ex.ª poderia explicar p/ representantes comunitários num jantar (inventamos compr. p/ CG em AdR). TX paga, eu organizo. Basta falar data.

A decodificação era a seguinte. A Ritabreu referia-se a um bilhete que havia me enviado na véspera, 20 de julho, e ao qual eu ainda não havia respondido. Referia-se também a um segundo bilhete, que se combinava com o primeiro, dirigido a mim naquela própria tarde pela minha secretária de Desenvolvimento Econômico, Obras e Habitação, a Judia Petropolitana, igualmente sem resposta minha. Ambos os papeizinhos diziam respeito ao memorando de número 312, assinado pelo meu chefe de gabinete. Por esse memo, a Judia e a Ritabreu tinham sido instruídas, respectivamente, a abrir uma licitação para construção de uma escola e um posto de saúde numa quadra na rua da praia, e a providenciar os fundos orçamentários para tanto. A escola e o posto eram demandas antigas da comunidade da região, demandas que se tornaram financeiramente viáveis com a arrecadação de royalties e o reforço nas receitas do ISS.

Só que as empresas de petróleo não aprovavam esses planos. Segundo constava, elas já consideravam ruim o bastante para a imagem dos negócios que a perfuração dos poços se desse nas imediações das galerias subaquáticas de mergulho, à vista dos frequentadores da praia paradisíaca e até então um tanto virginal do balneário. Não queriam que, além do mais, para completar as justaposições desfavoráveis, crianças estudassem e enfermos buscassem tratamento sob a sombra das colossais plataformas oceânicas. O consórcio de petroleiras decidiu, assim, fazer uma proposta à prefeitura, oferecendo-se para pagar e gerenciar as obras de construção da escola e do posto de saúde, ou para doar o dinheiro correspondente para os cofres municipais, se essa fosse a opção preferida, contanto que se escolhesse outro local, distante da praia, para abrigar os edifícios. A *Texaco*, que era a interlocutora da prefeitura para esse assunto, queria bancar anonimamente um jantar meu com os representantes das "comunidades ribeirinhas" (como a Ritabreu as chamava, para depreciá-las), em que eu pudesse convencê-los de que a quadra da praia não era a localidade ideal para o projeto. Meu chefe de gabinete, visto pelas empresas como o responsável pela aprovação do projeto conjunto das secretarias de Educação e de Saúde, obviamente não poderia participar nem tomar conhecimento prévio da realização do jantar, e seria necessário, portanto, inventar algum compromisso externo que o tirasse de Santo Trio naquela data — em Angra dos Reis, por exemplo. A *Texaco* já estava ciente, a essa altura, de que a secretária de Turismo, que havia sido indicada pelos políticos do vilarejo, mas no fundo atuava como uma não alinhada, tinha sinalizado que se oporia à construção na orla, entendendo que seria algo desvantajoso para o potencial turístico da área. A *sTur*, na notação truncada da Ritabreu, era uma aliada importante na causa. O impasse estava armado, e cabia a mim deslindá-lo.

Que eu tivesse de fazer isso rabiscando mensagens telegráficas em folhinhas de bloco me pareceu, francamente, indigno. Mas, por ora, eu não via outro jeito, a não ser que eu me dispusesse a escancarar as rixas dos meus secretários contra o meu chefe de gabinete. E isso eu não queria; o que eu queria era atravessar o meu mandato-tampão sem crises, entregar o cargo a um sucessor democraticamente eleito, e ir embora de Santo Trio para recomeçar a vida de um modo simples e incógnito. Com isso em mente, juntei os três bilhetinhos sobre o caso, grampeei-os e, ao pé do mais recente, respondi à Ritabreu que ela poderia, sim, levar adiante os planos do jantar. Alertei, contudo, que eu não estava comprometido com nenhuma decisão: meu intuito era ouvir os representantes comunitários e ter com eles uma conversa franca sobre todas as opções que estavam disponíveis. Era o bastante para tranquilizá-los, por enquanto.

* * *

Esse acabaria sendo um dos últimos bilhetes a que eu responderia. Logo surgiu um assunto que não admitia soluções por recadinhos, e aproveitei para pôr um fim à prática. Evidentemente, não avisei ninguém sobre a minha decisão: o fim foi tão furtivo e tácito quanto o começo. Simplesmente parei de responder aos bilhetes e até de lê-los. As pastas de couro acumulavam-se sobre a minha mesa, e os secretários, quando vinham despachar as questões de rotina pela manhã, tinham de falar comigo por sobre aquele incômodo paredão. Nenhum deles comentava o que estava se passando com os bilhetes, nem ensaiava maneiras alternativas de tratar dos problemas que estavam refletidos naqueles pedaços de papel. Talvez com exagero, eu via certo cavalheirismo, certa honradez, nessa postura. Eram tempos de paz — uma paz forçada, delicada, transitória, porém paz. Um assunto-bomba estava para explodir dentro da prefeitura, mas Fardoni e eu queríamos observá-lo por um tempo, circundá-lo, deixá-lo estar um pouco, enquanto meditávamos sobre como atacá-lo, sobre como deveríamos revelar a sua existência para o meu secretariado. Pois sabíamos que, tão logo fizéssemos isso, o assunto (a bomba) demoliria canais de diálogo e empurraria todos para as trincheiras.

O assunto havia chegado até nós pelo Ministério de Minas e Energia. Numa tarde tranquila, em que eu lia *Five Days in London, May 1940*, do John Lukacs, Fardoni bateu à minha porta e, muito cerimoniosamente, disse que o ministro de Minas e Energia em pessoa estava na linha, querendo falar comigo. Tive uma sensação de caos instantâneo, como se tudo à minha volta houvesse se acelerado e eu, incapaz de lidar com a vertigem, estivesse me encolhendo dentro de mim mesmo. Respirei fundo. O Fardoni continuava agarrado à maçaneta, olhando para a sua gravata de largas listras roxas e pretas, especialmente mal atada naquele dia, com uma cara ao mesmo tempo paciente e apavorada. Ou talvez eu estivesse projetando o meu próprio pavor onde só havia o tédio, o niilismo e a deferência de costume. Pedi que ele entrasse, ainda demorei uns instantes fechando o meu livro e buscando papel e caneta em meio à montanha de pastas de couro espalhadas sobre a minha mesa, e então peguei o telefone: ô, ministro Vasconcelos, a que devo a honra? Mas eu só ouvia o tom de discagem. O Fardoni (o Fardoni!) saiu correndo da sala para pedir à dona Regina que transferisse a chamada. Nossa burrice desarmou a tensão, devolvendo às coisas uma medida de realidade, e eu me sentia mais preparado para ouvir o que o ministro tinha a dizer. Porque, como eu agora via claramente, era disso que se tratava: o ministro queria me dizer algo. Ninguém, nem se fosse o presidente — ou principalmente se fosse o presidente —, poderia ter a expectativa de que eu, um prefeitinho de um microbalneário, fosse capaz de decidir o que quer que fosse ou dizer algo de útil ou importante assim, de repente, diante de um telefonema vindo do topo insondável sem nenhum aviso prévio. Bastava-me ouvir.

E o que eu ouvi era o seguinte: o governo federal tinha decidido construir um novo trecho no gasoduto Bolívia-Brasil, de modo a transportar o gás boliviano até terminais de produção e exportação de gás natural liquefeito a serem montados na costa brasileira. A serem montados, ele precisou sem alterar a voz, como se mencionasse um fato conhecido de longa data por ambos, nas imediações de Santo Trio. As autorizações federais e estaduais estavam redigidas, assinadas e prontas para publicação, restando apenas concluírem-se os trâmites regulatórios ditados por lei, que haviam sido conduzidos "com máxima velocidade embora com todo o rigor". O ministro sugeriu, cuidadosa e obliquamente, que a prefeitura poderia adotar o mesmo *modus operandi*. Assenti, com polidez, mas sem entusiasmo — ou ao menos pretendi assentir desse jeito: diante da notícia, eu me sentia zonzo outra vez. Dado o recado, o ministro perguntou, fingindo não saber a resposta, se havia previsão de quando a primeira gota de petróleo seria bombeada dos lençóis da nossa costa, completou dizendo que queria em breve tomar um banho de mar em Santo Trio, e desligou.

O Fardoni, que não ouvira o que o ministro dissera e certamente não conseguira deduzir nada das minhas respostas monossilábicas, me olhava de novo com uma daquelas caras contraditórias que ele conseguia insolitamente sustentar: com tranquilo desconcerto. Ignorei-o por um tempo, enquanto eu tentava desemaranhar e amansar os sentimentos contraditórios que se misturavam também dentro de mim, em outro grau de ebulição. A sensação era a de que o mundo ao meu redor voltava a se desintegrar. Respirei, expirei, respirei, expirei, enquanto o Fardoni fitava a própria gravata como se esperasse que das suas largas listras roxas e pretas pudesse emergir alguma explicação. Passado um tempo, achei que eu já estava em condições de comunicar a ele a notícia dada pelo ministro, mas senti que precisava fazer isso de maneira indireta. Olha, é bem possível que muitos dos moradores antigos de Santo Trio resolvam se mudar pra Angra dos Reis, porque vão achar mais seguro morar do lado dos reatores nucleares do que nessa *Boom Town* aqui, comecei, observando o Fardoni anotar cada palavra, até as reflexões mais absurdas e especulativas, até os xingamentos. Nada era culpa do meu chefe de gabinete, mas nesse momento eu desejei o seu mal.

***

No dia seguinte, o seu Maksym apareceu por volta da hora do jantar na minha casa, dizendo que queria dar um beijo na filha. Quando a Tatiana foi preparar dois *Old Fashioned* para nós, ele me perguntou, aos sussurros, sobre o telefonema do ministro Vasconcelos. Respondi com evasivas, pois o assunto ainda estava muito fresco e me deixava desconfortável — sem contar que me parecia um negócio mais ou menos sigiloso. Meu sogro, em contraste, estava eufórico com os novos planos, e me revelou que a *British Petroleum* negociava a criação de uma *joint venture* para construir e operar o terminal de GNL. Como se pensasse em voz alta, e apenas para manter a conversa, questionei como fariam para exportar a produção, considerando que as nossas docas não comportavam embarcações de mais de 40 pés — só se estiverem falando de exportação pra Paraty, usando os barquinhos das escolas de mergulho. Enquanto me ouvia, o seu Maksym ficou balançando a cabeça, com um sorriso no rosto. Deixando para trás os sussurros, ele bramiu, aspirando muito o erre — África! —, enquanto abria os braços de camponês para indicar a ampla dimensão do continente ou talvez o tamanho dos navios-tanque que levariam a produção para os mercados além--mar. Disse ainda que naturalmente um novo porto seria construído para servir ao módulo GNL, com exclusividade — o restante das cargas que continuasse a ser carregado e descarregado no porto de Angra. Se o ministro Vasconcelos não havia comentado sobre o porto comigo, ele disse, talvez fosse porque supunha que eu sabia que um terminal GNL implica um suporte portuário, ou talvez porque não quisesse se meter na área de competência do secretário de Portos. Mas é tudo um pacote só, eu resumi, alheadamente, enquanto a Tatiana vinha nos servir os *Old Fashioned*. Tudo está sempre interligado, ele respondeu, e lhe dei razão. Aquela banalidade me suscitou a ilusão boba igualmente banal de que passado e futuro obedeciam a um plano maior, e senti que cabia a mim apenas assistir ao desdobramento de coisas irreversíveis, já decididas em recantos desconhecidos, em tempos imemoriais. Dei a mão à Tatiana, que estava sentada no braço da minha poltrona, e ela sorriu para mim, e eu sorri para o seu Maksym, que sorriu para a filha. Os sorrisos eram como acenos da nossa cumplicidade, que, ao menos naquela noite fresca e enluarada, não me pareceu detestável. Brindamos ao gás natural e aos navios-tanque, que cumpririam os seus desígnios como nós cumpriríamos os nossos.

***

Assim que nos casamos, a Tatiana disse que ia largar a função informal que exercia na *British Petroleum*. Eu nunca soube ao certo o que ela fazia lá: ela não gostava de falar sobre o assunto, nem eu pressionava por detalhes. Eu suspeitava que ela não fazia nada, que o pai tinha dado a ela uma salinha qualquer, perto da diretoria, para que ela saísse um pouco de casa, tivesse uma rotina, estruturasse a sua vida particular em torno de um escritório, sentisse-se menos sozinha. A minha impressão de que ela detestava frequentar a BP pareceu se confirmar depois do nosso casamento, pois ela de fato nunca mais pôs os pés lá, nem para recolher seus itens pessoais. Foi o seu Maksym que acabou os trazendo para a nossa casa, dentro de uma caixa de papelão, depois de ter passado meses pedindo em vão que ela fosse buscá-los. Ao receber a caixa, a Tatiana olhou seu conteúdo com asco, lacrou a tampa com fita adesiva e imediatamente levou o pacote selado até o sótão. O que ele guardava, jamais saberei: quando o procurei, horas depois, li que a Tatiana escrevera *NÃO ABRIR* com pilot nas quatro laterais; tendo em vista o que havíamos vivido recentemente, achei por bem respeitar a injunção; quando tornei a procurá-lo, determinado a abri-lo, tempos depois, não o achei mais.

O que me levou a procurá-lo foi uma nova desconfiança, mais grave do que as motivadas pela apalpadela no braço do Floripa e pelas carícias no rabo de cavalo do Tico. Eu acreditava que, como primeira-dama, a Tatiana continuava passando a maior parte dos seus dias com uma câmera fotográfica a tiracolo, em busca de registros da vida urbana e da natureza de Santo Trio, que pudessem vir a compor uma exposição batizada provisoriamente de *Santíssima Dualidade*. Eu estava enganado. Num início de tarde, eu caminhava da prefeitura para casa, indo almoçar um pouco mais cedo do que de costume porque me sentia febril, quando vi o *Mini Marks VII* que ela dirigia, um presente importado dado pelo pai depois da sua crise de mutismo, estacionado numa rua a duas quadras da praia. Desconfiado, resolvi parar a uma distância segura e esperar que ela aparecesse. Era um dia de primavera, com sol intenso e nenhum vento. Vi um par de gaivotas descansando, quase imóveis, sobre um telhado sujo, manchado. Estranhamente, eu, que estava de tocaia, é que me sentia sendo vigiado. Achei que podia ser a febre. O tempo fluía com incrível, dilacerante lentidão. Quis desistir, e estava de fato a ponto de desistir, reduzindo tudo a uma suspeita boba da minha parte, quando notei que a porta azul de uma casa de tijolos se abria, e por ela saía, trajando um vestido verde de estampa florida, de sandália de dedo, a minha própria Tatiana. Ela avançou com certo viço pela calçada, como se desse um pulinho a cada passo. Atentei que não carregava câmera nenhuma. Entrando no carro, partiu com uma arrancada incaracterística. Pela hora, eu sabia que ela tinha tomado o rumo da nossa casa, e para lá eu também segui, retomando a minha caminhada. Uns quinze minutos depois, encontrei a Tatiana como a encontrava todos os dias: na cozinha, montando nossos pratos para esquentá-los no micro-ondas, vestindo calça de lycra e uma blusa bem larga que eram as suas roupas de ficar em casa, e ansiosa para me contar o que tinha feito durante a manhã. O que, naquele dia, segundo ela, se resumia a uma única atividade: uma sessão de fotografias da construção das plataformas de petróleo, tiradas bem de perto, de dentro de um barquinho das escolas de mergulho, o qual, à falta de alunos para transportar, ela pudera alugar por um punhado de reais. Talvez pela primeira vez desde que tínhamos nos conhecido — nunca me interessei particularmente por paisagens ou imagens, e além do mais, como a Tatiana apontaria antes de qualquer outra pessoa, talvez eu tivesse mesmo dificuldade de me envolver com os assuntos e com as "coisas dos outros", como ela dizia —, eu falei que gostaria de ver os retratos. Ela estava tirando o meu prato do micro--ondas nesse exato momento, e acabou queimando os dedos e soltando um palavrão; só então explicou que tinha posto os negativos para revelar, prometendo mostrar o resultado quando eu voltasse do trabalho. Naquela noite, tínhamos de ir à inauguração de um espaço cultural que a Shell estava abrindo perto dos alojamentos dos seus operários. Na volta, esperei que ela, afinal, me mostrasse as fotografias, mas ela não tocou mais no assunto. Poderia eu ter pedido para vê-las, mas não pedi. A última vez que a questionara sobre um passo em falso, sobre uma atitude duvidosa, havia me deixado uma lição. Era melhor evitar confrontações diretas, a não ser que eu estivesse disposto a desembocar em soluções definitivas. Não era o caso, ao menos por enquanto.

Nos dias que se seguiram, fiz questão de sair alguns minutos mais cedo do trabalho para almoçar — sob os protestos mansos do Fardoni —, a fim de repisar os passos que eu tinha dado naquela tardinha que me parecia infame. E que se provou infame, na medida em que, dia após dia, eu voltei religiosamente a encontrar o *Mini Marks* da minha esposa estacionado em frente à casa de porta azul (em frente à garagem, o que era ainda pior). Por essa porta, ela saía com um ar de contentamento e com evidente pressa, para ir almoçar comigo e me contar mentiras sobre o que tinha feito durante a manhã. Não, eu não podia confrontá-la, pelo menos não naquele momento. Eu queria primeiro descobrir quem era o dono daquela casa de porta azul.

Eu devia ter tentado obter a informação por minha própria conta, mas os meses de poder — de rapapés, sabujices e mil agrados — já haviam me deixado mimado e, por conseguinte, leviano. Pois eu acabei pedindo ao Fardoni que descobrisse o nome do proprietário da casa. Não lhe dei, é verdade, nenhum detalhe sobre a razão do meu pedido, mas eu não podia desconhecer que em algum momento ele ligaria todos os pontos. Não me importei em me expor. Talvez eu quisesse ingenuamente acreditar que haveria uma explicação razoável e escorreita para tudo. Ou talvez eu estivesse disposto a pôr fim ao meu casamento, dependendo da revelação a ser trazida pelo

Fardoni. De uma forma ou de outra, eu sabia que a questão havia de ser aclarada.

No mesmo dia em que lhe fiz aquele pedido pessoal, o Fardoni bateu à porta do meu gabinete depois de encerrado o expediente, quando todos já haviam partido, e cerimoniosamente entrou portando um papel dobrado nas mãos. O rosto do Fardoni não traduzia nada, e eu pensei que ele exerceria com absoluta competência as funções de assistente de um general nazista, ou de despachante no serviço secreto soviético; era, ou me parecia, um homem sem sentimentos. Mas, por outro lado, não havia suprema delicadeza, imensa sensibilidade, no modo como ele se conduzia diante de mim e no modo como dobrara o papel que então me entregava? Porque, quando o abri, li que nele estava escrito, na caligrafia caprichada do meu chefe de gabinete, o nome do meu ex-chefe direto na procuradoria: Felipe Carvalheira.

***

Com o passar dos meses no comando da prefeitura, Santo Trio adquiriu para mim um aspecto de prisão ou cativeiro. Nada me impedia de sair um pouco da cidade, e não seria difícil, aliás, encontrar oportunidades para uma viagem em caráter oficial — que me permitisse, por exemplo, ir ao Rio de Janeiro, onde a minha mãe, segundo me dizia a sua acompanhante, já se encontrava em estado praticamente vegetativo. Mas eu não conseguia. Durante os quase quatro anos em que exerci o cargo de prefeito, não ultrapassei os limites do balneário nem uma única vez. Eu me sentia como os oficiais italianos lotados por toda a vida no Forte Bastiani, do romance *O Deserto dos Tártaros* do Dino Buzzati: com um ódio desalentado de estar ali, mas ao mesmo tempo incapaz de partir; o que me prendia era uma sensação inarredável de que era necessário aguardar um acontecimento (para os oficiais, a guerra; para mim, algo que eu não lograva definir), um acontecimento que fatalmente viria, ainda que com impossível demora. Houvesse permanecido por mais tempo em Santo Trio, talvez eu tivesse acabado conseguindo dar uma volta longe do balneário nem que fosse por alguns breves e inúteis dias, tal como o infeliz protagonista do romance, Giovanni Drogo. Mas o acontecimento que eu esperava ou me expulsou de Santo Trio de uma vez por todas (nada de voltinhas) ou nunca veio: tornou-se inatingível para mim em razão da tragédia — eu não saberia dizer se a tragédia era ou não o acontecimento que estava reservado para mim. O que sei é que estive sob o feitiço do aprisionamento por tempo suficiente para que a saúde da minha mãe se esvaísse de vez, e ela faleceu numa tarde de sábado, longe de mim.

Eu devia ter ido embora no mesmo dia em que a Dona Maria me telefonou para dar a notícia. Não fui. Quis o acaso ou o destino que a minha mãe falecesse na véspera das eleições para prefeito, em Santo Trio e em todo o país. O seu Maksym, a Ritabreu e a Judia Petropolitana insistiram em que eu adiasse minha ida ao Rio pelo menos até a segunda-feira seguinte, a Tatiana tomou a minha mão e procurou me acalmar, e assim me deixei ficar. E eu só viria a sair da cidade dois anos depois, a convite da infâmia e empurrado pela desgraça.

* * *

Fui candidato a prefeito contra a minha vontade, por força das circunstâncias. Ou melhor seria dizer: por força das pressões. A ala petroleira do meu governo defendia meu nome porque eu não havia contrariado, ao menos não naquilo que realmente importava, nenhum dos seus interesses. Já a ala política era simpática a mim porque o povo de Santo Trio, o crescente e cada vez mais diversificado povo de Santo Trio, aprovava maciçamente a minha administração. Assim, eu despontei, com naturalidade, por processos quase mecânicos e automáticos, como um nome de consenso, como o candidato da continuidade. Assim que virou o ano em que tomei posse, e o pleito de outubro tornou-se uma espécie de ápice para o qual todo o nosso trabalho parecia estar direcionado, os despachos com os meus secretários passaram a incluir uma forçosa e tortuosa sessão de convencimento — "a cidade precisa do senhor", "não existe outro líder possível pro momento que estamos vivendo", "o senhor sabe fazer e conduzir e já demonstrou isso, pra que mudar?", etc. etc. Por meses, eu resisti às pressões que me faziam, de um lado, a Ritabreu, a Judia Petropolitana e seus asseclas, de outro, o Floripa, o Tico e seus asseclas, para que eu aceitasse encabeçar uma chapa nas eleições. Resisti, quero dizer, não com franqueza, contestando os argumentos e insistindo que queria encerrar meu mandato-tampão e nunca mais trabalhar com política, mas com brandura, como era da minha natureza: ficando quieto até que o assunto morresse, ou puxando, sobre ele, algum tópico corriqueiro de administração. Para ser exato, eu nunca cedi propriamente às pressões, no sentido de ter algum dia dito que sim, eu aceitava concorrer ao cargo. A questão se resolveu sozinha, digamos, escorregando por uma rota indireta. É que eu não estava filiado a partido nenhum: em parte por desinteresse, em parte por convicção, eu prosseguia, desde a posse, como um prefeito apartidário, essa mais rara das figuras. Diante desse fato, descoberto tardiamente, as pressões do meu secretariado deixaram de visar a minha anuência à candidatura, e migraram para o simples pedido de que eu concordasse em receber o representante partidário B ou C. Avaliei que isso, sim, eu poderia aceitar, sem perder minha honra, sem ofender minha vaidade. Meu objetivo imediato era ganhar tempo, mas, dentro de mim, num plano nem tão ignorado assim, creio que eu tinha consciência de que eu acabaria aceitando o destino que estavam me impondo.

Não abri mão de receber os representantes partidários sozinho — a bem da verdade, o Fardoni me acompanhou em cada um dos encontros, mas ele pouco contava. Os secretários reclamaram, mas eu não queria aumentar o que já me parecia um carnaval. Eu marcava as audiências sempre para o último horário, ao cair da noite, e costumava deixar os visitantes esperando por um tempo na sala de espera deserta (a dona Regina já tinha saído, e eu proibi o Fardoni de lhes fazer companhia), enquanto eu avançava na leitura do que quer que estivesse lendo no momento. Lembro claramente de estar folheando uma biografia de James Buchanan no dia em que um emissário do pequeno Partido Liberal Brasileiro aguardava que eu o recebesse. Abri a porta com a intenção de lhe perguntar sobre a opinião libertária moderna a respeito do desastrado presidente americano, mas, depois de um breve cumprimento, desisti: tratava-se de um cabra simples e atrapalhado, que se embolou na hora de me chamar de Vossa Excelência — o que de resto era desnecessário e ridículo —, soltando em seu lugar um *Vossa Echelência*. Foi o suficiente para que ele corasse e para que seu roteiro argumentativo soçobrasse. Era uma cena difícil de acompanhar, mas me pareceu claro que lhe faltava apenas experiência, e quis-lhe bem.

Não que os dirigentes dos outros partidos se saíssem melhor. O progresso tinha chegado a Santo Trio, mas, politicamente falando, continuávamos imersos num profundo atraso. O resultado era que eu tinha extrema dificuldade em me concentrar no que os representantes me diziam durante as reuniões. Fundo partidário, diretórios regionais, bancadas federais e estaduais, dízimo, coeficiente eleitoral, tudo explicado sofrivelmente da maneira mais embananada, como se buscassem me introduzir num credo obscuro. Eu via o Fardoni tomando notas, e esse ato simples me parecia ter algo de fantástico. Ao fim do processo, encerradas todas as audiências, o meu chefe de gabinete veio à minha sala com seu bloquinho na mão, com o intuito de discutir as melhores opções. Eu gargalhei e não deixei nem que ele começasse. Sem enxergar um modo de escapar da candidatura, a não ser pelo caminho da fuga, o qual eu me recusava a tomar, eu já tinha me decidido por um partido. Era a opção óbvia, aquela que exigiria o menor esforço da minha parte, aquela que provocaria o menor impacto possível: o Partido Democrático Brasileiro, que controlava a câmara de vereadores da cidade, e ao qual estavam filiados o Floripa e o Tico.

Tendo aceitado me filiar a um partido, tendo aceitado lançar a minha candidatura — tendo feito, em suma, as concessões cruciais —, resolvi traçar uma linha: não faria campanha. O Fardoni, aquele anjo cordato, assimilou bem a minha decisão inusitada, balançando a cabeça afirmativamente de um jeito meio intrigado, mas complacente. Foi o único. Os secretários ficaram abismados e revoltados, como se eu tivesse lhes feito uma descortesia pessoal, e permaneceram naquele estado durante os três intermináveis meses de campanha. Nesse período, não participei de debates, não discursei em comícios, não fiz corpo a corpo com os eleitores, não dei entrevistas à imprensa, e reduzi ao mínimo inescapável as minhas aparições públicas, com receio de que essas ocasiões se transformassem em comícios improvisados. Fui um anticandidato. O *Diário de Santo Trio* dizia nos editoriais que era como se a minha candidatura fosse uma alucinação coletiva, e me chamavam de prefeito fantasma. Sardonicamente, explicavam o meu desaparecimento como uma estratégia bem pensada e bem executada, uma vez que, durante o meu mandato, eu dera provas suficientes, nas minhas raras e constrangedoras intervenções públicas, de que eu não falava nenhuma língua conhecida. Melhor, segundo eles, que por sinal eram governistas, que eu sumisse e deixasse o meu repertório de realizações e o meu candidato a vice (o amável e articulado Dr. Fernandes, o clínico geral e geriatra da cidade) falarem por mim.

O *Diário* exagerava as minhas deficiências na retórica. Não era exatamente que eu fosse incapaz de construir frases completas e costurar um raciocínio do início ao fim. Quando queria, eu construía e costurava. O problema era que em regra eu não queria; o meu problema era um problema de interesse. Como certa escritora argentina de cujo nome já não me recordo (é uma escritora menor) definiu a si mesma, "sempre fui absolutamente normal, mas completamente desinteressada do mundo ao meu redor". Santo Trio e seus dramas de balneário me pareciam indignos de grande esforço ou atenção da minha parte. E por isso eu marchava adiante falando, quando muito, uns murmúrios preguiçosos. "Sim" como resposta padrão dentro da prefeitura, balbucios ininteligíveis dos muros para fora, sumiço público sempre que possível: era o que eu estava disposto a dar pela cidade. E era o suficiente.

Como viria a ser o suficiente também na disputa eleitoral: venci no primeiro turno, com mais de 70% dos votos. Era esse, um pouco mais para cima, um pouco mais para baixo, o índice que as pesquisas internas realizadas pelo PDB vinham prevendo desde que eu lançara a minha candidatura, mas nem por isso o meu círculo mais próximo de secretários tinha me poupado da sua histeria durante a campanha. Como não havia levantamento de intenções de voto que os tranquilizasse, atravessei os três meses ouvindo pedidos ansiosos e algo ensandecidos de que eu me aproximasse do eleitorado, de que defendesse publicamente o meu "legado", de que fizesse terrorismo com a população apregoando que só eu poderia dar continuidade aos avanços conquistados. Eu escutava os pedidos salomonicamente, com a expressão facial mais impassível que eu conseguia sustentar, e puxava algum assunto aleatório de trabalho assim que os secretários cansavam de falar. Na minha opinião, as preocupações deles não tinham lógica: a economia ia bem, não se parava de gerar novos empregos na cidade, os cofres da prefeitura enchiam-se de novas receitas, obras rodoviárias e de construção de escolas e hospitais surgiam por todos os cantos, e uma sensação de progresso e invencibilidade envolvia a cidade. Para completar, o único candidato de oposição com alguma relevância vinha dos quadros da "elititica" deposta no *impeachment* de José Neves: um dono de papelaria chamado Fontes Amado, que, descontada a base cada vez menos expressiva de moradores históricos do balneário, só encontrava apoio entre os ambientalistas mais radicais. O panorama das eleições era, portanto, límpido e plácido, e a única questão que poderia enturvar o roteiro da vitória era mantida em segredo por mim, pelo Fardoni e pelos altos executivos das multinacionais de energia.

Tratava-se do tal projeto de construção de um terminal para produzir e exportar gás natural liquefeito. O assunto, que chegara até mim pelo telefonema inesperado do ministro de Minas e Energia, quase um ano antes do início da campanha eleitoral, sumira misteriosamente do radar, como se o telefonema houvesse sido feito dentro de um sonho. Sem saber como apresentar e encaminhar a questão dentro do secretariado dividido, o Fardoni e eu tínhamos combinado não fazer nada num primeiro instante e aguardar que algum movimento concreto nos obrigasse a agir. Inertes ficamos e inertes permaneceríamos por meses. Chegamos a nos esquecer do assunto e apenas episodicamente, quando por acaso líamos alguma notícia sobre o mercado de gás nos jornais, é que nos perguntávamos o que teria acontecido com um projeto daquela envergadura. Achávamos esquisito, aliás, que nunca houvesse saído uma nota na imprensa acerca dos planos do governo. Presumimos, talvez com simplismo, que devia existir alguma obrigação legal de sigilo, com o fim de evitar distorções no mercado. Eu podia ter perguntado ao seu Maksym sobre o andamento do projeto, mas não o fiz; primeiro, porque por princípio eu não fazia questionamentos sobre negócios aos executivos da cidade (ou assim eu racionalizava o meu mutismo, nesse caso específico) e, segundo, porque eu acreditava que o silêncio dele sobre o assunto já era sinal bastante de que as coisas por algum motivo não tinham avançado nem tinham perspectivas de avançar. No mais, esse congelamento do projeto era, para mim, um alívio: eu não queria deflagrar uma crise indeslindável entre as alas política e empresarial do meu governo, nem queria entrar para a história do estado como o responsável pelo fim de um pequeno e singelo, mas gracioso paraíso, arrasado pelas megaestruturas do petróleo e do gás.

O alívio duraria não mais do que um ano. Às vésperas das eleições, no final de setembro do ano seguinte ao primeiro telefonema, recebi uma nova ligação do ministro Vasconcelos, tão inesperada quanto a primeira. Eu estava sozinho com o Fardoni no meu gabinete, e creio que a proximidade da votação, que trazia consigo a perspectiva de eu permanecer mais quatro anos em Santo Trio, me punha num estado nostálgico. Eu conversava com ele sobre o Felipe, e sobre suas secretas ambições literárias. Por aqueles dias, eu tinha começado a ler *All the King's Men* pela primeira vez, e estava encantado. Eu dizia ao Fardoni que me parecia a coisa mais natural do mundo — "é óbvio", foi a expressão que usei, e me lembro bem disso porque o telefonema do ministro, que estava na iminência de interromper nossa conversa, espicharia esses banais momentos antecedentes como se eu os tivesse vivido em câmera lenta e daria, às minhas palavras do contrário esquecíveis, o peso das memórias perenes, do tipo que carregamos ao túmulo —, era óbvio, eu dizia ao Fardoni, que alguém que tivesse trabalhado com política, mesmo que no mais desimportante dos contextos, e tomasse contato a certa altura com o "classicaço" (eu estava empolgado) do Robert P. Warren, ia querer imitá-lo ou superá-lo ou adaptá-lo. *Todos os Capangas do Prefeito*, ou *Todos os Aspones do Governador*, ou *Todos os Laranjas do Presidente* — eu brincava de inventar títulos infames para um Warren tropical, quando o meu telefone tocou. Como sempre, senti o trilado como uma punhalada no peito, o que era absurdamente exagerado, mas lamentavelmente verdadeiro, e uma fraqueza de que eu já não tinha esperanças de me curar. Olhei para o visor do aparelho, constatei que quem me chamava era a dona Regina, e equivocadamente me permiti assossegar, supondo que seria apenas mais uma das tantas consultas sobre agenda que ela me fazia ao longo da jornada. Eu jamais poderia ter imaginado a sequência de palavras que a secretária sussurrou (sussurros para as questões mais graves: será o código de todas as secretárias?) ao meu ouvido: o ministro Alberto Vasconcelos, de Minas e Energia, está na linha e gostaria de falar com o senhor. Ao meu redor, senti instaurar-se uma atmosfera de suspense e conspiração, e, sem necessidade, pois era ainda a dona Regina quem me ouvia, tapei o receptor do telefone para avisar ao Fardoni, também aos sussurros, quem era que queria palavrear comigo. Sem que sua expressão severa cedesse nem por um triz, ele sacou seu caderninho de anotações e uma caneta do bolso do paletó e ajeitou-se, não exatamente na postura, que já estava perfeita, mas no espírito, afiando sua concentração, para registrar o que viesse; eu, por outro lado, me sentia despencando no vazio. A memória do primeiro telefonema do ministro Vasconcelos misturou-se ao presente, e eu tive a infernal impressão de estar condenado a viver tudo em eterna repetição. Loucamente, contraditoriamente, desejei prolongar aquele exato momento anterior ao alô até o infinito e jamais atender o ministro no meu ouvido, a dona Regina me perguntava, num tom que já era de censura, se podia transferir a chamada. Disse afinal que sim, e vi o ponteiro mais longo do meu relógio de parede avançar não mais do que cinco torturantes segundos, antes de o vozeirão do ministro Vasconcelos me saudar como se nós fôssemos amigos de infância. Daí em diante, e até o momento em que eu, aliviado e com uma ilógica sensação de vitória, pus o telefone no gancho, era como se eu estivesse viajando dentro de um túnel. Dentro desse túnel, tentei dedicar todas as minhas atenções à decodificação das mensagens que ele me transmitia de Brasília, lutando contra a minha tendência, que se agrava nessas situações críticas, de ficar dando voltas autocentradas naquilo que eu planejo responder (monto, retalho, descarto e recrio respostas que nunca serão ditas) e de ficar avaliando a imagem que estou transmitindo por meio dos meus silêncios e dos eventuais cacos de observações que eu tenha conseguido produzir. Durante a travessia quase delirante desse telefonema, acreditei ter captado o seguinte: que o projeto de gasoduto tinha permanecido na geladeira nos doze meses anteriores por uma necessidade de reforma prévia do quadro regulatório federal, necessidade identificada tardiamente por uma das firmas de auditoria das *Big Four*; que a medida provisória que implementaria a reforma estava aos cuidados da Casa Civil e seria assinada pelo presidente em breve; que os pedidos de licenciamento ambiental seriam protocolados em Santo Trio tão logo os obstáculos no plano federal fossem superados; que o consórcio para construção do terminal GNL já estava montado, e que provavelmente eu até conhecia alguns dos executivos que estavam à frente da operação conjunta; que em Brasília contavam com o meu apoio integral à iniciativa. De minha parte, fiz apenas um comentário concreto, e tratava-se de uma pergunta; quis saber se a MP seria publicada antes ou depois das eleições. O ministro gargalhou uma gargalhada longa e cavernosa, durante a qual me senti um lixo: naturalmente vamos esperar passar tanto o primeiro, quanto o segundo turno, prefeito Pedro; deixa o povo votar, depois chegamos com as novidades. Ninguém quer perturbar o que está caminhando bem. Desligamos mandando abraços grandes um para o outro, com uma baita falsidade. Do outro lado da mesa, Fardoni olhava para o teto com uma expressão interrogativa, como se estivesse buscando ali alguma resposta; naquele dia, Fardoni vestia um terno pastel com risca de giz, uma blusa social grafite com botões nas pontas da gola, uma gravata verde-bebê lisa, e sapatos marrom-escuros sem cadarço; nas mãos, continuava segurando a caneta e o caderninho, e a ponta da caneta tocava o caderninho, como que pronta para começar a registrar o que quer que eu tivesse para relatar. Mas parei por um instante. Contemplando a figura do meu chefe de gabinete, com o seu jeitão de Tom Wolfe tropical e caxias, tive dificuldade de conectar a dimensão faraônica do projeto sobre o qual eu acabara de ouvir à realidade prosaica e estapafúrdia que dividíamos no balneário. E assim eu me vi fazendo um desvio de rota, sem ter conscientemente me decidido por isso: comecei a arremessar ao Fardoni umas perguntas tortas sobre assuntos pessoais, enquanto aguardava que se restabelecesse algum senso de normalidade na minha visão de mundo.

Fardoni, me diga, quais são as suas ambições daqui pro futuro? Era uma pergunta inesperada e absurda naquelas circunstâncias, e o pobre do Fardoni, tendo como certo que eu relataria minha conversa assim que desligasse o telefone, tinha começado a anotar aquelas minhas palavras insensatas. No meio dos rabiscos, atinando que havia algo de esquisito ali, estacou com um olhar assustado e, sem saber o que fazer, ajustou a gravata no pescoço. Ele ensaiou uma resposta:

Bem, é... continuar ajudando o senhor na campanha eleitoral, da maneira como o senhor achar melhor, claro, e depois garantir que o segundo mandato do senhor, quer dizer, o primeiro mandato completo, do início ao fim, seja bem-sucedido, e continuar tocando, dentro das minhas possibilidades, os projetos mais importantes, ou melhor, aqueles que o senhor entender que cabe a mim... Era uma ladainha ridícula, e eu o interrompi levantando o dedo indicador; o Fardoni olhou para o meu dedo com certo pânico, e naquele momento eu o vi infantilizado, reduzido a um menino de internato católico, temendo que o meu gesto pudesse ser o prenúncio de castigos corporais.

Não, Fardoni, pelo amor de Deus, eu quis dizer depois dessa nossa temporada na prefeitura, quando encerrarem os meus mandatos, o que você pretende fazer da sua vida depois da política? Eu sabia que ele tinha entendido o sentido da minha pergunta, e ele sabia que eu sabia. Mas era uma daquelas situações em que convém manter o teatrinho, pois o teatrinho dá uma estrutura impessoal e mecânica para uma conversa penosa, desconfortável.

Ah, sim, agora entendi, ele murmurou, recitando a fala esperada, e depois afundou num silêncio reflexivo, profundo. Notei, enquanto ele contemplava e alisava a própria gravata verde-bebê, como seria difícil descrever o rosto do Fardoni. Não havia nada marcante na sua fisionomia; tomados isoladamente, talvez houvesse até algum apuro nos seus traços: um nariz afilado, correto, que não era adunco nem arrebitado nem tinha cravos; boca nem fina nem grossa; olhos arredondados de um castanho tão escuro que não se viam as pupilas; orelhas pequenas e talvez ligeiramente de abano, mas nada que chamasse a atenção; cabelos pretos, cortados sempre muito rentes, à máquina, com um ou outro fio branco despontando aqui e ali. Um a um, isolados, não eram traços maus; em conjunto, formavam um rosto brasileiro qualquer, indistinguível na multidão. Surpreendi-me — pois nunca tinha considerado o meu chefe de gabinete por esse ângulo — com o perfeito e sem dúvida raro casamento entre fisionomia e personalidade, e cogitei se, tivesse o Fardoni um nariz achatado ou fosse louro, ele seria a mesma pessoa cordata e suave que era.

Bem, ele tornou a arriscar uma resposta, talvez eu não queira nada. Um sopro de tristeza o envolveu, e ele fixou o olhar nos janelões que se abriam atrás de mim como se quisesse consultar o céu de primavera, o imenso painel azul sem nuvens, riscado apenas na beirinha pelos guindastes das plataformas de petróleo, se devia mesmo prosseguir. Não ligo pra dinheiro, não almejo a fama nem a glória, quero só paz e tranquilidade, que eu nunca encontrei e tenho medo de nunca encontrar. Girei na cadeira para poder contemplar melhor o céu. Ficamos um tempo em silêncio, procurando juntos as respostas que a imensidão luminosa não poderia jamais nos dar. Um dos guindastes se moveu quase imperceptivelmente, executando suas rotinas obscuras, e depositou alguma peça pesada sobre a estrutura oculta da plataforma. O estrondo chegou até nós como um ribombo abafado de tambor e fez tremer, discretamente, os vidros das janelas. Voltei-me para o Fardoni, que continuava com um aspecto desolado. Percebi que eu tinha cutucado questões que ele preferiria manter intocadas, e me senti culpado. Ele prosseguiu: acho que vou acabar abrindo um escritório de advocacia pra mim, pra praticar sozinho. Que ninguém apareça querendo virar sócio, montar banca, nem mesmo estagiar: sem vagas. Não vou ter mais do que uma secretária pra me ajudar com telefonemas, com correspondências e com honorários, e talvez nem isso. Quero as causas mais simples, e apenas as causas mais simples; meu único critério pra patrocinar clientes vai ser o critério da simplicidade, e vou rejeitar todas as outras propostas, não importa quanto me ofereçam. Os dramas humanos, na sua honesta banalidade: apenas a eles é que vou me dedicar, porque é neles que mora a realidade. Ele continuava fitando o céu, e notei que agora havia traços de deslumbramento, um deslumbramento meio adoentado, no seu rosto. Como eu desejei nunca ter lhe perguntado nada! Dividimos mais alguns instantes de silêncio e, por fim, Fardoni voltou a si. Quando me olhou, ele soube que era chegada a hora de ouvir o relato do que o ministro Vasconcelos me contara ao telefone. Fingimos, constrangidos, que aquele nosso interlúdio confessional jamais havia acontecido.

***

Por muito pouco não acabei com o meu casamento. Na festa de comemoração da minha vitória eleitoral, oferecida pelo vereador re-eleito Lúcio Pacheco, pai do Floripa, mal acreditei no que entreouvi a Tatiana falar, quando o seu Maksym me arrastou para dentro da casa para ter uma conversa a sós comigo.

Eu acho um pouco estranho, sim, fazer essa festa fora da cidade que te elegeu, ele me dizia ao pé do ouvido, o braço pesado sobre o meu ombro. Estávamos no haras da família Pacheco, localizado entre Santo Trio e Paraty.

Tecnicamente, a fazenda fica dentro dos limites de Santo Trio, eu me defendi. Ele me levou até uma das janelas e estendeu o braço livre para fora, como se quisesse dizer que um cenário rural como aquele — avistávamos, sob a luz alaranjada do entardecer, um amplo pasto, pontilhado de cabeças de gado — jamais poderia ser considerado parte da praiana Santo Trio.

"Eu falei contigo: vamos fazer lá em casa, como sempre. Não quis, taí: vamos todos voltar com carrapato grudado na barra da calça".

"Seria cômodo, mas seria polêmico. O que que o *Diário* ia dizer?"

Ele gargalhou. Sempre me parecia que ele gargalhava em russo. "Ninguém é mais amigo meu do que o dono do *Diário*. Sujeito bom, fácil de lidar, viu? Ele seria um dos convidados de honra, ué, e só publicaria alguma coisa se fosse na coluna social. Não é trouxa".

Ele ia me levando casa adentro, e tive a impressão de que a conhecia bem, de que me conduzia a algum lugar específico. No corredor de tábua corrida, onde os nossos sapatos ecoavam como se estivéssemos usando ferradura, foi que ouvi a voz de Tatiana, vindo de algum dos cômodos escuros.

"Eu não engano, eu poupo".

Sem disfarçar, o seu Maksym, cujo braço continuava apoiado sobre o meu ombro, apressou o passo. Canhestramente, ele tornou a afirmar que o dono do *Diário de Santo Trio* não era um trouxa, repetindo e repetindo a afirmação para abafar a voz da filha, mas eu ainda consegui captar fiapos de outras frases ditas por ela.

"Nem eu ia acreditar... vou todo dia, por causa do..."

Virando à direita, na última porta ao final do corredor, chegamos a uma espécie de salão de jogos. Sobre o tapete verde da mesa de sinuca, as bolas de bilhar estavam arrumadas num triângulo, e seu Maksym me entregou um taco e um cubo de giz. Quando era a vez de o meu sogro tentar encaçapar, eu me achegava ao corredor para tentar ouvir mais alguma coisa e flagrar quem era a companhia da minha mulher. Fiz isso uma, duas vezes, sem resultado, e então o seu Maksym fechou a porta. Ele me arrastara até ali para conversar, em paz, sobre o projeto do gasoduto. Queria ter certeza de que a prefeitura estava pronta para conceder os alvarás assim que os pedidos chegassem, entre outras questões menores. Disse o que ele queria ouvir, embora não me sentisse comprometido a cumprir a minha palavra. Quando saímos do salão, três partidas depois (ele ganhou as três), as portas dos cômodos ao longo do corredor estavam todas bem abertas, e não havia ninguém dentro deles. Na varanda, avistei Tatiana sozinha, num canto, assoando o nariz. Estranhei que estivesse de óculos escuros, pois o sol já se escondia atrás dos pastos da fazenda dos Pacheco.

No carro, voltando para casa, penei para me conter. Que eu não pudesse questionar a minha mulher sobre o que ela fazia no breu de um quarto numa fazenda alheia, sobre quem lhe fazia companhia, e sobre o que exatamente ela dizia a essa pessoa, pareceu-me insuportável, humilhante. Pensei em me desvencilhar do meu autocontrole e em cobrar explicações sobre aquela tarde e sobre as suas visitas matutinas diárias à casa de porta azul. Se ela quisesse ficar muda e trancada no quarto de novo, que ficasse; se quisesse sumir como sumira em Salvador, que sumisse (eu já saberia que o primeiro lugar onde a procurar seria o imóvel em nome do Felipe Carvalheira...); se o seu Maksym quisesse me castigar, que tentasse. Eu cansara de ser tratado como otário. Que viessem a verdade e as suas consequências.

Envolvido com esses pensamentos, fiquei calado durante a viagem. Vendo-me assim, com o rosto tenso, concentrado na estrada, a Tatiana pôs uma mão na minha nuca, para massageá-la. Como eu demorava a responder aos movimentos que ela fazia, ela aproximou o rosto do meu e sussurrou ao meu ouvido: a minha mão só toca assim você.

Odiei-me por isso, mas essas palavras sopradas, que eu sabia (nesse momento, eu não suspeitava, eu *sabia*) mentirosas, foram o suficiente para me animar lá embaixo e para reorientar as minhas ideias. Entretive a possibilidade de que a Tatiana não se encontrava com ninguém na casa de porta azul; de que o Felipe entregara a ela as chaves do imóvel, ocioso desde a sua partida, para que a Tatiana cuidasse do espaço, arejasse os ambientes; de que a minha mulher buscava sossego naquela casa, talvez para meditar, talvez para revelar ela própria as fotografias que tirava, talvez para praticar algum hobby inofensivo de que se envergonhasse ou que exigisse isolamento, como pintar telas a óleo; quanto ao resto — a conversa num cômodo da fazenda, os afagos no rabo de cavalo do Tico, a apalpadela no braço do Floripa, e estranhezas outras —, talvez não passasse de manifestações de uma personalidade expansiva, que eu, frio de natureza, tinha dificuldade de compreender; entretive a possibilidade de que tudo, em suma, era uma suposição equivocada da minha parte, um mal-entendido.

A estrada, iluminada apenas pelo farol alto do nosso carro, estava vazia: eu esperara para receber os cumprimentos finais de todos os convidados ao churrasco da vitória, de modo que tínhamos sido os últimos a partir da fazenda com destino a Santo Trio. Reduzi a velocidade, levei o carro ao acostamento de terra, apaguei todas as luzes e reclinei o banco.

Não, não. Era ridículo cogitar que a Tatiana era inocente. Mas ela era transitória na minha vida, como a prefeitura era transitória para mim, como a cidade de Santo Trio era transitória para mim. Ela era transitória, ela era transitória, ela era transitória, eu fiquei martelando na minha cabeça, como que para me convencer disso. Ela era transitória, e precipitar o fim não valia o esforço nem o risco. Eu sabia que estava sendo enganado, e isso bastava. Ela era transitória, mas só ela me tocava assim.

* * *

Depois que eu atropelei os meus adversários nas eleições de outubro, vivemos por alguns dias, na prefeitura, sob a paz dos vencedores. Meus secretários deram uma trégua até nas articulações para derrubar o Fardoni, as quais, desde que eu pusera fim tácito à prática da troca de bilhetinhos, tinham passado a ser realizadas de portas abertas, diante dele ou de quem quer que fosse. Perdeu-se a sutileza, e as engrenagens dos sentimentos humanos mais primevos, os sentimentos de dominação e de conquista de espaço, ficaram expostas. Mesmo dona Regina, cada vez mais alheia às dinâmicas de relacionamento no trabalho conforme ela se aproximava da aposentadoria, não desconhecia que o meu chefe de gabinete era o pobre campo de batalha onde a ala política e a ala petroleira do meu secretariado mediam forças.

Perdida a sutileza, coisas assim passaram a suceder: um dia, não muito antes do início da campanha eleitoral, o Floripa, meu secretário de Governo — por sinal, o primeiro integrante do meu gabinete a conspirar abertamente contra o Fardoni —, entrou na minha sala empurrando um carrinho de mão abarrotado de entulho. Lascas de cascalho caíam sobre o tapete enquanto ele tentava manobrar o carrinho, cuja roda, emperrada, produzia um ganido metálico. Ele trouxe o carrinho até o meu lado, e temi por alguns instantes que ele fosse virar seu conteúdo aos meus pés. No encalço do Floripa, entraram a dona Regina, gritando "meu Deus! meu Deus!", e o Fardoni, com uma expressão sisuda, mas vagamente divertida, como se houvesse sido avisado de que aquele absurdo estava para acontecer, não tivesse dado crédito, e agora se admirasse de que estava de fato acontecendo. O Floripa pescou um cascalho do tamanho de uma bola de tênis e desvairadamente o jogou na direção do peito do Fardoni, embora sem muita força; acertou o seu paletó, que ficou marcado por um carimbo de poeira.

Como você conseguiu entrar na prefeitura com esse carrinho, Lúcio? Foi a primeira coisa que me ocorreu perguntar. O Floripa (só o chamávamos de Lúcio diante do próprio ou do seu pai), batendo as mãos nas pernas da sua calça jeans e levantando pó, dirigiu-se a mim como se eu não tivesse indagado nada. Tá vendo essas pedras, senhor Pedro? Elas são uma amostra da montanha de cascalho que não para de crescer na rua da praia, em frente à casa da Francisca.Francisca era a nossa secretária de Relações Institucionais, uma moça jovem, filha de um vereador e, segundo propalado pela rádio corredor, dona de uma visão particularmente pródiga sobre o significado de *relações institucionais*. Olhei para o Fardoni, que, compenetrado na tentativa de limpar seu paletó, esfregava o tecido xadrez com um lenço cor-de-rosa que combinava com sua gravata lilás. E a culpa é dele mesmo, como o senhor deve saber, o Floripa acusou num tom definitivo de quem está dando sua última palavra sobre o assunto. Eu de fato me lembrava de que o Fardoni e eu tínhamos uns dias antes cedido a uma solicitação da BP, que queria utilizar o beco sem saída da rua da praia como um depósito temporário, enquanto contratavam uma nova empresa de transporte e remoção de entulho. Não era uma solução perfeita, mas nos pareceu razoável; o prometido era que a situação se prolongasse só por uns dias, e não queríamos que as obras do pequeno prédio de escritórios das petroleiras, que estava sendo construído além do beco, num lote recém-aberto, atrasassem. Já que a senhora Francisca está reclamando, e com razão, eu respondi ao Floripa, estou instruindo o Fardoni a dar um prazo de vinte e quatro horas pra que a BP leve toda a sujeirada embora, do jeito que for. Meu chefe de gabinete tomou nota e saiu, e o Floripa desmanchou-se num sorriso de uma pureza quase infantil. Ele então levantou as alças do carrinho de mão e, sem falar nada, foi empurrando-o para fora do meu gabinete, derrubando pedregulhos pelo caminho sem dar a mínima.

Horas depois, a notícia da minha decisão, baixada a termo num despacho assinado pelo Fardoni, tinha percorrido um dos circuitos mais elementares e repisados da nossa vida burocrática: saiu da prefeitura, alcançou as empresas de petróleo, e retornou ao meu gabinete. Quem a trouxe de volta, para contestar o mérito da decisão, foi a Ritabreu, a secretária de Planejamento e Finanças e principal porta-voz dos interesses da indústria dentro do governo. Como de costume, ela entrou pisando firme, como se a sala lhe pertencesse e eu a ocupasse de empréstimo e em caráter precário graças à generosidade dela. Ela se sentou à minha frente — mais preciso seria dizer: ela se esparramou na cadeira de visitas, cruzando as pernas com espalhafato — e soprou os cabelos lisos da testa, um tique que sinalizava que ela estava prestes a falar alguma coisa. Venho agora de um cafezinho com o Cláudio Manera, Pedro — o Manera era o diretor de Logística da BP, um sujeito baixo e careca que tinha uma daquelas personalidades energizadas, que revestem de um senso de urgência e criam um espírito de equipe em torno da mais trivial das questões — e ele não ficou muito feliz com o 'ultimato', e foi esse o termo que ele usou, 'ultimato', em relação às obras do edifício de controle. Nesse momento, a Ritabreu notou que o tapete persa e o chão de mármore estavam raiados com uma trilha de cascalho. Que merda é essa, Pedro?, ela me perguntou, apanhando a pedra que o secretário de Governo havia jogado no meu chefe de gabinete e apontando, com ela, para toda a sujeira. Foi o retardado do Floripa?, ela adivinhou, e eu confirmei com a cabeça, sem dizer nada. Ela soprou várias vezes a franja da testa, o que significava que ela estava nervosa (ou que fingia estar nervosa) e que diria algo que soaria ofensivo. Chega de molenguice, Pedro. Você precisa afirmar a sua autoridade diante dos apalermados. Essa gente vai te trazer o mal. Ela colocou a pedra sobre o meu cinzeiro de mármore, que estava vazio — o que queria dizer que o Tico, o ambientalista fumante, ainda não tinha despachado comigo naquele dia. E você sabe, Pedro, que, quando eu digo 'essa gente', eu estou incluindo o nosso doutor Fardoni.

Não havia necessidade desse escarcéu todo, mas tudo era desculpa para a campanha movida contra o Fardoni, tudo era desculpa para combater a ala adversária. A Ritabreu sabia que eu cederia perante a sua queixa, ainda que não na medida almejada pela ala petroleira, e sabia também que eu não demitiria meu chefe de gabinete ou qualquer dos secretários, a não ser que me desrespeitassem pessoalmente ou que se enredassem numa crise pública de proporções monumentais e portanto não ignorável. Há aqueles que, quando pouco se importam com alguma coisa, topam qualquer mudança; há outros que, sob as mesmas condições, lutam para que tudo prossiga exatamente como está, ficando de antemão banidas todas as mudanças. Eu tinha, dentro de mim, um pouco de cada uma daquelas abordagens díspares: no que dizia respeito às questões concretas que administrávamos, eu dava sinal verde a tudo de razoável que me propunham, e me esforçava apenas para tentar alcançar um equilíbrio entre as posições discordantes; já no que dizia respeito à composição do meu secretariado, eu era inflexivelmente avesso a trocas e ajustes. Até que a crise do gasoduto colou — ou foi colada — na figura do Dr. João Fardoni.

* * *

Demorei a perceber isso e, quando percebi, foi um choque, como se um traço oculto da minha personalidade repentinamente se revelasse para mim. E era um traço vexaminoso, daqueles que levam o sujeito a questionar-se sobre quem ele realmente é, a desacreditar da sua identidade. Eu, que sempre quis distância de tudo e todos, eu, que sempre sofri de hipersensibilidade e, por simetria, sempre procurei respeitar a privacidade alheia como uma prioridade absoluta, eu, um santo por omissão (porque os há, embora talvez eu não fosse um deles), havia tratado meu chefe de gabinete como um capacho, como um menino despachante, como um serviçal para os meus caprichos.

Diante dessa descoberta, eu, por instinto de autoproteção, impessoalizei a responsabilidade pela minha degradação: pus a culpa na estrutura do nosso relacionamento. Ninguém poderia ter uma pessoa subordinada a si o tempo todo, uma pessoa cuja função fosse servir e executar decisões, sem que a dinâmica dessa relação empurrasse aquele que ocupava a posição de autoridade para um exercício de dominação. Seria uma dominação reativa, materializada como uma decorrência de um padrão de relacionamento. Por isso, não haveria culpa, de nenhuma parte. Ou assim eu queria acreditar, enquanto, em pé no meu gabinete, olhando o mar fluminense através da janela, eu angustiadamente procurava encontrar a maneira mais digna de encaminhar a demissão do Fardoni. Quantas dívidas pessoais eu não tinha acumulado com ele!

A maior dessas dívidas tinha a ver com a mais sentimental das causas. O Fardoni era quem havia apurado que a casa onde minha mulher passava clandestinamente suas manhãs era de propriedade do meu ex-chefe na procuradoria, Felipe Carvalheira. Supostamente, e eu tinha ouvido essa intenção da boca do próprio, no dia em que ele se demitiu do cargo para não ter de assumir a prefeitura, Felipe havia deixado Santo Trio. Não acreditei que ele estivesse de volta, ou já o teríamos avistado pelas ruas da cidade. A hipótese óbvia, assim me pareceu, era que a casa estava alugada. Restava saber quem era a pessoa que a ocupava e lá recebia a minha mulher em misteriosas manhãs. Pedi ao Fardoni que fosse atrás do nome do locatário.

Semanas correram, e nada de ele conseguir levantar a informação. O nosso palpite era que o contrato de aluguel havia sido celebrado diretamente entre as partes, sem envolvimento de nenhum corretor nem de nenhuma imobiliária. Até aí, tudo muito plausível e razoável, mas o que nos deixava cada vez mais intrigados era que, depois de incontáveis horas de observação clandestina, as únicas pessoas que tinham sido vistas frequentando a casa, além da Tatiana, eram uma empregada doméstica e seu namoradinho. Quem ficava de tocaia, nas imediações da casa, era um ex-funcionário do escritório de advocacia de Angra dos Reis onde o Fardoni trabalhara antes de mudar-se para Santo Trio, alguém que ele me dizia ser de sua plena confiança; passei a duvidar disso depois de um tempo, e exigi que ele substituísse o sujeito por outro; ele achou que isso seria imprudente, mas acatou minha ordem, uma, duas, três vezes, sem que mudassem de teor os relatos que nos chegavam: a empregada entrava na casa de manhã cedo e ia embora ao entardecer, rotina que estranhamente era cumprida inclusive nos fins de semana e feriados; durante o dia, ela recebia as visitas da Tatiana e do namoradinho, mas nunca ao mesmo tempo; depois que o sol se punha, a casa permanecia às escuras, como um sombrio e abandonado endereço de veraneio.

Eu quis questionar a empregada — não em pessoa, mas usando um daqueles sujeitos que ficavam de tocaia. Dessa vez, incaracteristicamente, o Fardoni resistiu à minha ideia. É um caminho sem volta, senhor Pedro, e não demorariam a associar o meu contato a mim e, por extensão, ao senhor. A contragosto, dei-lhe razão, e me contentei que buscassem obter informações sobre a vida e o passado da empregada. Não descobriram nada de grande interesse — chamava-se Claudeci, tinha vindo para Santo Trio meia década atrás acompanhada do então marido, um instrutor de mergulho que acabaria morrendo de infarto durante uma aula, e, na imprevista viuvez, decidira continuar no balneário, sustentando-se com bicos e subempregos —, exceto que trabalhara como garçonete na Bodega do Meio por um breve período, logo antes da minha chegada à procuradoria. Tínhamos encontrado, portanto, um possível vínculo entre ela e o Felipe, mas por si só isso pouco ajudava a elucidar o que estava se passando na casa.

No meu gabinete, quando o Fardoni e eu conversávamos sobre o assunto, caíamos invariavelmente num silêncio derrotado. Eu tinha certeza de que o Fardoni ficava se perguntando por que motivo eu não tentava arrancar alguma pista da própria Tatiana. Mas ele jamais nem sequer ensaiou me perguntar nada nesse sentido, e atravessava os compridos vales dos nossos silêncios com discrição, folheando seu caderno de anotações como se precisasse recapitular as questões administrativas que estavam então consumindo os nossos dias. Certa vez, por um instante, cogitei a possibilidade de que ele era a pessoa misteriosa com quem a Tatiana conversava escondida na fazenda dos Pacheco, na festa de celebração da minha vitória eleitoral, mas não, eu não o imaginava capaz de uma deslealdade dessas. Estávamos de novo afundados num dos nossos lapidares silêncios, e, ao cabo dele, eu me vi tentando explicar ao Fardoni, para minha própria surpresa, sem nenhum tipo de prólogo ou contextualização, como se ele viesse acompanhando a minha cadeia de pensamentos, por que sob nenhuma hipótese eu questionaria a Tatiana, nem com franqueza, nem com obliquidade. O negócio é que nós chegamos a um entendimento tácito, Fardoni. Que é o seguinte: não discutimos nenhum problema no nosso relacionamento nem apontamos nenhum erro ou defeito no outro. Bom, não sei bem se chega a ser um entendimento, ou se a Tatiana simplesmente desistiu de ter esse tipo de conversa comigo. Porque a verdade é essa: eu me recuso, e sempre me recusei desde o início do namoro, a ter qualquer conversa que tenha como objetivo melhorar um de nós, que tenha como meta levar o outro a mudar a sua personalidade ou o seu comportamento pra se adequar às preferências de quem reclama. Se ela tentava falar comigo nesse espírito, eu ficava quieto. Mudo, sem ação, esperando que ela se convencesse de que a tentativa não ia dar em nada. Com o tempo, as frustrações dela foram se acumulando, e acabou se instalando esse estado de coisas que eu chamo de entendimento tácito, e que ela talvez chame de outra coisa, uma coisa com certeza pior. Não era uma história inventada de todo: eu apenas não a tinha vivido com a Tatiana. Aquela era a dinâmica do meu relacionamento com a Beatriz, em Buffalo, e provavelmente teria sido a do meu casamento, não houvesse a Tatiana se comportado como se comportou. Não soube dizer se o Fardoni tinha posto fé na minha história. Ele alisava a gravata, como que distraído ou respeitoso. Pensei que não eu devia explicações, que nem sequer deveria ter ensaiado oferecer uma, que nada demoveria o Fardoni das teorias que já teria construído para si.

Era noite, e a prefeitura estava deserta. Ouvíamos apenas os passos e o assobio triste da moça da limpeza, que ia de sala em sala varrendo o chão e esvaziando lixeiras. Diante de mim, o Fardoni rabiscava algum desenho no seu caderninho, com um ar inquieto. De quando em quando, ele olhava para a porta, como se quisesse içar a faxineira e suscitar o pequeno alvoroço que nos daria a deixa para levantarmos e irmos embora. Mas os passos dela ressoavam muito ao longe, e eu ainda não tinha acabado de falar.

Tantas vezes por dia você deve se perguntar, meu caro Fardoni, por que você continua a trabalhar pra esse idiota aqui. Pra esse idiota que não tem coragem nem de questionar a própria mulher sobre o que ela faz em segredo todas as manhãs. Eu vou te contar por que você continua, Fardoni. É porque você tem o jeito que você tem, e eu tenho o jeito que eu tenho. Não queira rir, não. Não é tão bobo quanto parece. Nada tem explicação. Tudo o que existe é a natureza das coisas, e o que nos resta é tentar alcançar discernimento suficiente para captar bem a essência de tudo.

Voltamos a dividir um prolongado silêncio. Ao fundo, ainda muito distantes, mas decididamente se aproximando de nós, ecoavam os passos da faxineira. Fui levado a tentar adivinhar a sala que ela estava limpando no momento, e me perdi em lembranças irrelevantes do que acontecera dentro da prefeitura durante o expediente (por exemplo, a festa de despedida de uma das nossas contadoras, que fora aprovada num concurso da Receita Federal e estava a caminho, com uma alegria ingênua e cativante, de Brasília — eu também senti uma vontade ingênua de partir); eu não sabia que rumo haviam tomado os pensamentos do Fardoni, mas supus que tinham ido espacialmente um pouco mais longe do que os meus. Supus que ele sonhava em chegar a casa dele e em ligar a televisão para tentar assistir ao último jogo da rodada noturna do Masters de tênis de Paris. Eu sabia que ele era fissurado por tênis e ia ao clube do balneário bem cedo todas as manhãs para bater paredão, mas sabia apenas de ouvir falar pelos colegas de prefeitura, porque ele nunca comentara nada comigo. Se o tivesse feito, saberia que eu tinha passado a adolescência inteira jogando nas quadras do Fluminense, nas Laranjeiras, e que tinha até competido em categorias infanto-juvenis. Se o tivesse feito, talvez pudéssemos ter jogado uma partida, mas ele não o fez, eu tampouco, e a possibilidade daquelas raquetadas logo seria extinta para sempre.

No meu gabinete quase às escuras, iluminado apenas por um abajur com cúpula de palha, o assobio da faxineira pareceu ganhar uma força imprevista e nos envolver de repente numa melodia simples e, agora, alegre (era algum pagode — se do Molejo ou do Exaltasamba ou de qualquer outro grupo, eu não saberia identificar). Fardoni e eu nos entreolhamos com certo sobressalto, como se desconfiássemos que, de lados opostos da mesa, um tentava imaginar as paragens dos pensamentos do outro. A faxineira afinal entrou e, como de costume, fingiu se surpreender com a nossa presença. Era uma moça educada. Nós dois prontamente nos levantamos, como se houvéssemos sido flagrados no lugar errado, e eu fui pegar meu paletó atrás da porta. Um cheiro adocicado, de perfume barato, alastrava-se, e eu sabia que, na manhã seguinte, eu ainda conseguiria sentir resquícios dele no ambiente. Assim que o Fardoni e eu saímos corredor afora, conferi a hora no meu relógio de pulso. Era desnecessariamente tarde, quase oito da noite, e me penitenciei — por instinto e por decência — por ter segurado meu chefe de gabinete a troco de nada. Afastei esses pruridos de comiseração pensando que o nosso relacionamento, para ser funcional, precisava obedecer a uma dinâmica pré-determinada, fixada por nossos respectivos postos. Cabia a mim cobrar a lealdade do Fardoni obrigando-o a se adequar aos meus horários, a me esperar. Todas as noites, ao nos aproximarmos da porta da sala dele, o Fardoni reiterava para mim a promessa de cumprir determinada tarefa no dia seguinte, o que era sua maneira canhestra de se despedir. Dessa vez, ele prometeu que instruiria o seu contato a redobrar as atenções na vigia da casa do Felipe e acrescentou, porque ainda sobravam alguns passos, que tinha certeza de que logo descobririam algo de novo. Levantei a minha mão, num adeus que também era um agradecimento, e continuei andando até a escadaria da prefeitura. Recordo que, descendo os degraus, julguei que a chuva era iminente, notei que a praça central estava deserta, e ponderei que o Fardoni e os seus sentinelas não descobririam nada.

Mas eles iam, sim, descobrir algo, e esse algo se ataria, por caminhos tortuosos, à demissão do próprio Fardoni.

* * *

A descoberta foi feita dias depois da conversa noturna que eu tive com o Fardoni no meu gabinete. Era uma manhã ensolarada, e fazia um calor infernal para um início de novembro. Lembro que eu tentava, e fracassava, me concentrar na leitura do livro de memórias de Svetlana Alliluyeva, a filha caçula do Stalin; eu fisgara o livro na minha estante, mais cedo, para ver se me ajudava a colocar em perspectiva os dramas — dramas reais, dessa vez — que eu estava vivendo na prefeitura; eu avançava a muito custo no relato dos eventos que desembocariam no suicídio da mãe da Svetlana, quando o meu chefe de gabinete bateu à porta e pediu licença para entrar, com a mesma cerimônia dos primeiríssimos dias. Aborrecido de vê-lo, continuei com o rosto enfiado no livro, mas ainda assim notei, no meu campo periférico de visão, que ele caminhava de um jeito diferente — com certa vitalidade, que me pareceu intrigante. Olhei para ele, e meu olhar foi acolhido com um sorriso de genuína felicidade. Mais do que isso: era uma espécie de elã, algo tão inédito, e inapropriado naquele momento, que o próprio Fardoni parecia não saber lidar com o que sentia. Foi direto à janela, como se precisasse de ar, e contemplou um ponto perdido no céu como se estivesse diante uma imagem sagrada. Ele abriu a boca para falar, mas não falou imediatamente; manteve os lábios entreabertos, e então um traço de repentina dúvida pareceu atravessar seu rosto. Não tive a impressão de que as palavras que ele se programara para dizer tinham-se perdido dentro dele, mas a de que ele atinara para um significado lúgubre por elas implicado. Experimentei uma sensação esquisita, como a fragilidade da vida houvesse tremulado diante de mim, e olhei para o mar, que brilhava estupendamente sob o sol da manhã, em busca da confirmação de algo que eu nem sabia o que era. Fardoni continuava contemplando o vazio através da janela, mas agora parecia ver, onde antes havia uma miragem encantada, um precipício. Esperei pelo pior.

O Miguel, o despachante que vem fazendo a ronda na propriedade do Felipe Carvalheira, ligou faz pouco pra contar que notou um movimento novo durante a madrugada, ele começou, e eu o conhecia o suficiente para saber que, feita a devida contextualização numa primeira frase, a segunda já descarregaria a bomba, embora com classe. Uma luz foi acesa na cozinha durante a noite, por um homem que o Miguel não teve nenhuma dificuldade pra identificar, porque era um velho conhecido. Era ninguém menos do que o seu antigo chefe na procuradoria e o dono do imóvel: o Felipe Carvalheira. Ele calou, esperando que eu assimilasse a informação. Mas eu não sei se eu jamais seria capaz de assimilá-la.

"Ele tem certeza? Esse Miguel é um cascateiro, sei bem dos meus tempos de procuradoria. Descrer do que se ouviu: o mais repisado dos caminhos dos traídos".

"Absoluta. O Miguel usa binóculos, que eu mesmo dei a ele como dou a todos os vigias, e ele sabe o que viu e dá fé".

Sentindo uma fraqueza, voltei a me sentar e reabri o livro de memórias da filha do Stalin. Bom, é possível que, com a volta do proprietário, a Tatiana não apareça na casa hoje, especulei em desespero. Fala pro Miguel ficar plantado que nem um cão de guarda do outro lado da rua, pra não sobrar nenhuma dúvida se ela foi lá ou não.

O Fardoni concordou e me deixou sozinho.

Fossem outros os tempos, eu não teria conseguido me concentrar em mais nada até que a resposta me fosse trazida pelo meu chefe de gabinete. Mas vivíamos os dias mais turbulentos da minha gestão à frente da prefeitura, e a minha atenção deslizou para o enfrentamento da Crise.

Que consistia no seguinte: no início de novembro, pouco depois do segundo turno das eleições, o ministro de Minas e Energia, Alberto Vasconcelos, convocara uma coletiva de imprensa, em Brasília, para anunciar os planos federais de prolongamento do gasoduto Brasil-Bolívia, de modo a produzir e exportar GNL para mercados internacionais a partir de Santo Trio e imediações. Respondendo à pergunta de um repórter, o ministro disse, com o mesmo tom de descontraída seriedade que usava nos telefonemas comigo, que havia, sim, se coordenado previamente com o governador do Rio de Janeiro e com os prefeitos das cidades envolvidas, e que deles tinha ouvido sempre as mais entusiasmadas manifestações de apoio. E, certamente porque Santo Trio era o eixo do projeto, o ministro houve por bem singularizar o meu nome, destacando o que chamou de "a transparência, o espírito cívico e a visão estratégica do prefeito Pedro Lourenço". A coletiva de imprensa estava sendo transmitida ao vivo na TV pública do governo federal, conforme Fardoni veio correndo me avisar, e ficamos os dois assistindo estupefatos na minha sala às declarações do ministro. Era como se tivéssemos sido tragados por uma realidade paralela — acontecimentos certos e esperados também podem parecer fantásticos quando efetivamente ocorrem.

Nós sabíamos que o secretário de Meio Ambiente, o Tico, deixava a tevê da sua sala ligada no canal oficial durante todo o expediente, para avaliar a maneira como os assuntos ambientais eram retratados pelos editores. Quantas minutas de cartas, contendo críticas tanto à substância quanto ao viés das reportagens, ele não me fez assinar desde que eu, por falta de alternativa, o pusera no cargo. Ouvindo o ministro Vasconcelos esboçar, com frases mal-decoradas e sem precisão técnica, as medidas de proteção ambiental em torno do projeto, contei os segundos para que o Tico entrasse no meu gabinete.

E ele logo surgiu, no seu passo meio molenga de sempre, como se estivesse caminhando sobre a areia abrasante da praia debaixo do sol de meio-dia. Assim que passou pelo batente, ele notou que nós já estávamos assistindo à transmissão ao vivo; ele claramente não esperava por isso, pois, por alguns instantes, ficou desnorteado. Mas logo se reorientou e, como que atraído por um campo gravitacional, deu mais um punhado de passos indolentes na direção do televisor; diante dele, estacou, virando as duas mãos espalmadas para cima, num gesto que parecia ao mesmo tempo exigir explicações e rogar clemência. Não dissemos nada: continuamos a olhar para a figura roliça e bonachona do ministro Vasconcelos, que respondia às perguntas da imprensa com uma variação competente, mas afinal pouco esclarecedora, de cinco ou seis ideias-chave. O Tico manteve as mãos espalmadas até o fim da coletiva, bufando debochadamente de tempos em tempos, e foi se sentar na cadeira vizinha à do Fardoni quando eu desliguei a tevê. Ele era um homem simples, e me questionou sobre as barbaridades que tinha acabado de escutar de uma maneira simples: minhas chefias, por que não me disseram nada?

Dei linha ao silêncio; uma longuíssima linha, que eu pretendia estirar tão longe quanto fosse necessário até que eu conseguisse encontrar uma resposta intelectualmente decorosa àquele justo questionamento. Não moralmente ou factualmente decorosa, mas intelectualmente. Era o possível.

O ministro Vasconcelos foi muito claro comigo, Tico, tentei começar, mas logo recaí no silêncio, porque senti que meu álibi precisava de um polimento; enquanto reconstruía minhas frases, pensei que minha interrupção poderia ser lida como uma pausa dramática; o ministro foi muito claro que eu precisava manter o mais rigoroso sigilo em torno do projeto. Nem com os meus secretários eu poderia fazer comentários. E lembro, Tico, que ele falou expressamente assim: 'nem com os seus secretários'. O motivo é um só, Tico, ou, de qualquer maneira, foi um motivo só que o ministro entendeu que devia me dar: se a imprensa tomasse conhecimento do projeto, isso ia gerar repercussões no mercado, com vencedores de um lado, perdedores do outro, e as autoridades da bolsa iam querer responsabilizar alguém por esses movimentos imprevistos. A presunção é sempre a de que alguém plantou novidades pra colher vantagens.

E alguém acabaria sendo responsabilizado, fato. Quem? Quem? Quem quer que tivesse dado causa ao vazamento, que estivesse na origem dele. O Tico revezava o olhar entre mim e o Fardoni, e o seu olhar era um olhar de incredulidade. É um jogo de gente grande, Tico, muito dinheiro envolvido, e nós somos a parte fraca. Cabia a mim ficar pianinho, entende?

Ele não poderia entender. Era evidente que ele não poderia entender. O homem era da natureza, era O Verdinho, como a ala petroleira o chamava pelas costas, e ele jamais aceitaria a ideia de que interesses humanos mesquinhos, como o dinheiro, e virtudes dúbias, como a ambição, pudessem prevalecer sobre algo ao mesmo tempo tão nobre e tão elementar quanto a proteção do meio ambiente. Não estávamos nos círculos mais sofisticados do poder; estávamos no buraco santo trino, onde os políticos impunham à complexa realidade um modelo simplificado, bruto e no mais das vezes distorcido sobre como funcionavam as coisas. Dei ao Tico outra nuance, quase que por esporte, pois sabia que ele não a compreenderia: E você veja, meu bom secretário, que eu não estava em condições de desatender ao pedido do ministro por nenhum lado, por mais que você imagine que o poder que eu exerço dentro desse gabinete me proporcione os instrumentos necessários pra isso. É porque não se trata de uma questão formal, Tico, de atribuições definidas em lei; nem tudo o que você está autorizado no papel a fazer corresponde, na vida real, a um cenário possível. Se você não aceita e não se curva a movimentos incrivelmente maiores do que você — como um megaprojeto nacional, ou melhor, como um megaprojeto internacional —, os movimentos arrumam um jeito de te engolir e te descartar, como uma onda que vira e empurra um barquinho inconveniente de volta pra ilhota de onde saiu e nunca deveria ter saído.

Enquanto eu o embromava com essa sabedoria duvidosa, Tico balançava a cabeça negativamente, fazendo o seu rabo de cavalo grisalho se agitar de um lado para o outro de uma maneira infantil. Antes que ele pudesse reagir às minhas explicações, e não estava claro se ele estava pronto para canalizar sua revolta em palavras de protesto, o Fardoni se antecipou e saiu-se com seus próprios esclarecimentos. Ele vinha se sacrificar em minha defesa.

E, se me permite, senhor prefeito, eu queria enfatizar ao secretário Motta que eu me sinto responsável pelas decisões tomadas pelo senhor. Afinal, o senhor levou em consideração as minhas recomendações, e não fossem essas recomendações que eu fiz, talvez tivesse seguido um rumo distinto, um rumo talvez mais alinhado com as preferências do secretário Motta... O Tico parou de balançar a cabeça, e uma expressão de curiosidade se instalou no seu rosto, por sobre a indignação e o desalento. Ele estava a ponto de dizer alguma coisa, quando a Judia Petropolitana e a Ritabreu apareceram à porta. As duas estenderam as mãos para cumprimentar a mim e ao Fardoni, dando-nos parabéns; em seguida, porque seria estranho não o fazer, as duas ofereceram as mãos também ao Tico, que olhou para elas com incredulidade. A impressão era a de que ele não as apertaria nem se sua vida dependesse disso, e a situação ficou impossivelmente desconfortável. Petróleo e agora gás. Falta só trazer as usinas de Angra pra cá, a Ritabreu gracejou, recolhendo a mão. Nada melhor do que a diversificação, concordou a Judia Petropolitana. Levantando as sobrancelhas na direção do Tico, ela acrescentou: E como você está ciente, Pedro, já estão bem avançados os projetos de exploração do potencial eólico e solar de Santo Trio. A BP, a Shell e outras do consórcio já estão migrando pra fase de implementação.

Mas ela sabia que, por mais que o Tico e a ala política vissem com aprovação os projetos de energia renovável, eles não apaziguavam a revolta contra a exploração dos hidrocarbonetos. O Tico estava quieto de uma maneira intensa, como se sua mente estivesse cogitando, descartando e remontando estratégias com o intuito de dinamitar o projeto de GNL.

Meu telefone tocou, e eu fiz cara de preocupação ao atendê-lo, embora soubesse muito bem que se tratava apenas da dona Regina. Meses antes, eu havia ditado uma ordem permanente para a minha secretária: que ela me telefonasse exatos trinta minutos depois que qualquer pessoa, excetuado o Fardoni, entrasse no meu gabinete. Eu queria ter uma saída segura e educada para abreviar reuniões inconvenientes. Dependendo das circunstâncias, eu dizia a ela que retornaria mais tarde a chamada inexistente que ela fingia estar segurando, e dava continuidade ao meu despacho; mas era raro: no mais das vezes, eu avisava com fingido desconsolo a quem estava comigo que a ligação era urgente, e assim recuperava a minha sagrada solidão.

Foi o que fiz na manhã em que o projeto GNL veio à tona; com um gesto, varri os secretários e o Fardoni para fora da minha sala, dando a entender que era o próprio ministro Vasconcelos quem estava na linha. Assim que Fardoni — sempre o último a sair — cerrou a minha porta com a delicadeza de um mordomo, tirei da gaveta meu exemplar de *Hiroshima*, do John Hersey, para tentar pacificar a minha mente. Recentemente, eu vinha pegando gosto, um gosto sombriamente terapêutico, de ler sobre tragédias distantes no tempo, no espaço e na gravidade histórica — na comparação insana, que eu não conseguia deixar de fazer, com as minhas irrisórias tragédias de prefeitura de balneário.

* * *

Dias depois, o Tico voltou ao meu gabinete, dessa vez acompanhado pelo Floripa. Por terem aparecido juntos, deduzi que vinham me fazer um pedido crucial para a ala política do governo — supus, também, que seria um pedido impossível de atender. Os dois não tinham afinidade e talvez até se odiassem. Só uma questão crucial poderia fazê-los deixar de lado as suas divergências pessoais — embora, em essência, o conservacionismo ambiental do Tico combinasse com o tradicionalismo provinciano do Floripa.

O que eles queriam de fato me pareceu impossível. Mas, diferentemente do que eu suposto, eles não vinham fazer um *pedido*, que naturalmente se sujeitaria à minha discricionariedade, mas, sim, apresentar uma *exigência*, que não estava aberta a negociações. O que eles exigiam era a convocação de um plebiscito, pelo qual pudesse ser consultada a vontade popular a respeito da execução do projeto GNL.

Assim que ouvi a proposta, duas ideias se cristalizaram na minha cabeça. A primeira era a de que em nenhuma hipótese eu conseguiria realizar o plebiscito sem alienar em definitivo a minha base de apoio das multinacionais do petróleo, da qual o meu governo dependia. A segunda era a de que eu precisava criar um anteparo entre a proposta e mim, estabelecendo um intermediário que tomasse a frente das negociações e sofresse em meu lugar os inevitáveis desgastes que viriam. Esse intermediário só podia ser o Fardoni.

Os senhores já conversaram sobre as suas ideias com o chefe de gabinete? perguntei aos dois.

A resposta era, obviamente, negativa, e o Tico confirmou isso com enorme aborrecimento. O Floripa quis aproveitar a ocasião para atacar Fardoni, mas eu o interrompi sem dizer uma única palavra, apenas tirando o telefone do gancho. Liguei para Fardoni e lhe avisei que os secretários de Governo e de Meio Ambiente estavam indo naquele exato momento à sua sala, para "dar, digamos assim, os delineamentos iniciais de uma proposta muito interessante, muito democrática, que precisa ser estudada com atenção". Saíram os dois, muito contrariados, e foram ter com o meu chefe de gabinete. De minha parte, tornei a abrir o livro de memórias da Svetlana Stalin, embora eu soubesse que não seria capaz de me concentrar em uma mísera linha.

* * *

Foi nessa mesma manhã, não mais do que uma hora depois, que Fardoni entrou para me contar que o Miguel, o despachante da procuradoria que fora aliciado por ele como sentinela, avistara o Felipe dentro da casa onde minha mulher se enfurnava misteriosamente todas as manhãs. Eu ainda tinha diante de mim o livro de memórias da Svetlana, mas o que absorvia a minha mente era a proposta do plebiscito.

O achado que o Miguel supostamente fizera soava estapafúrdio, absurdo, surreal, e me pareceu uma precipitação levá-lo a sério logo de cara, num momento em que se desdobrava uma senhora crise na prefeitura — uma crise tão potencialmente desastrosa que poderia custar o meu mandato e, com ele, a minha honra. Sim, a minha honra: eu intuía, em algum plano, que aquilo que o projeto gasotrino e suas reverberações políticas dentro do meu governo colocavam em questão era, no fundo, a minha honra pública, a minha capacidade de sustentar numa posição de comando, em meio a uma queda de braço na política do balneário. O projeto podia ter, e tinha, significados distintos para aqueles grupos e para outros interessados ou espectadores. Para mim, era um teste da minha virtude, da minha fibra, do meu valor como autoridade e como homem.

O achado do Miguel empalidecia na comparação — pelo menos num primeiro momento, pelo menos enquanto o Fardoni não confirmasse se a Tatiana tinha passado também aquela manhã na casa do Felipe. Depois da volta do almoço — um almoço indistinguível dos demais, durante o qual, entre garfadas de espaguete ao alho e óleo e frango grelhado, primeiro contei à minha mulher o que acontecera na prefeitura de manhã, para em seguida ouvir o relato, que eu presumia ser mentiroso como de hábito, sobre as fotografias que ela tinha tirado dentro do seu novo projeto de acompanhamento da sutil progressão da primavera naquele pedaço da costa fluminense —, depois desse almoço rotineiro, encontrei o Fardoni na minha antessala, em pé ao lado da dona Regina. Os dois olhavam com um semblante apreensivo para a tela do computador, e imaginei (ou desejei? creio que vergonhosamente desejei) que alguma tragédia houvesse acontecido em algum lugar do Brasil ou do mundo. Nada disso: a dona Regina estava apenas mostrando ao Fardoni algumas fotos da loja de acessórios para pesca que o filho dela tinha aberto em Paraty semanas antes. Assim que notou a minha presença, Fardoni deixou aquilo de lado, endireitou a postura e me seguiu gabinete adentro. Tal como fizera quando me contou sobre a detecção da figura do Felipe dentro da casa, o Fardoni se plantou diante das minhas janelas. Dessa vez, não havia nenhuma euforia inicial na sua atitude, e era como se ele contemplasse, no céu ainda azul, mas rapidamente sendo encoberto pelas nuvens carregadas que o vento sudoeste trazia, algo triste e talvez injusto.

Eu lamento muito, senhor Pedro, mas o Miguel confirmou ter visto a senhora Tatiana deixando o imóvel do ex-vice-procurador-geral no início da tarde, um pouco depois do meio-dia, o Fardoni comunicou, sem me olhar. Permanecemos imóveis e mudos por um tempo, como se fosse necessário esperar que o mundo ao nosso redor se reorganizasse sob o peso dessa notícia, antes que pudéssemos retomar as nossas vidas, sabia-se lá sob que condições. Notei, admirado, que Fardoni parecia sentir de verdade a minha dor, o golpe irremediável contra a minha honra privada, e talvez sentisse ainda mais do que eu, que ainda estava tonto. Resolvi tomar aquela notícia, embrulhá-la no papel da incompreensão usando o barbante do mistério, e pôr esse pacote absurdo dentro de uma gaveta bem vedada, de onde só o tiraria quando soubesse exatamente o que fazer com ele. Enquanto isso, dispensei Fardoni, e como ele fui eu também contemplar o céu cada vez mais cinza, que não me dizia nada nem me trazia qualquer solução.

* * *

A crise do gasoduto não me deixava me concentrar em mais nada. O Tico e o Floripa batiam ponto na minha sala tanto no turno da manhã quanto no da tarde, vindo juntos indagar se as solicitações de alvará para o terminal GNL e para o porto já tinham sido protocoladas na prefeitura (não tinham) e me questionar sobre o andamento da convocação do plebiscito (engavetada *ab initio*). Em todas as visitas, eu me limitava a erguer um dedo pedindo um instante, e então, diante dos rostos sardônicos e cada vez mais detestáveis dos dois secretários, eu chamava o ramal do Fardoni, para avisar que ambos estavam se encaminhando para a sala dele. No que dizia respeito ao plebiscito, o Fardoni tentava enrolá-los com filigranas procedimentais fabricadas, mas essas filigranas compunham um arsenal muito precário, para quem estava procurando se defender de gente que encarava as coisas como uma questão de vida ou morte. Se ele alegava, por exemplo, que a prefeitura não estava autorizada a convocar um plebiscito por iniciativa própria se não havia indícios concretos de que o tema em questão era divisivo junto à população local — o que era, claro, um absurdo —, o Tico e o Floripa nem se davam ao trabalho de questionar a maluquice brandida pelo meu chefe de gabinete: plantavam logo uma sequências de cartas dos leitores no *Diário de Santo Trio*, fulminando, de diferentes ângulos, o projeto anunciado com tanta pompa pelo ministro de Minas e Energia. De modo que o Fardoni e eu, à medida que íamos queimando o reduzido arsenal de filigranas, nos víamos encurralados. Num início de tarde, tomávamos um café na minha antessala enquanto aguardávamos a visita certa do Tico e do Floripa (eu queria poupar o telefonema; de lá, o Fardoni já levaria os dois para sua própria sala), quando tive um estalo. Era um recurso óbvio, que, pensei, deveria ter me ocorrido antes.

Vai pra sua sala, Fardoni. Quero que você minute um memorando meu pro procurador-geral. Vamos perguntar a ele se nós podemos submeter a uma consulta popular, dentro dos limites do nosso município, um projeto idealizado e a ser executado pelo governo federal — dentro da estrutura do poder público no balneário, a procuradoria ainda fazia o papel de consultoria jurídica. É evidente que nós sabemos qual é a resposta, mas o pedido nos garante pelo menos duas semanas de sossego. Quero que o memorando saia direto daqui, do gabinete, como uma demanda do nosso interesse, porque assim fica bem demonstrada a nossa boa vontade com a causa da ala política.

Fardoni saiu para cumprir a minha ordem. Como esperado, logo apareceram o Tico e o Floripa, e eu pedi que dessa vez aguardassem um pouco antes de ir à sala do meu chefe de gabinete, porque ele se ocupava justamente de uma questão associada ao pedido de plebiscito. Foram embora os dois, levando consigo uma expectativa otimista, embora hesitante, que não cuidei de dissipar.

Tornei a ficar sozinho na minha sala. Estava eu também temporariamente satisfeito, e abri a gaveta para apanhar meu exemplar de *King Lear*, que eu inventara de ler. Tentando acompanhar os versos, eu confirmava minha impressão de que eu estava pobremente equipado para entendê-los, e à medida que minha mente se distraía e vagava, entre memórias e fantasias, em busca de um território firme onde pudesse desnovelar um pensamento mais concatenado, foi crescendo dentro de mim um desejo difuso de dar um desfecho a algo que ficara inconcluso. Personagens da tragédia inglesa entravam e saíam de cena, construindo frases perfeitas, mas opacas, enquanto meus devaneios e meu desejo, que era aliás mais ânsia do que desejo, moviam-se por seus caminhos separados. Afinal, encontraram-se, e eu soube exatamente o que precisava fazer. Vesti meu paletó, disse "até logo" à dona Regina, sem responder às perguntas que ela me fazia sobre o local aonde eu ia e a hora a que eu voltaria, e desci as escadarias da prefeitura. Em minutos, estava diante da porta por onde a minha mulher entrava todas as manhãs, para fazer em segredo coisas que eu me recusava a imaginar.

Toquei a campainha. Esperei, esperei, e ninguém veio atender. Olhei para um lado e para o outro da rua, mas sem apreensão ou impaciência: queria alcançar uma percepção mais depurada de um pedaço da cidade que, para mim, era mera rota de passagem, e que, para a Tatiana e para o Felipe, havia de ser o território dileto de uma vivência compartilhada, fosse qual fosse. O sol já terminava a sua viagem diária sobre aquele pedacinho do mundo e, brilhando por detrás da casa de tijolos do Felipe, banhava folhas de palmeiras com a luz esplêndida do crepúsculo. O ar estava parado e translúcido, e carregava o aroma doce da maresia. Ao longe, uma criança fazia unidunitê e uma melodia de samba progredia sem peso. Pensei em tocar de novo a campainha, hesitei, e enquanto matutava sobre qual seria o momento mais polido de tentar outra vez, notei que todas as quatro janelas na fachada da casa estavam abertas. Supus que a empregada, Claudeci, estava lá dentro com ele, e não me ouvira ou não quisera ou não estava autorizada a atender a ninguém. Toquei de novo, e a porta foi enfim aberta.

Uma mulher vestida de calça e blusa brancas, com um lenço também alvo amarrado na cabeça, puxou a porta apenas o suficiente para que ela pudesse se esgueirar pelo vão e vir ao meu encontro no pórtico. Era, evidentemente, a Claudeci. Só uma coisa apreendi nos brevíssimos instantes em que o interior da casa revelou-se (abriu-se e fechou-se) diante dos meus olhos: que a casa estava sob um profundo breu.

Boa tarde, eu poderia entrar um momento? perguntei, e para minha surpresa a Claudeci se manteve imóvel e muda, seu rosto exprimindo chateação. Ela continuou segurando a maçaneta do lado de fora e pressionava a porta contra o próprio pé, como se houvesse algo ou alguém bem próximo da entrada — algo ou alguém que nem eu nem ninguém, excetuada a minha mulher, poderia ver. Toda essa reclusão e toda essa clandestinidade conflitavam tanto com a imagem que eu tinha do Felipe, que me questionei, durante o prostrado impasse que se estabeleceu entre mim e Claudeci, se eu de fato tinha conhecido a real essência daquele homem. Indo além, eu me questionei se as pessoas tinham, no fundo, uma essência, ou se tudo não passava de uma conveniente ficção, criada para nos ajudar a navegar a complexidade do mundo.

Ao cabo dessa pobre reflexão, dei-me conta de que era bastante provável que a Claudeci não estivesse me reconhecendo. Talvez tivesse aberto a porta, o que não podia ser a praxe da casa, porque minha figura por algum motivo não lhe era estranha; mas me parecia claro que ela ainda não adivinhara quem eu era, e que por isso me observava, por trás da chateação, com olhos intrigados. Fosse como fosse, eu lhe devia meu nome e o motivo da minha visita.

Eu sou o prefeito Pedro Lourenço, muito prazer, eu disse, estendendo a minha mão, que ficou pendendo no ar como se eu tivesse lhe oferecido um objeto ameaçador. Eu gostaria de ter uma palavra com o dono da casa, se ele estiver disponível, eu completei, enquanto ela apertava a minha mão com um receio quase infantil e tentava abrir um sorriso amarelo. Era como se os meses de convivência com o patrão houvessem engessado a capacidade dela de reagir com naturalidade às surpresas banais do cotidiano. (Ou talvez eu estivesse subestimando o abalo emocional de um encontro imprevisto com o prefeito, eu ponderei com certa bazófia.)

Com o Felipe Carvalheira, eu quero dizer, acrescentei. O rosto da empregada empalideceu. Ela parecia remexer as suas memórias em busca da melhor maneira, a maneira provavelmente recomendada pelo próprio patrão, de responder a uma menção ao nome dele. Afinal, fazendo uma careta que deixava claro que ela imaginava estar cometendo a maior das impropriedades, ela me disse "Ele não se encontra no momento, quer deixar recado?" como se estivesse tentando abreviar um telefonema de telemarketing qualquer. Quero, sim, obrigado, eu devolvi de bate-pronto, dando um passo à frente e tocando a porta com um gesto amistoso, mas resoluto. Ela não impôs resistência, e, enquanto me observava entrando na casa, parecia desolada e contrita como uma funcionária que sabia ter descumprido uma ordem seriíssima.

Entrei com uma assertividade que surpreendeu até a mim, e fui explorando os cômodos do andar térreo como se estivesse fazendo o reconhecimento de um terreno que me pertencia, mas que eu não visitava há muito tempo. Meus passos faziam um eco nos ambientes escuros, o que parecia amplificar a minha presença (a Claudeci me seguia em silêncio, como um fantasma: seus pés, eu notei, estavam apenas de meias brancas). As paredes não exibiam quadros nem qualquer adorno, o chão de taco não se cobria de nenhum tapete, e as poucas peças de mobília que se viam — um sofá de dois lugares, duas poltronas, uma mesa, duas cadeiras, um incongruente tripé para câmeras — pareciam rotos, ou talvez isso fosse efeito da escuridão. A minha sensação era a de estar visitando, ou invadindo, um cativeiro. Tentei imaginar a Tatiana vivendo as suas manhãs naquele lugar; não consegui, e pensei, embora no fundo duvidasse muito disso, que o segundo andar talvez fosse diferente. Mas eu não subiria nem amarrado. Não naquela tarde. Parei na cozinha, o único cômodo que parecia conter e emanar a energia normal da vida, e pedi uma folha e uma caneta à Claudeci. Ela passara a me olhar com certa cumplicidade, como se tivéssemos passado a dividir um segredo, mas meu pedido simples pareceu fazê-la lembrar que, prefeito ou não prefeito, ali eu era um intruso. Com desconfiança, ela pôs sobre a bancada um caderno em espiral e uma caneta Bic, e eu andei até eles, notando que, sobre a pedra de mármore falso da bancada, havia pacotes com talheres de plástico. Era o primeiro indício concreto da presença do Felipe naquela casa.

Felipe, seja bem-vindo? Volto hoje, em torno das 20 horas. Pedro, eu escrevi, arranquei a folha do caderno, dobrei-a de qualquer jeito e entreguei-a à Claudeci. Não esperei que ela me levasse à porta. Dando passos que ecoavam ameaçadoramente nos ambientes vazios, atravessei o breu clandestino e abri a porta para retornar à luz do fim de tarde e à maresia olorosa que envolvia as palmeiras. O balneário estava lindo; todo o resto era só incerteza.

* * *

De volta à prefeitura, pedi à dona Regina que não transferisse nenhuma chamada, nem deixasse nenhum secretário ou visitante entrar, e me tranquei no gabinete. Pela janela, fiquei observando os banhistas indo embora da praia sob o sol poente, que pincelava as estruturas de aço das plataformas petrolíferas com um brilho triste. Senti os minutos escorrerem ao meu redor com a lentidão do entardecer. Não devia estar faltando muito para que aparecesse o Fardoni, para o despacho derradeiro com que encerrávamos o expediente; até que ele viesse, eu sentia que precisava de algum apoio externo, de algum ponto de contato com o mundo real, para não me afundar em especulações inúteis sobre o que poderia acontecer às oito da noite, quando eu retornasse à casa do Felipe. Abri uma gaveta da mesa, mas não a de cima, onde guardava o livro da vez. Abri a de

baixo, trancada a chave, onde eu mantinha uma coleção de garrafinhas de bolso de uísque e conhaque, da qual me servira não mais do
que um par de vezes durante toda a minha gestão. Tomando goles
de *Bushmills*, diante do céu sem nuvens e das enormes plataformas,
que pareciam ilhas metálicas sobre o mar, veio-me a sensação de que
as cartas que definiam o destino do projeto do gasoduto já tinham
sido dadas, desde o princípio. A última delas estava se abrindo para
mim naquela noite.

Escutei três batidas gentis à porta, e, sem me virar, segui com o
ouvido os passos delicados que o Fardoni dava para vir se sentar do
lado oposto da mesa. Ele se acomodou, eu continuei contemplando
o céu, e assim permanecemos, sem nos olharmos, pelo tempo que eu
precisava até secar a minha garrafinha. Afinal, me virei, e constatei
que minha mente estava em branco, que eu não tinha nada para dizer ao Fardoni. Mas ele tinha o que contar para mim: a reação furiosa do Tico e do Floripa à nossa decisão de encaminhar a questão do
plebiscito para análise da consultoria jurídica. Essa era uma questão
superada para mim, porém tomei cuidado de passar a impressão de
que ouvia tudo com gravidade. Faltava muito para que a faxineira
chegasse ao meu gabinete e nos desse a desculpa para encerrarmos
o dia, mas decidi terminar tudo mais cedo. Dispensei o Fardoni —
o que o deixou atarantado — e reabri a gaveta para apanhar outro
Bushmills. O futuro me parecia claro, cada vez mais claro.

Consumidas outras duas garrafinhas, deu a hora do meu compromisso. A noite estava estrelada, e o ar, inerte e tórrido. Caminhei
devagar. Na praça central, senti o aroma das amendoeiras; depois, na
rua onde se homiziava o meu ex-chefe na procuradoria, o cheiro das
carnes que seus vizinhos grelhavam em varandas ignoradas. Com o
meu bom senso já afetado pelo uísque, eu me perguntei se, uma vez
que seu esconderijo havia sido desvendado, ele me convidaria para
jantar na Bodega do Meio, em nome dos velhos tempos, ou se pelo
menos me ofereceria uns drinques da sacada; dali poderíamos ver a
lua cheia brilhando sobre o mar e sobre as palmeiras da orla; e diante dessas imagens tropicais, talvez pudéssemos nos distrair, nem que
fosse por alguns minutos, das conversas impossíveis que estávamos
fadados a ter.

Meus passos vagarosos afinal me colocaram em frente ao meu destino. Subindo, meio zonzo, os degraus, desejei que o Felipe não me atendesse. Por um lado, eu sabia bem o que eu ia lhe dizer no momento chave — isso me viera com clareza durante a minha tardinha solitária no gabinete: era uma pergunta, que havia de ser entendida por ele também como uma ordem —; por outro, eu não tinha ideia de como introduziria as minhas palavras, de como faria a devida contextualização. Além disso, eu não achava inconcebível que, a despeito das minhas intenções, e dependendo do que ele tivesse a me contar, eu acabasse agredindo e esmurrando aquele pobre diabo clandestino que havia de ser o amante da minha mulher. Essas incertezas me deixavam com a sensação de estar despreparado, e isso me levava a desejar, subindo os degraus, que ele não respondesse ao meu toque de campainha. Mas nem sequer foi necessário pressionar o botão: assim que pisei na soleira, a porta azul da casa de tijolos, cujas janelas frontais estavam escuras como de costume, abriu-se amplamente, e eu vi o rosto barbudo do Felipe sorrindo com estranho afeto para mim.

Pego de surpresa, eu não soube como reagir e acabei seguindo adiante, entrando na casa como se fosse um visitante frequente. Ao passar pelo Felipe, ele me tomou pelos ombros e me puxou para um abraço apertado. Ele deu vários tapinhas nas minhas costas e repetiu o meu nome num tom de saudade. Retribuí os tapinhas por mera imitação, pois na verdade eu não conseguia me concentrar em nada, salvo na percepção de que ele havia engordado como um porco. Quando ele me largou, caímos os dois numa gargalhada que, na hora, me pareceu genuína de ambas as partes, como se estivéssemos reconhecendo o nosso passado em comum e ao mesmo tempo admitindo o absurdo daquele encontro. Senti um cheiro de álcool, mas não pude determinar se ele exalava só de mim ou dele também. Com um gesto, pediu que eu entrasse. Percebi que, enquanto fechava a porta, ele esquadrinhou a rua em busca de algo ou de alguém. Atinei que só podia ser o carro do sentinela que fora plantado pelo Fardoni sob minha encomenda.

O vigia foi dispensado, Felipe, não tinha mais sentido, eu expliquei, e ele respondeu, entre os dentes, claro, claro.

Eu o segui até a sala de jantar, que num primeiro momento parecia estar preenchida apenas pela escuridão. Com esforço, distingui a mesa e as duas cadeiras que eu vira mais cedo, acompanhado pela Claudeci. O Felipe estacou ao meu lado, mas não como se não soubesse o que fazer: estacou com uma espécie de exagerada convicção, esperando, tateando o momento ou a escuridão. Os contornos de um abajur, de uma jarra e de duas canecas revelaram-se aos poucos sobre a mesa, como se as peças fossem hologramas ou estivessem se materializando dentro de um sonho. Afinal, o Felipe se mexeu: foi à janela abrir as cortinas de pano e depois à mesa acender o abajur. Nós nos sentamos, ele verteu um líquido escuro nas duas canecas e empurrou uma delas na minha direção. Eu fiquei olhando para o seu conteúdo como se estivesse inspecionando uma bebida nunca antes vista. Ele riu. É só mate.

Notei então que, encostada num dos cantos da sala, havia uma pequena mesa arredondada. Sobre ela, repousava uma pilha razoavelmente alta de papéis, mantidos em ordem por elásticos de borracha. O Felipe seguiu o meu olhar, e ficamos os dois fitando o mesmo calhamaço, embora víssemos nele dois objetos diferentes: o que, para ele, havia de ser um repositório de informações familiares e talvez importantes, era, para mim, uma papelada sem significado. O ar lá fora se agitara, e um vento salino balançava as cortinas, atravessava a sala e perdia-se na escuridão da casa. As pontas do calhamaço tremiam de quando em quando sob o vento, fazendo discretos estalos.

"Eu ia te entregar na hora da despedida, mas eu posso antecipar e te mostrar agora, o Felipe disse, de uma maneira que ele pretendia que soasse jovial e despreocupada, mas que me pareceu suplicante".

"Não quero nada".

"Acredita em mim, você vai se interessar".

Balancei a cabeça e tomei um gole do mate, que estava insuportavelmente doce e já morno. "Coisa pra ler? Não tenho tempo, eu repeli a sugestão dele", "a prefeitura não me deixa tempo pra nada que não seja trabalho. Probleminhas de administração e picuinhas de gabinete. Meu tempo tá etiquetado e carimbado. Você sabe".

O Felipe parecia estar com uma mania nova, de afundar os dedos na barba espessa e longa. Aliás, aquela figura desmazelada e gorda, trajando um absurdo suéter preto no calorão santo trino, afundando sem parar os dedos nas barbas, não podia ser o mesmo camarada janota que circulava na procuradoria. Ele nunca deixara a barba crescer na procuradoria.

Ele não retrucou. Apenas se levantou, foi ao canto da sala apanhar o tijolo de papel e o pôs à minha frente sobre a mesa, sem tirar nenhum dos elásticos. Na capa, estavam estampadas as palavras *Sem título, por Felipe Carvalheira*, e nada mais.

"Sem título?"

Ele virou os olhos, como se estivesse esperando ouvir essa exata pergunta. Vieram à minha mente as acusações que ele me fazia, em tom de brincadeira, quando trabalhávamos juntos, de que eu era obcecado por detalhes e miudezas insignificantes, ao passo que ele era privilegiado com uma visão global e orgânica das situações. Não nos víamos há mais ou menos dois anos, mas eu me vi assumindo a mesma postura defensiva dos tempos da procuradoria, e me questionei se a dinâmica de uma amizade, no contato cara a cara, jamais muda ao longo de uma vida, não importa o que tenha acontecido no intervalo, não importa em que as pessoas tenham se transformado.

"Convenhamos: é uma pergunta óbvia, eu acrescentei, como se me desculpasse".

"É claro que é, Pedrinho", ele respondeu, afundando os dedos na barba. Assim como a barba, chamar-me pelo diminutivo também me pareceu algo novo "e igualmente detestável. "Eu não consegui bater o martelo. Pensei em várias opções, mas nenhuma parecia perfeita". Ele calou por uns instantes. Uma mariposa entrou pela janela, passeou entre nós e pousou sobre o calhamaço. Abanei a mão, e ela voou e tornou a sair para a rua. Uma sirene de ambulância ressoou longinquamente, trazendo uma frágil recordação de que coisas sérias continuavam a acontecer no mundo. O Felipe continuou: "E aí me deu o estalo: você é a pessoa certa pra me ajudar nisso, Pedrinho".

"Eu? Não, não. Eu não tenho tempo pra ler nada".

Ele enfiou os dedos na barba, alisando-a de cima a baixo, de cima a baixo, várias vezes, enquanto pensava ou enquanto me estudava.

"É melhor que você descubra lendo".

"Descubra?"

"É".

"Lendo?"

"Isso".

"Descubra o quê?"

"Pois é. É o que eu tô dizendo. É melhor descobrir lendo.

Balancei a cabeça, com um involuntário sorriso amarelo no rosto. Era um sorriso de raiva: o camarada que fugira de Santo Trio de repente e jogara a bomba da prefeitura no meu colo, o camarada que se escondera sabia-se lá por quanto tempo na própria cidade, o camarada com quem a minha mulher vinha se encontrando às ocultas todos os dias, esse camarada se achava no direito de fazer joguinhos comigo. Quis levantar e dar uns ganchos naquela barba de mendigo. Mas o Felipe devia ter achado que o meu sorriso era um sorriso encabulado, talvez preocupado.

"Fica tranquilo. Não tem nada de comprometedor sobre você, Pedrinho. Eu não faria isso. É mais sobre as outras pessoas do que sobre, bem... mas aí eu já estaria... Enfim, a Tatiana..."

Não dei ganchos na cara do Felipe, mas peguei o calhamaço e o arremessei no seu peito. Ele perdeu o fôlego por uns instantes e tentou se recompor a goles de mate.

"Nossa Senhora. Não, eu sei o que você tá pensando, Pedrinho, mas não, não".

"Você e a Tatiana...?" Não consegui completar a pergunta.

"Não, cara, não". Nunca foi nada amoroso, nunca foi nada sexual".

Fiquei mudo.

"Acredita, ele insistiu. Eu tô te falando. Lendo o manuscrito vai ser mais fácil, digamos, assimilar. Tudo bem, é um romance, eu aumentei, cortei aqui, distorci ali, mas você vai identificar o que é um reflexo da verdade e o que é licença do autor. Você não tem dúvidas? Sobre o passado, eu digo?"

"Resolvi não ter".

Ele riu. "Eu sei que você tem. Como não teria? Tem. E isso aqui explica". Ele empurrou de novo o calhamaço até o meu lado da mesa.

Ficamos calados por um tempo. Ele alternava massagens no peito dolorido, o que me parecia teatral, com afagos na barba.

"Tem um isqueiro?"— eu perguntei.

"Você tá fumando agora? Você não fuma".

"Tá sabendo bastante sobre mim, hein?"

Ele deu de ombros. "Palpite. Faro".

"Não quero o isqueiro pra acender cigarro".

Ele suspirou, ou bufou, ou algo no meio do caminho. "Tá bom. Eu falo".

"Eu jamais leria isso".

"Leria, sim".

"Não".

"Acabaria lendo, um dia, mas tá bom. Eu falo".

Ele se serviu mais da jarra de mate açucarado e morno.

"Adoçou o mate com uma colher de pau?"

"Ah, os talheres de metal, sim. Não me curei. Continuo doido".

"Tô vendo".

"Mas já fui mais". O vento trouxe um sopro de maresia para dentro da sala. Ele respirou fundo. "O que ela fez com você, ela também tentou fazer comigo. Ter uma relação, saca? Tô falando sobre o passado aqui, sobre os nossos tempos de procuradoria".

"E ela não conseguiu?"

"Não sei se dá pra colocar dessa maneira".

"Porque você foi mais esperto, mais safo do que eu?"

"Sendo sincero, tá bom? Não me queira mal. Achei estranho, sim".

"O quê?"

"Hã, o interesse, o correr atrás. Mas não foi só isso".

"Hã".

"Achei que ia acender as luzinhas de alerta na imprensa, talvez até no Rio. Eu vi mais tarde, com você, que não, que eu tinha exagerado. Ninguém deu pelota. Mas, na época, eu..."

"Luzinhas?"

"De novo: sendo sincero, tá bom? As luzinhas piscando: conflito de interesses, conflito de interesses".

"Rá! Que bonitos esses seus princípios morais. Outra coisa nova, hein, desenvolveu aqui no cativeiro?"

Ele virou as palmas das mãos para o teto. Eu é que continuei, meneando a cabeça:

"Enfim, conflito de interesses, como assim? Entre o procurador-geral e a filha de um empresário? O cargo nem é executivo..."

"Não, Pedrinho, entre o prefeito e a filha do empresário".

"Hã? Mas a gente tinha o Roberto. Ninguém podia imaginar que ele ia morrer do jeito que morreu".

Ele afundou os dedos das duas mãos na barba espessa e puxou-a com certa força, como se quisesse arrancá-la.

"Aí é que está. Pelo menos duas pessoas sabiam".

"Você?!"

"E a Tatiana".

"Como?"

"Eu contei pra ela".

"Não, cacete". Ele sorriu. "Como *você* sabia?"

Ele se levantou e foi até a janela. Senti que ele queria que eu o seguisse, para que pudesse ter a oportunidade de compartilhar comigo alguma reflexão vagamente poética, daquelas que afetam uma falsa sabedoria, ou talvez para colocar uma mão condescendente sobre o meu ombro. Mas eu não o segui, e ele acabou se sentando novamente.

"Talvez você mesmo pudesse ter sacado que o suicídio era um cenário muito real, quase certo. Você tinha os elementos, as pecinhas: os sonhos de fuga, o álcool, as revelações não solicitadas, o isolamento, enfim, todo o escapismo. Mas eu admito que o Roberto era mais direto, se abria mais sobre o que estava tramando, quando estava sozinho comigo".

"Mas naquela época a gente só se encontrava com ele juntos, nós dois juntos". Ouvindo esse resmungo meu, ele me olhou com um misto de pena e superioridade, como se estivesse diante de uma criança. Odiei-o por isso.

"A vida não acabava na procuradoria e na Bodega do Meio, Pedrinho. As pessoas se encontravam, se visitavam, sem que..."

"Evidente. Toca adiante".

"...sem que tudo fosse do conhecimento dos outros. Enfim, quando ele estava sozinho comigo, o Roberto era mais explícito. E eu sabia o que ele queria fazer contra ele mesmo". "Mas...", ele estacou e só prosseguiu alguns goles de mate depois: "Mas, às vezes, ele parecia estar em dúvida. Parecia considerar assumir o mandato. E meio que olhava pra mim pedindo uma palavra de apoio, saca?, de incentivo. E foi aí que eu percebi que eu precisava intervir".

"Intervir?"

"Eu não me orgulho disso, Pedrinho. Nem um pouco. Se eu não controlo os meus pensamentos, a culpa ainda vem. Uma culpa que é um negócio acachapante, paralisante. Mas já foi pior. Isso aqui me ajudou". Ele apontou para o manuscrito, que ele vinha empurrando discretamente na minha direção, como quem não queria nada.

"Eu nunca leria isso".

"Leria, sim".

"Não".

"Tá bom, porra. Não é por isso que eu tô te contando tudo? Nem ele nem eu aguentávamos mais aquele bate-e-rebate sobre o calhamaço, e no entanto seguíamos fazendo-o. O que eu disse que a Tatiana fez com você e tentou fazer comigo, ela tentou..."

"É pra finalmente dar um soco na tua fuça?"

"...ela tentou primeiro fazer com o Roberto. Não funcionou".

Eu ri. "Outro que estava preocupado com as luzinhas de alerta? Uhhh, conflito de interesses".

"Respeito, Pedrinho".

"Respeito? Respeito comigo!"

"Eu sei, você tá certo. Mas respeito com o Roberto também, Pedrinho. O cara estava mal. O cara se matou. Ele não queria nada com ninguém, com mulher nenhuma". O ar salino voltou a preencher a sala, como se ocupasse os espaços deixados pela escuridão."E eu acho que a Tatiana se aproximou de mim, em primeiro lugar, meio que pra investigar qual era a do Roberto, saca?, dar uma estudada, ver se o cara era veado, coisa assim".

"E ele era?"

"Sei lá, talvez. E ela ficou em cima de mim, correndo atrás... Desculpa".

Mostrei o punho, mas ele levou na brincadeira.

"E fomos cozinhando um namorico..."

"Você disse que nunca foi nada sexual".

"Agora, Pedrinho, nesses últimos tempos, não naquele passado distante".

"Vai à merda".

"Você nem conhecia a Tatiana ainda!"

"Não importa".

"Tá bom, eu sei. Então, ela ficou correndo atrás, forçando a barra, marcando pressão, até que, um dia, eu parei e dei dois avisos sérios. O primeiro: o Roberto não vai assumir o mandato, ele vai se matar. O segundo: eu também não quero assumir prefeitura nenhuma. E eu propus um acordo".

"Que merda".

"Eu sei. Desculpa".

"Para de pedir desculpa".

"Tá bom".

"Que acordo?"

"Eu podia me demitir, sair da linha sucessória, deixar o caminho livre, em troca de certas condições".

"Na pista pra negócios".

"Respeito, Pedrinho".

"Vai, fala as condições".

"Eu queria um apartamento e uma estrutura de apoio, saca?, uma empregada, despensa cheia, comida pronta. Sempre falei contigo, eu queria tempo e queria isolamento".

"Precisava ser em Santo Trio? Por que não foi pro Rio, pra qualquer lugar?"

"Contracondição, existe essa palavra?, enfim, foi uma exigência da Tatiana. Ela queria que eu ficasse na área, o mais perto possível, pra que pudessem fiscalizar os meus passos".

"Que passos? Preso nessa casa..."

"Isso foi uma coisa mais minha. No início, eu que quis o isolamento completo. E aos poucos isso foi se transformando num tabu, não, tabu não é a palavra, uma cláusula pétrea, isso, um tipo de cláusula pétrea do arranjo. Eles ficavam mais seguros assim. Pra mim, era bom. Mais sossego".

"E o que a Tatiana ia ganhar em troca?"

"Em uma palavra?"

"Fala".

"Você".

"Eu?"

"Você, o futuro prefeito. Ele não me deu tempo para que eu absorvesse aquilo". "Entende, agora, por que eu sentia que precisava intervir quando o Roberto parecia ganhar um ânimo, quando ele parecia pensar em assumir a prefeitura? Eu realmente queria que o acordo que eu tinha com a Tatiana se concretizasse. Ela, evidentemente, também".

"O que você quer dizer com intervir?"

Ele afundou os dedos das duas mãos na barba longa e emaranhada. "Eu visitei a casa do Roberto no dia em que ele morreu. Eu vi o nosso chefe estirado no chão do quarto. Ele já estava morto, Pedrinho. Eu conferi o pulso dele. O coração já não batia. Mas o mais terrível, pra mim, é que eu fui lá preparado, ou talvez *preparado* não seja a palavra certa, eu fui lá equipado pra fazer com as minhas próprias mãos o que ele já tinha feito contra ele mesmo. Eu sinto como se eu tivesse matado o Roberto". Havia uma pungência na voz dele.

Ficamos um tempo em silêncio. Foi a minha vez de ir até a janela, e eu sabia que ele não me acompanharia. A maresia me pareceu mais úmida, e nuvens isoladas corriam pelo céu escuro. Seria um desplante, considerando o que ele acabara de me contar, mas tive a sensação de que o Felipe gostaria de que eu o reconfortasse. Eu jamais faria isso. O que eu estava tentando fazer, em silêncio, era recordar os detalhes do dia em que conheci a Tatiana, na praça central de Santo Trio, em busca de sinais de maquinação da parte dela.

"A Tatiana gostou de você desde o primeiro momento, o Felipe disse atrás de mim, já recomposto.

"Heh", bufei, tornando a me sentar, "era óbvio que eu estaria pensando nisso, né?"

Ele encolheu os ombros. "É a verdade. Não, deixa eu reformular: é a impressão que eu tenho. E o sentimento foi crescendo com o tempo. Eu realmente acho que ela te ama".

"Ama, não ama, tanto faz".

"*Você* não sente nada por ela?"

"Ela é transitória".

"Não quer saber o que ela fazia aqui?"

"Não".

"Ela me contava o que estava acontecendo na prefeitura, o que era importante pro meu trabalho com o manuscrito, dormia, conversava com a Claudeci, escrevia num diário, ficava olhando o céu, esperava a hora de ir te encontrar pra almoçar".

"Não importa. Você sabe que eu não posso passar a história a limpo com ela".

"Por causa da depressão e dos sumiços?"

"É".

"São reais. Ela sofre com essa duplicidade, principalmente porque te ama".

"É quase um conto de fadas".

"Não, nem vem. Eu vejo que você tem carinho por ela".

Eu sorri. "Ela é transitória".

"Como tudo o mais".

A pieguice nos devolveu ao silêncio. Fui eu quem o quebrou.

"E o que mudou de uma hora pra outra?"

"Como assim?"

"Por que você reapareceu?"

"Você é que veio até mim".

"Você deu mole, de propósito".

"Não, você é que descobriu que a Tatiana visitava essa casa".

"E depois disso você fez questão de que o vigia, o Miguel, te visse pela janela".

"Mas aí já não adiantava mais nada manter o segredo. A fachada tinha espatifado".

"E não acham isso preocupante? Não têm receio?"

"Nesse ponto, você tem razão. As coisas mudaram. Pra ser exato, três coisas mudaram. Uma, desde que eu acabei o manuscrito, algumas semanas atrás, eu não aguento mais ficar enfiado nessa toca. Duas, acho que me conhecem o suficiente pra confiar em mim. Três, você ganhou a eleição e eles estão seguros. Aliás, parabéns".

"Obrigado".

Novo silêncio. Era hora de ir embora. A essa altura, eu tinha desistido de fazer ao Felipe a pergunta que era também uma ordem. O Felipe sentiu a minha agitação.

"Você me odeia, Pedrinho?"

"Que pergunta infantil".

"Não foi uma pergunta. É seu direito me odiar. No seu lugar, eu me odiaria".

"Você também é transitório, como tudo o mais".

"Gostou, né? Não, Pedrinho. Pedrinho. Eu não suportava que ele me chamasse assim". "É que tem uma quarta coisa que mudou desde que você descobriu esse calabouço aqui. O meu acordo caducou".

"Te avisaram isso?"

"Comum acordo. O acordo caducou de comum acordo, se posso colocar assim. É um alexandrino? Ou é ou quase".

"Que mal tem? Você tem as suas reservas, o seu futuro, a sua família no Rio".

"Eu quero continuar aqui".

"Em Santo Trio?"

"Sim".

"Por que a fixação?"

"Eu gosto daqui".

"Você sempre falou mal daqui".

"Bravata".

"Você é louco".

"Nunca neguei".

"Que bom". Boa sorte no vilarejo".

"Isso é tudo?

"Ué". Quer que eu fale o quê? Não tenho nada com isso". Eu sabia aonde ele queria chegar, mas eu queria obrigá-lo a pedir com todas as letras".

"Você é o prefeito".

"Sim".

"E você tem uma caneta poderosa".

"Posso ter".

"E a sua articulação política tá precisando de cuidados".

"Talvez esteja".

"E você lembra que eu tinha certo traquejo pra lidar com a elititica daqui".

"Que palavrinha ordinária".

"Mas você lembra".

"É possível que sim".

"Para, Pedrinho, caceta". Eu vou pedir, como você quer. Quer que eu rasteje também? Eu queria voltar a trabalhar contigo".

Era justamente essa a proposta — a pergunta que ele deveria entender como uma ordem — que eu decidira fazer ao Felipe naquela tarde, quando tomava garrafinhas de Bushmills no meu gabinete. A minha ideia era entregar a cabeça do Fardoni, tão impopular nas duas alas do meu governo, logo depois de aprovar o gasoduto, de modo a desviar as atenções para uma notícia boa e assim abafar a chiadeira que a concessão dos alvarás provocaria entre os ambientalistas. O Felipe podia ser um louco, cheio de fobias e esquisitices, e um canalha, que me enganara durante anos, mas tudo era transitório, eu queria sossego no dia a dia acima de qualquer coisa, e ele era um conciliador extraordinário, defeitos à parte.

"Posso confiar em você?

"O nosso passado fala por si, Pedrinho".

Os dois rimos meio sombriamente, e eu me levantei para ir embora".

"Não se esquece disso aqui, ele me chamou, estendendo o calhamaço".

"Eu nunca vou ler isso".

"Vai, sim".

"Não, mas coloquei o tijolo debaixo do braço assim mesmo e saí".

* * *

Antes de fazer a troca no meu gabinete, eu resolvi esperar que a consultoria jurídica devolvesse o processo referente ao gasoduto — que, aliás, certamente voltaria com um parecer positivo à possibilidade de um referendo popular. Não havia por que se afobar. A jogada protelatória, executada pelo Fardoni e por mim, tinha mal

183

ou bem operado uma trégua na crise dentro da prefeitura, e era caso portanto de desfrutar daquela tranquilidade provisória, durante as três semanas de praxe que a procuradoria levava para apreciar nossos pedidos.

Nesse período, não fiz contato com o Felipe. Não sei se ele ousou sair do seu cativeiro para passear pela cidade, embora suspeitasse que não, nem sei se a Tatiana continuou a visitá-lo pela manhã, embora presumisse que sim. Hábitos costumam ser mantidos por força da inércia, mesmo quando as razões que deram origem a eles já não existem mais. De qualquer forma, preferi não saber.

Debaixo dessa ignorância voluntária, as três semanas correram estupendamente bem para mim: nós nos aproximávamos do solstício de verão, e os dias se espichavam com langor sob o brilho infalível do sol; a memória da minha vitória eleitoral ainda estava fresca, e os populares me paravam com sorrisos e palavras de incentivo durante as minhas caminhadas vespertinas pela orla; as multinacionais surfavam uma alta consistente na cotação do barril de petróleo, e eu era convidado para churrascos em jardins e em iates em doces fins de tarde, embalados pelo otimismo e pelo champanhe; no dia a dia do gabinete, eu vencia as horas folheando meus livros de história e minhas biografias, e se não me concentrava muito, era porque eu estava convicto — uma convicção forjada pelo sentimento — de que minha vida era superior naquele momento a qualquer existência alternativa, disso decorrendo que eu não precisava de nada, nem dos meus livros. Eu atravessava, em suma, aquele período mágico em que já nos despedimos de uma velha vida, mas ainda não começamos a próxima — em que, noutras palavras, já nos despedimos das frustrações antigas, mas ainda não conhecemos as novas. Uma mágica delicada e necessariamente efêmera, que seria quebrada, nesse caso, por um parecer jurídico.

O parecer chegou à minha mesa, conforme o previsto, uns vinte dias depois de termos expedido a nossa solicitação. Ominosamente, foi o Fardoni quem o trouxe até mim. Era mais uma tarde ensolarada, em que eu passeara pela praia antes de voltar do almoço e contemplara as plataformas *offshore* como uma obra boa e uma obra minha. Eu estava com um ânimo tão leve que cheguei a me sentar a uma mesa da Bodega do Meio, coisa que não fazia desde o início do meu mandato tampão, e pedi um bule de café coado para ir me servindo xicrinhas fumegantes. Enquanto as tomava, eu me deslumbrava com o espetáculo do progresso, sob o sol da primavera tropical. Mais de um vereador, mal acreditando em me avistar a uma mesa da varanda, tomou a liberdade de puxar uma cadeira e me acompanhar no cafezinho. Não apenas não me importei, como lhes quis bem. Respondia o que eles esperavam ouvir, e sempre que possível eu retomava a contemplação do que eu enxergava, com delírio de grandeza, como O Tempo Histórico, tal como se manifestava naquele — no meu — balneário fluminense. Sonhei, sim, com os terminais GNL projetados, com os seus globos para armazenamento de combustível, e com os enormes navios-tanques que visitariam a costa para levar a produção para além-mar. Em meio a essas divagações, recordei que, depois do expediente, os executivos da BP me esperavam para um coquetel ao ar livre, durante o qual falaríamos do futuro com a mesma euforia com que estouraríamos garrafas de champanhe.

Entretanto, mal havia retornado ao meu gabinete, eu soube que não iria mais a lugar nenhum depois do expediente: havia chegado o momento de pôr em marcha o processo de demissão do meu chefe de gabinete, e portanto de dar início a uma nova vida dentro da prefeitura, em que conviria me proteger e parar de me expor em encontros sociais. O Fardoni havia entrado na minha sala logo depois da minha chegada e me entregado uma pasta de couro, em que encontrei o parecer da procuradoria. Li a conclusão, e ela dizia o óbvio. Fechei a pasta, olhei nos olhos do meu chefe de gabinete e constatei que estavam plácidos como de costume. Ele não poderia imaginar as palavras que eu estava prestes a pronunciar.

Meu caro Fardoni, meu caríssimo Fardoni, meu braço direito, eu comecei, claudicante, enquanto procurava, em meio à bagunça da minha mesa, uma outra pasta: aquela que continha a solicitação de alvará para construção do terminal GNL. A solicitação fora protocolada, afinal, na véspera, e aguardávamos o parecer da consultoria jurídica antes de tomar qualquer decisão. A imprensa local, que não devia ter recebido nenhum sopro de suas fontes, ainda não publicara nada a respeito, as multinacionais mantinham a meu pedido total discrição, e desse modo eu tinha conseguido evitar que o secretariado tomasse conhecimento do fato. Chegou, portanto, o que faltava, e temos agora que dar algum encaminhamento pra essa questão desagradável. E quero tomar já. Senão, a notícia do alvará vai explodir em todo canto, e vamos ter que tomar uma decisão sob pressão, reativamente, o que é muito pior. Vamos evitar isso, vamos nos adiantar, e ir a público já com tudo pronto e acabado. Vamos nós tomar a iniciativa de divulgar a novidade, de avisar à população que chegou o pedido de alvará, e, no mesmo lance, na mesma coletiva de imprensa, vamos anunciar que o ato de resposta da prefeitura já foi formalizado. E eu faço agora a você aquele que talvez seja o pedido mais importante desse nosso longo período de convivência, Fardoni. Ele anotava tudo o que eu lhe dizia no seu caderninho, como um colegial; quando calei por uns instantes, ele não levantou o olhar: ficou fitando sua gravata, e alisando-a com certo orgulho estranho e ao mesmo tempo comovente. Escreve, por favor, o despacho de autorização do alvará e marca uma coletiva de imprensa pra amanhã de manhã. Eu quero que você faça os avisos ao público, Fardoni, e responda às perguntas dos jornalistas. Com evasivas, com nada mais do que evasivas. Você faria isso?

Sem demonstrar sentimentos, ele assentiu com a cabeça e saiu, pedindo licença como um serviçal. Faltou-me a coragem para explicar os desdobramentos do meu plano em todas as suas últimas consequências. Não consegui lhe avisar que eu o demitiria, como uma oferenda aos críticos, e que nomearia o amante da minha mulher (como ele pensaria, ao menos; quanto a mim, eu não sabia o que deveria pensar) para o seu lugar. Não fazia mal. Que as coisas se materializassem em seu tempo devido.

* * *

A coletiva de imprensa foi realizada de manhã. À tarde, enquanto manifestantes bradavam palavras de ordem debaixo da minha janela, e, dentro da minha sala, o meu secretariado quase completo trocava acusações aos gritos — tudo isso assistido pelo Fardoni de um canto do gabinete, onde ele colocara uma cadeira e tomava anotações que não poderiam servir a nenhum propósito —, eu estabeleci para mim mesmo um prazo de uma semana. Em sete dias, eu assinaria a exoneração do Fardoni e organizaria outra coletiva de imprensa. Dessa vez, eu estaria presente, lado a lado com o Felipe, para deixar bem claro que o meu novo chefe de gabinete contava com o meu apoio integral e que se estava abrindo um período de revitalização da minha gestão. Eu calculava, por um lado, que uma semana era tempo suficiente para que a revolta da ala política e dos ambientalistas já houvesse regredido do seu ápice (ceder no auge das intimidações sendo, claro, um erro elementar na política: não se quer passar a impressão de que uma escalada de pressões poderia levá-lo a ceder ainda mais); por outro lado, que sete dias não ofere-ceriam latitude bastante para que a inconformidade com a minha decisão se organizasse num movimento estruturado de cassação do meu mandato (não que esse potencial movimento fosse, no final das contas, prosperar, visto que eu tinha ou julgava ter o apoio das mul-tinacionais; de qualquer forma, o desgaste era algo que obviamente convinha a todo custo evitar).

E não errei na minha avaliação. Nos primeiros dois ou três dias depois da concessão do alvará, eu chegava à prefeitura pela manhã e deparava, na minha sala de espera, com meia dúzia de desconhe-cidos, trazidos pelo Tico. Era, sempre, um grupo díspar: alguns ves-tiam camisetas estampadas com mensagens políticas, outros traja-vam terno e gravata, alguns mal espiavam ao redor vez que tomados por temor reverencial, outros me flechavam com olhares alucinados de desprezo quando eu passava sem os cumprimentar. O Tico não me deixava em paz enquanto eu não recebesse todos os visitantes: segundo ele, eu tinha o dever de procurar compreender a gravidade e as repercussões da minha decisão, em todas as suas dimensões. Se eu não fizera isso antes, como deveria ter feito, que eu aceitasse agora conhecer pontos de vista diferentes e admitisse a possibilida-de, caso alguma das opiniões me convencesse ou me levasse pelo menos a ter dúvidas, de reconsiderar meu ato "criminoso". E nada de recebê-los em conjunto: o Tico bateu o pé em que eu conversasse com cada um deles em separado, para absorver melhor os alertas que queriam me transmitir. Assim atravessei os longos primeiros dias, ouvindo o discurso ora alarmista, ora técnico-científico, ora legalista, da sucessão de pesquisadores, jurisconsultos e ativistas que o Tico aliciou, sabia-se lá onde. Entre as reuniões, e às vezes durante elas, o que era mais incômodo, o Floripa entrava no meu gabinete e ficava passeando em torno da minha mesa, simplesmente dando voltas, sem dizer palavra, mas exibindo, todo o tempo, a pistola que ele carregava num coldre preso ao cinto. Pura bravata, que eu não conseguia levar a sério; entretanto, quando ele fazia o número durante as reuniões com os asseclas do Tico, um ou outro deles se assustava, e eu via em seus olhos o pavor de quem não sabia onde tinha se metido.

Mas tudo isso foi minguando com o passar dos dias, à medida que a reação ao alvará descia dos cumes da revolta inflamada para os patamares mais suaves do contra-ataque racional. Nesse período, despachei o Fardoni em expedições frequentes à Bodega do Meio, para que ele procurasse se inteirar de qualquer articulação que pudesse estar sendo tramada pela ala política nas mesas ao fundo do restaurante, onde a maresia se misturava à densa fumaça dos cigarros. Certa vez, ele deu com o Floripa, tomando chope com dois vereadores ligados à família Pacheco e com alguns funcionários concursados da prefeitura. Mas o Fardoni não se sentiu à vontade para juntar-se ao grupo e tomar parte da conversa; pior: ele não foi capaz nem sequer de se aproximar para cumprimentá-los.

Fosse como fosse, eu não teria cara de ir lá pra dar um alô, ele me contou depois, mas os meus receios não foram o motivo principal de eu ter guardado distância. O Floripa era quem estava falando, e eu notei uma desarmonia esquisita na maneira como ele falava. Ele gesticulava muito, abria os braços, apontava o vazio, e em certo momento apontou uma arma, que até então ele escondia sob a mesa, em direção ao teto. Por outro lado, em meio a essa fanfarronice toda, ele falava num tom baixo, quase aos sussurros, e o rosto dele tinha o aspecto um pouco assustado de quem está contando um segredo. Os outros — os dois vereadores de oposição e o grupinho de funcionários nossos aqui na prefeitura — estavam com o tronco inclinado pra frente, como se tivessem um mapa aberto diante deles e, debaixo da luz fraca da Bodega, tentassem combinar uma operação clandestina. Pra resumir, senhor Pedro, o clima ali nos fundos do restaurante era um clima de bandidagem, e preferi não chegar perto.

O que o Fardoni fez foi conferir se alguma outra mesa era ocupada por gente alinhada conosco, fosse da Câmara, fosse das multinacionais. E achou: numa mesa junto à fachada, com vista para o mar, dois dos nossos vereadores comiam pastéis de vento e tomavam caipirinhas. Eram pessoas simples, fáceis de lidar, pois conheciam a linguagem dos favores, que é a principal linguagem parlamentar, e ficaram contentes de ver o meu chefe de gabinete. O Fardoni puxou uma cadeira e, sem muita paciência, sem muito tato, dispensou amenidades, recusou os pastéis que lhe ofereciam, e logo questionou se os dois acreditavam que o meu mandato estava em risco. Eles se entreolharam, um pouco admirados da pergunta à queima-roupa, beberam um gole de caipirinha, e disseram, em resposta, o que eu tomei, ao ouvir a história contada pelo Fardoni, como a verdade: por enquanto não, mas os sacanas já estavam em busca de algum deslize passado, ou à espera de algum deslize futuro, que desse fundamento para um processo de cassação.

Faltavam, então, dois dias para o término do prazo que eu me impusera para realizar a troca na minha chefia de gabinete. Deixei que esses dois dias corressem e, na manhã prevista, assim que pus os pés na minha sala, pedi que o Fardoni viesse ao meu encontro. Eu fora dormir incrivelmente tarde na noite anterior, acabara perdendo a hora (zonzo, não compreendi por que a Tatiana não havia me chamado; procurando-a pela casa, depois de me vestir, constatei que ela já tinha saído, o que era mais um lance atípico naquela manhã que se prenunciava desatinada) e me via, assim, diante de uma possibilidade intolerável: a de que o Felipe subisse a escadaria da prefeitura, fosse levado à minha antessala pelo recepcionista, cumprimentasse com carinho uma perplexa Dona Regina e explicasse a ela que tínhamos uma reunião marcada, tudo isso antes que eu houvesse conseguido demitir o meu chefe de gabinete.

Na noite anterior, eu havia visitado o Felipe sem aviso, para enfim avisá-lo sobre os eventos que iam suceder no dia seguinte e sobre a participação que lhe cabia neles. Encontrei-o já com outra aparência, barba feita pela manhã, blusa social branca com abotoaduras, calça azul com risca de giz, sapatos pretos bem engraxados, como se ele imaginasse que eu pudesse aparecer a qualquer momento, para convocá-lo de supetão. Passava das oito da noite, mas, quando me viu à porta, ele correu para buscar o paletó. Tranquilizei-o, dizendo que contava com ele "só a partir de amanhã de manhã". Ele gargalhou, respondendo que "nesse caso, temos tempo de sobra pra planejar esse futuro tão distante e pra tomar algumas doses de uísque". Conversamos longamente (mais sobre o passado do que sobre o futuro), e, quando deixei a casa dele, eu soube, andando pela orla deserta, que a aurora já se aproximava, pois os pássaros começavam a cantar.

Poucas horas depois, com dor de cabeça e enjoado, eu estava telefonando, esbaforido, para o ramal do meu chefe de gabinete. Faltavam cinco minutos para as onze, o horário que eu havia combinado com o Felipe. Vem aqui, por favor, Fardoni — e rápido!, eu gritei. Seria impossível, nessas condições, demitir o Fardoni com o mínimo de dignidade, e eu nem tentei. Como sempre, ele bateu à porta e pediu licença, antes de entrar. Eu não esperei nem que ele se sentasse. Fardoni, eu vou ser bem direto, porque não existe jeito fácil ou elegante de dizer o que eu preciso te dizer. Hoje é, infelizmente, o seu último dia aqui trabalhando comigo. Os ponteiros tinham corrido mais um pouco e marcavam dois minutos para as onze. Querendo evitar a todo custo o constrangimento de o antigo e o futuro chefe de gabinete se encontrarem, levantei, pus o braço sobre o ombro do Fardoni e fui arrastando-o de volta à sala dele. No caminho, disse-lhe algumas palavras de conforto e prometi que nos próximos dias eu lhe telefonaria, ou lhe faria uma visita, para explicar o que estava acontecendo (nunca fiz nem ou nem outro). O rosto dele não transmitia nada, ou talvez exprimisse uma imensa, mas ainda inarticulada decepção. Do batente da porta, onde permaneci por um tempo insensato, como se eu também tivesse acabado sucumbindo a um estado de choque, fiquei acompanhando os movimentos silenciosos do Fardoni, que juntava papéis, esvaziava gavetas e punha tudo dentro de uma caixa de papelão que ele apanhara num canto. Talvez por vergonha, talvez por preguiça, talvez por pusilanimidade, ou talvez por um senso de que qualquer gesto meu seria incapaz de reparar a minha baixeza, eu não o procurei mais. Aquela seria a última vez que eu veria o Fardoni.

Quando voltei à minha sala, encontrei o Felipe e a Dona Regina diante da janela. Conversavam os dois num tom de voz tão baixo que eu deduzi que relembravam tragédias do passado. Felipe!, eu exclamei com um ar de ridícula surpresa. Ele se voltou e tinha um sorriso largo no rosto. Abraçamo-nos, sob o olhar comovido da

Dona Regina, e entramos no meu gabinete cochichando, como se fôssemos conspirar.

* * *

A coletiva de imprensa, que convoquei para o fim daquela tarde, e a reunião de coordenação com o secretariado, feita na manhã seguinte, viriam a ser, de certa forma, os meus últimos atos autônomos no exercício do cargo de prefeito. Em ambas as ocasiões, o Felipe demonstrou que os quase dois anos em que se recolhera do mundo para escrever a sua história (a *minha* história? —eu acabara guardando o manuscrito dentro de uma gaveta do escritório, mas ainda nem o folheara) não tinham nem sequer arranhado sua sociabilidade, seu carisma, seu bom senso. Os jornalistas o crisparam de perguntas sobre os assuntos correntes do município, para testar o seu preparo, os meus secretários, de ambas as alas, lançaram inúmeras iscas para sondar o lado para o qual pendiam suas inclinações ideológicas, e o Felipe se saiu sempre com invejável destreza, mesmo quando lhe faltava conhecimento dos fatos ou da biografia dos titulares das pastas.

Era um começo fabuloso, que pressagiava a pacificação, tanto quanto possível, da vida política no balneário. E assim se deu. À diferença do Fardoni, o Felipe não carregava sobre os ombros o peso de ter defendido a aprovação do projeto do gasoduto, e embora Tico, Floripa e os interesses por eles representados não pudessem se esquecer do terminal GNL — cujas obras, a propósito, começaram logo após a virada do ano —, meu novo chefe de gabinete sabia manipular as alavancas certas para comprar o seu apoio. Todo conflito entre os grupos distintos que compõem qualquer governo democrático, ele pontificou certa vez no meu gabinete, enquanto eu assistia a um jogo de oitavas de final do ATP de Key Biscayne, pode ser resolvido com um expediente simples: você descobre qual dos grupos dá mais importância ao problema em questão, pois nunca, nunca as escalas de importância são idênticas de um lado e do outro, e oferece à parte que vai perder, pra que ela aceite a derrota e fique até feliz e digamos envaidecida de estar fazendo essa concessão, algo equivalente, mas em outra moeda. E a verdade é que, em geral, essa outra moeda vem a ser nada mais, nada menos do que a boa e velha

191

moeda sonante, entregue em forma de projetos, de aumentos salariais, de contratações ou de qualquer outra banalidade desejada pelo grupo perdedor. Como resultado, a paz.

Para funcionar, o expediente concebido pelo Felipe — algo, aliás, tão velho quanto a política, embora ele o vendesse como um negócio inovador e genial — requeria frequentes liberalidades do tesouro municipal. Por isso, o Felipe tratou de construir uma relação estreita, de camaradagem, com a nossa secretária de Planejamento e Finanças, a Ritabreu. Os dois saíam juntos na hora do almoço para jogar golfe num campo que a Shell tinha construído nas desoladas imediações da cidade; em fins de tarde, um ia para a sala do outro para falar mal dos colegas de prefeitura, e brincavam de inventar apelidinhos depreciativos que, em regra, menoscabavam a inteligência dos funcionários; o Felipe arrumava maneiras em geral sutis, mas às vezes descaradas, de enaltecer os títulos acadêmicos e a curiosidade intelectual da Ritabreu, a quem ele levantava uma porção de bolas, como um treinador entediado, para que a secretária desse cortadas fáceis sobre variados temas, como as deficiências do conceito de EBITDA e a aplicação de ferramentas estocásticas para otimizar times de baseball; e o Felipe deixava que a Ritabreu se acabasse de rir de suas fobias e de suas medidas compensatórias, que ele já se conformara em ter de carregar até o túmulo — dos talheres de plástico que ele seguia levando dentro de um estojo para fazer qualquer refeição, fosse num boteco, fosse numa recepção formal, da aversão a móveis de antiquário, e da incapacidade de entrar em carros amarelos, uma fobia nova que criou inúmeras dificuldades numa viagem que os dois fizeram certa vez ao Rio de Janeiro, para tratar de repasses de verbas estaduais. Dessa amizade infantiloide e, em seu âmago, inautêntica, provinham os meios que garantiam a pacífica sustentabilidade do meu governo. Desconhece o povo que é sobre insuspeitadas bases esdrúxulas que se assentam muitos dos bens comuns.

* * *

Acompanhei a evolução da amizade entre o Felipe e a Ritabreu, e os outros expedientes empregados com maestria pelo meu novo chefe de gabinete para zelar pela concórdia dentro da prefeitura, apenas no primeiro par de meses depois da chegada dele. Ao cabo desses dois meses de adaptação, tendo confirmado a aptidão do Felipe para o cargo e estando plenamente convicto (ou tanto quanto o meu cinismo me permitia) de que a administração correria nos eixos dali em diante, entrei num período de hibernação. Não por escolha consciente, não por obra da vontade e tampouco por coação das circunstâncias. Antes, hibernei como se estivesse cumprindo um destino pessoal, fixado pelas forças espectrais que controlavam os rumos do universo. Fosse como fosse: hibernei, e, enquanto isso, Felipe comandava o meu governo.

Diante dessa realidade, os jornais voltaram a me chamar de prefeito fantasma, como haviam feito durante a minha anticampanha de reeleição. Os jornais não podiam suspeitar que o meu comportamento, idêntico na superfície, era produto, num caso e no outro, de estados da alma distintos: durante a campanha, o meu sumiço vinha do desejo de não colaborar, com meu próprio esforço, para o prolongamento da minha permanência em Santo Trio, uma perspectiva que me parecia insuportável; agora, ele vinha da certeza de que a minha presença na prefeitura havia adquirido um caráter meramente formal e protocolar e, para quaisquer fins práticos, irrelevante. Exceto se o Felipe deixasse o cargo por alguma fatalidade ou por opção, esse estado de alma que me levava à nova hibernação estava fadado a se tornar algo permanente — isto é, pelo tempo que durasse o meu governo.

À medida que os meses passavam, a imprensa poderia se adaptar à minha reclusão e, logo, reconhecer o Felipe como o prefeito *de facto*, como o prefeito oficioso; ou poderia talvez subir o tom das críticas contra mim e exprimir crescente indignação com a petulância do meu megalomaníaco chefe de gabinete; ou poderia, ainda, combinar esses dois ângulos, tanto ao longo do tempo, pois os dias são muitos e as opiniões se transformam, quanto dentro de uma mesma edição do *Diário de Santo Trio*, pois a linha editorial era frouxa e o jornal, uma bagunça. O fato é que eu não saberia dizer o que aconteceu na prática, porque não demorei a largar o hábito de folhear o *Diário*, um hábito matutino que se tornou incompatível com o meu abandono do mundo dos fatos, dos interesses concretos e das reputações públicas. Tempos depois, quando a tragédia irreal já tinha ocorrido, e eu respondia a um processo de apuração de responsabilidades, a promotoria usou recortes do *Diário* para embasar acusações contra mim, mas creio não ter captado bem o seu teor à época do processo (eu estava nos vales da catatonia) ou o ter esquecido logo depois (por obra de um desmemoriamento de conveniência ou de sobrevivência). De certa maneira, é como se o período entre a acolhida do Felipe na prefeitura e a tragédia mal houvesse existido, ou como se me tivessem sobrado apenas enevoadas sugestões de que ele de fato existiu.

* * *

Por outro lado, eu me recordo com uma clareza ofuscante de certos acontecimentos, em si ordinários, que se ligam à tragédia infernal, a qual ninguém poderia ter previsto (como eu acredito e como afinal foi decidido pela Justiça nos múltiplos processos ajuizados, embora não faltassem opiniões em contrário). Por exemplo, quando eu quero — e em geral não quero, mas me vejo forçado a fazer porque preciso repetidas e infinitas vezes medir e expiar a minha culpa —, eu revivo na memória o início de tarde em que o Felipe entrou na minha sala com uma garrafa de champanhe na mão, para brindar o início das obras do terminal GNL; e tomando impulso nesse marco, que eu arbitrariamente defini como o marco zero, vou pulando de acontecimento em acontecimento, como se cada um deles fosse um maldito e eficiente trampolim me levando para um destino predeterminado, arrasador. Revivo a manhã ensolarada em que, debaixo de uma ventania que levantava uma nuvem de saibro e de areia, eu visitei o local das obras pela primeira vez, ocasião em que me surpreendi, sem comentar nada com o Felipe, com a proximidade entre o terminal e a cidade. Revivo meu encontro fortuito com a Judia Petropolitana nas escadarias da prefeitura (ela subia, eu descia), quando ela, brincando de chutar as amêndoas que estavam espalhadas sobre os degraus, observou num tom entusiasmado, mas ao mesmo tempo casual, como se eu já conhecesse o fato, mas a verdade é que eu não conhecia, que as obras do gasoduto estavam avançadíssimas e deveriam ser finalizadas dentro de uns três meses, acrescentando que a torcida em Brasília era, claro, que a crise internacional que parecia iminente, em incubação nas economias asiáticas, não rebentasse antes disso. Revivo a noite em que a Tatiana recebeu-me em casa para jantar me oferecendo uma taça de vinho tinto do Douro e um envelope de papel pardo, que de imediato

194

abri e dentro do qual descobri fotografias que ela tirara dos reservatórios esféricos de gás natural liquefeito, que haviam sido instalados pelo consórcio naquela manhã. Revivo a cerimônia de inauguração, ou melhor seria dizer, de início das operações do terminal, uma cerimônia eufórica e cafona com fogos de artifício, escola de samba e uma absurda roda gigante, comandada pelo ilustre convidado de honra, o vice-presidente da República, que desceu do helicóptero transparecendo um olímpico mau humor, do qual não se desvencilhou nem um triz durante as poucas horas em que permaneceu no balneário, a ponto de cortar a faixa azul (que ajudei a segurar com um desgosto que eu, e apenas eu, sabia ser ainda maior do que o do vice-presidente) sem sorrir, fazendo uma cara sombria como se a qualquer momento pudesse cravar a enorme tesoura, que ele continuou segurando por tempo muito mais longo do que o necessário depois de cortar a fita, no peito de alguém. Revivo a manhã em que a dona Regina, incapaz de resistir à sua vontade, e em descumprimento da minha ordem de jamais me trazer o *Diário de Santo Trio*, entrou com um andar pomposo no meu gabinete trazendo a edição do dia, cuja manchete informava em letras garrafais que o meu índice de aprovação popular era o maior que jamais fora visto na história política da cidade. Revivo esses e outros momentos como se pulasse um caminho de pedras que despontam sobre a superfície de um rio, um caminho acidental, mas insolitamente linear, que, portanto, só pode levar a um único destino; e revivendo esses momentos alcanço, tantas vezes quanto desejo recordar esse passado ou me vejo forçado a recordar esse passado, aquilo que não se pode explicar nem tolerar.

* * *

Na tarde que antecedeu a tragédia, eu decidi voltar a pé para o trabalho depois do almoço. Era o vigésimo sexto dia seguido sem chuva em Santo Trio, o que significava que, se não pingasse nenhuma gota até a meia-noite, seria superado o recorde de período mais longo de seca no balneário, que havia sido estabelecido num distante e talvez inconfiável ano de 1937. Não se falava sobre outro assunto na cidade, e, durante a minha caminhada, fui relembrado da perspectiva de recorde por um cidadão aposentado, que, regando petulantemente o seu jardim em desafio das restrições de uso da água em vigor, queria saber qual era o meu palpite ("ou a ordem que o senhor deu a São Pedro", ele brincou, e eu ri, de um jeito forçado, mas sem aborrecimento). Eu disse que o recorde viria, sim, e ainda pedi um gole da água, o que deixou o senhor extasiado. Eu estava com um humor estupendo naqueles dias. As semanas de sol ininterrupto e de céu sempre claro infundiam em mim, e eu acreditava que em todos, uma sensação fantástica de invencibilidade e otimismo. Todos no balneário só falavam da seca, o que queria dizer: não estávamos vivendo nenhuma crise de fato, o que queria dizer: nada parecia tão mau.

Naquela tarde, ao pé da minha janela no escritório, perdi a noção do tempo enquanto observava os banhistas na praia, que estava tão lotada quanto no auge do verão. No céu imenso, pequenas nuvenzinhas brancas perdidas progrediam com lentidão; no manso lençol do Atlântico, o prodigioso casco de um navio-tanque fazia um risco borbulhoso, singrando com destino a algum porto desconhecido na costa setentrional da África. Ninguém me incomodou durante toda a tarde, e quando me cansei de espiar a vida do balneário em sua dança suave, mas obstinada, retomei minha leitura de *Short Circuit*, do Michael Mewshaw. Sonhei então com a carreira de tenista profissional que talvez eu pudesse ter tido, se as circunstâncias da minha infância houvessem se configurado de determinada maneira, e tive ganas de fazer algo pelo esporte no futuro. Apenas no fim do expediente, ou, a bem da verdade, quando o expediente já se encerrara, e só os ambiciosos, os loucos e os sonhadores permaneciam na prefeitura, Felipe veio até mim, carregando uma pilha de documentos que, conforme as normas municipais requeriam, cabia a mim assinar. Ele não me explicou do que se tratava a papelada, nem eu lhe perguntei sobre isso. Não discutíamos questões de trabalho e administração havia meses ou até mais de ano. Enquanto eu rabiscava meu nome nos lugares apontados pelos *post-its*, e me esforçava para não ler nenhuma linha de texto e, portanto, lutava para não ser contaminado pelos assuntos de governo, o que era mais difícil do que se poderia imaginar e exigia uma concentração sobre-humana, pois nossa atenção é de natureza inquisitiva, livre de preconceitos e mexeriqueira — enquanto eu produzia os arabescos que passavam como minhas assinaturas, e ao mesmo praticava minha complicada ginástica mental da indiferença, Felipe e eu conversávamos sobre um festival de amenidades. Mais uma derrota do Flamengo, que parecia fadado ao primeiro rebaixamento da sua história, em pleno Maracanã, sofrendo três gols do Santos no segundo tempo (culpamos as substituições infelizes feitas pelo radia-lista fantasiado de treinador Apolinho e a desatenção da dupla de zaga formada por Válber e Ronaldão); um filme americano, a que o Felipe assistira no cinema na véspera e de cujo nome não se lembrava, em que o protagonista se via obrigado a reviver um mesmo dia num ciclo interminável e aparentemente inquebrantável; uma nova garçonete da Bodega do Meio, uma moça loura de olhos verdes recém-chegada de Florianópolis, que vivia mascando chiclete e mantinha no rosto uma constante expressão de pasmo como se se perguntasse a todo instante o que estava fazendo com a própria vida, a quem o Felipe convidara para passear de lancha (uma lancha pertencente a um executivo bar-rigudo da Shell, que não a usava nunca e praticamente a dera de pre-sente ao Felipe) na manhã seguinte, que era uma manhã de sábado; e saindo de uma amenidade e entrando em outra, chegamos ao fim da pilha de documentos. Estávamos prontos, então, para cumprir a es-pécie de ritual que o Felipe inventara para encerrarmos o expediente das sextas-feiras. Ele foi até o bar que ele próprio havia montado num canto do meu gabinete, serviu-nos duas doses caprichadas de uísque 18 anos, sem gelo, e tomamos tudo num só gole, que me rasgava a garganta. Depois, como de costume, ele me deu um abraço, disse um "obrigado" que parecia sincero, embora nunca ficasse claro a que a gratidão se referia exatamente, e saiu. Ainda contemplei por algum tempo o céu alaranjado sob o crepúsculo, o mar que se agitava um pouco, a areia da praia já quase deserta, a plataforma de petróleo em infatigável operação, um navio-tanque que se acercava do porto para atracar, as esferas tão lisas que armazenavam o gás natural liquefeito a ser bombeado para o navio, as gaivotas que sobrevoavam tudo e pousavam aqui e ali seguindo uma lógica que me escapava. Depois, guardei o livro do Mewshaw e também saí.

Em casa, encontrei a Tatiana fazendo exercícios de técnica no piano — um *Steinway* de meia cauda que seu pai lhe dera de presente havia uns meses, com o objetivo de dar uma ocupação para os seus dias, se-gundo me disse. Surpreendentemente, ela vinha levando os exercícios a sério, e eu evitava perturbá-la. As portas corrediças que davam para a varanda estavam abertas, e um vento seco soprava sala adentro, viran-do, de quando em quando, as páginas do livro de partituras. O nosso gato cochilava sobre o parapeito da varanda, e fui até ele fazer carinho entre as suas orelhas. Ele mal se mexeu. Respirei fundo o ar salino, que parecia convocar algum sonho tortuoso e triste ou recomendar alguma guinada irrefletida na vida. Agucei o ouvido e constatei que faltavam só uma meia dúzia de arpejos e alguns exercícios de polirritmia. Voltei para perto da Tatiana, esperei que ela terminasse, dei-lhe a minha mão, o que era inusitado, mas espontâneo, e fomos, sorrindo como um casal de adolescentes apaixonados, esquentar nosso jantar. Ela havia preparado *boeuf bourguignon* e purê de batata e, entre garfadas e taças de *Malbec*, eu contei o que tinha acontecido durante o expediente na prefeitura (o que, no fim das contas, se resumia a relatar o que o Felipe e eu havíamos conversado); ela me inteirou, com entusiasmo, da viagem que fizera mais cedo a Angra dos Reis, com o intuito de fotografar as Ilhas Botinas; nós dois desejamos, não a sério, se bem que talvez emocionalmente a sério, que o período de seca jamais terminasse. Depois, a Tatiana retornou ao piano, para praticar versões simplificadas dos estudos de Chopin, e eu me acheguei à varanda, para ouvi-la a meia distância e submergir nas vagas possibilidades insinuadas pela maresia. Deitado na espreguiçadeira e vigiando o sono tranquilo do nosso gato, também eu acabei adormecendo.

Quando despertei, a Tatiana já não tocava o piano e o gato havia deixado o parapeito. Conforme me ambientava às circunstâncias, com o leve atordoamento de quem se vê acordando num lugar diferente do de costume, notei que o ar estava profundamente calmo, como se estivéssemos em meio a um eclipse total ou como se a terra estivesse na iminência de tremer. A sensação durou não mais do que alguns fugazes instantes, mas, enquanto durou, parecia que a passagem do tempo havia sido suspensa e em seu lugar havia se instalado uma paz fabulosa, uma paz derradeira e oca. Mas uma minúscula rachadura surgiu no ar tão calmo, e essa rachadura, como se fosse produzida por uma força diabólica, cresceu com uma velocidade imensurável e logo fez o céu despedaçar sobre aquele balneário por tanto tempo esquecido da costa fluminense.

Uma sucessão de explosões, que vinham da praia, levantou colunas de fogo sobre o horizonte. Objetos zuniam, como meteoritos candentes, sobre a cidade, e caíam sobre casas, árvores e carros, semeando o inferno. Gritos começaram a ecoar de todos os lados, primeiro de dentro dos lares, depois das ruas alvejadas. Eu continuava sentado na espreguiçadeira da varanda, paralisado pelo pânico ou por um horrendo fascínio. A Tatiana veio correndo até mim e me puxou para dentro da sala. Ouvimos o que parecia ser uma chuva de bombas esborrachar sobre o telhado. Saímos de casa, com a roupa do corpo, e pegamos o carro. Mas não conseguimos avançar mais do que um quarteirão, pois as ruas tinham se tornado um cenário de guerra. Pessoas carregavam feridos para as calçadas, galhos em chamas despencavam sobre o asfalto, famílias corriam sem rumo, carros explodiam, gritos de socorro ou de agonia misturavam-se numa sinfonia de desespero. Em choque, notávamos que uma ou outra voz era silenciada de repente, aqui e ali, pelos objetos flamejantes que continuavam despenhando dos céus. Não era mais a nossa rua: era uma anônima alameda do caos. Abandonamos o carro no meio da pista, diante de um homem que parecia agonizar, deitado e recolhido sobre si mesmo, com as duas mãos sobre o rosto, e que horrorosamente reconheci como um de nossos vizinhos. Ali nos separamos: a Tatiana tomou o caminho da casa do seu pai, que ficava mais afastada da praia e que devia portanto servir como um porto seguro; eu, o caminho que levava ao corpo dos bombeiros.

Quando cheguei, lá encontrei o Felipe, berrando ao telefone para tentar se fazer ouvir por sobre o estardalhaço das sirenes. Levantando uma sobrancelha para apontar outro aparelho que estava sobre a mesa, ele me passou um caderninho de anotações. Nele estava relacionada uma lista de nomes, acompanhados por números de telefone. Ao lado dos dois primeiros, havia um V de confere. Disquei o terceiro, e pedi ao sonolento prefeito de Paraty que enviasse com urgência à nossa cidade o maior contingente de bombeiros e equipes médicas que estivessem disponíveis. Telefonamos para todas as prefeituras das redondezas, para o governo estadual e para a presidência da República. Depois entramos num caminhão dos bombeiros e fomos levados ao terminal GNL, ou ao que restava dele. E pouco restava, em meio ao fogo, à morte e à destruição.

* * *

Em meia hora, oito dos 16 reservatórios esféricos de GNL que haviam sido instalados no litoral de Santo Trio rebentaram como bolas de fogo, lançando chamas e destroços pela cidade. Mais de oitocentas pessoas morreram e cerca de nove mil ficaram feridas.

Quase todas as vítimas fatais tiveram seus corpos incinerados com tal brutalidade, que sobraram apenas as cinzas — ou, para qualquer efeito prático, nem mesmo isso, porque as casas onde elas moravam, as mais próximas do terminal, foram calcinadas até o último tijolo, e, quando as chamas afinal se extinguiram, não remanescia naquele pedaço devastado do balneário nada além de dunas de escombros e pó.

Para além desse epicentro do terror, dentro de um raio de mais ou menos dois quilômetros, os fragmentos de metal incandescente precipitaram como confete do diabo; quem foi alvejado por um deles, morreu no ato ou sofreu lesões permanentes; quanto às casas e construções, em sua maioria não desabaram, mas ou teriam de ser demolidas, como a minha casa, ou teriam de ser submetidas a longas reformas estruturais, como a prefeitura. Por sorte — se é que se pode usar essa expressão para se referir a qualquer aspecto dessa madrugada atroz —, a plataforma de exploração de petróleo foi atingida por fragmentos diminutos, em pontos que não ofereciam riscos, e portanto não explodiu. Eu me lembro de ficar olhando para a plataforma, de dentro da cabine do caminhão dos bombeiros — de onde não permitiram que o Felipe e eu saíssemos enquanto não houvesse certeza de que os tanques de GNL que permaneciam intactos não se desmanchariam em novas bolas de fogo —, e de ficar durante todo o tempo temendo e de certa maneira esperando e até mesmo calculando as dimensões do desastre, caso a estrutura de extração de petróleo fosse imolada e detonada por algum projétil hediondo e erradio. Mas desse cenário tenebroso, desse círculo ainda mais baixo do inferno, o balneário foi afinal poupado.

O fogo crepitou até as onze horas da manhã seguinte, embora muitos dissessem que ele nunca parou nem parará de crepitar. O apoio das cidades vizinhas chegou durante a própria madrugada; o dos governos estadual e federal, um dia depois; e a eles foi-se juntando, em múltiplas frentes, por um longo período que ainda não terá se encerrado, o da comunidade internacional. Todas as atenções do mundo, em certo momento, pareciam estar concentradas na tragédia, e possivelmente estavam. De início, o que prevalecia era o choque, a comiseração, a dor. Mas esses eram sentimentos que só as vítimas e seus entes mais íntimos poderiam sustentar por um tempo mais dilatado. Quanto aos demais, inclusive ou talvez em especial os moradores da cidade que não haviam sido afetados diretamente pelo fogo, não demorou para que suas reações emocionais mais piedosas ou humanas dessem lugar a uma sanha vingadora, faminta por culpados. No tribunal das responsabilidades, que a opinião pública montou antes de qualquer providência formal ser tomada pelo aparato de Justiça, o principal culpado era naturalmente o prefeito, o principal culpado era eu.

E o pior era que o meu comportamento à frente do cargo, preciso admitir, não me ajudava. Eu, que já mal governava antes da tragédia, passara a governar ainda menos depois dela. Onde havia antes um tácito acordo de cavalheiros entre o Felipe e mim, havia agora apenas o vexame e o opróbrio da minha covardia. O balneário precisava de um líder, de um agregador, de um herói. E tinha apenas a mim, amarrado numa apatia e num recolhimento que eu seria o último a poder explicar, porque essa apatia e esse recolhimento eram a própria essência da minha identidade, eram o meu modo de ser no mundo.

Já nos primeiros dias depois da tragédia, eu soube que não conseguiria terminar o meu mandato. Já nos primeiros dias, eu soube que era uma questão de tempo até que eu renunciasse. Que tratassem minha renúncia como uma confissão de culpa, eu não me importava. O que eu não suportava era ver-me associado ao desastre, era viver no seu rastro de destruição, era precisar reparar de algum modo impossível suas irreparáveis consequências humanas, era estar encarregado do reerguimento da cidade, era ser o centro, em suma, de todas as responsabilidades. É lógico que eu compreendia que jamais poderia me dissociar da tragédia, que a minha vida seria para sempre uma nota de rodapé (ou um parágrafo, ou uma referência constante, ou um capítulo secundário ou central, ou toda a obra, a depender da visão dos fatos defendida por cada um) dentro da história da tragédia. Sim, eu compreendia isso, mas de qualquer maneira eu precisava tentar a distância. Eu precisava tentar estabelecer uma distância física entre mim e Santo Trio, e ver como as infinitas reverberações do desastre, como as ondas que se formam quando se lança uma pedra num liso espelho d'água, me alcançariam na outra ponta. Faltavam dois anos e meio para o fim do meu mandato quando sobreveio a madrugada infernal. Resisti no cargo por exatos três meses.

* * *

Não planejei o momento da minha renúncia. Um conjunto de circunstâncias talvez fortuitas, mas que eu via como o desdobramento necessário da calamidade, ganhou forma de pouco em pouco, e, por fim, era como se elas constituíssem um pórtico imaterial, pelo qual cabia a mim passar. E por ele eu passei.

O meu vice, o amável e articulado Dr. Fernandes, geriatra e clínico geral, sempre se mantivera distante dos negócios da prefeitura. O Felipe e eu o chamávamos, inclusive, de vice-perfeito. Sucedida a tragédia, no entanto, o doutor se transformou. A princípio em caráter informal, mais para frente com designação publicada no Diário Oficial do Município, e tudo por iniciativa sua e por um espírito de liderança que deve ter espantado até o próprio, o Dr. Fernandes assumiu o comando da força-tarefa de atendimento médico às vítimas. Uma vez que, nos primeiros meses, a recuperação dos feridos era um dos três únicos assuntos acompanhados na cidade — os outros dois eram a reconstrução da infraestrutura física e a apuração de responsabilidades —, era natural que o vice fosse procurado constantemente pela imprensa. Os jornalistas logo se surpreenderam com a gentileza, a transparência e a honestidade do Dr. Fernandes, que não era político e por conseguinte podia ser, como parecia ser e provavelmente era, um bom homem. Enquanto eu permanecia recluso, o doutor começou a receber perguntas sobre outros aspectos da gestão da cidade — afinal ele era vice-prefeito e não apenas o chefe das forças médicas especiais —, e, sendo um sujeito objetivo, respondia a tudo com o máximo de pragmatismo, sem subterfúgios ou presunção. Quando não sabia uma resposta, admitia isso sem meias palavras. Estavam todos desesperados por alguma humanidade, por alguma franqueza, e cada vez gostavam mais dele. Na véspera da minha renúncia, o doutor foi questionado pelo *Diário de Santo Trio* sobre seu interesse em concorrer à prefeitura, nas eleições seguintes. "Não tenho interesse pessoal no cargo, mas, se for do desejo do povo, vou aceitar a missão com muita honra e compromisso cívico", foi a declaração do Dr. Fernandes, na qual eu entrevi, com ou sem razão, certa malícia.

Na mesma tarde dessa entrevista, Felipe veio ao meu gabinete para ter uma conversa séria, e de pronto julguei notar ou imaginei uma conexão entre os dois eventos. Ele estava com um péssimo aspecto, o cabelo despenteado e os olhos fundos, como se estivesse sofrendo de insônia. Eu me perguntei se ele já vinha apresentando essa compleição arrasada nos últimos tempos, e eu, mal como ele, não percebera, ou se o abatimento que eu via era algo novo. Como ele estava diferente da imagem que eu preservara na memória! A imagem de um jovem e enérgico Felipe, trabalhando na procuradoria, um Felipe que eu tinha como o Felipe real e que, no entanto, não existia mais.

O que ele tinha a me dizer era simples e, no fundo, nada surpreendente. O desastre o havia levado a meditar constantemente, obsessivamente, sobre o seu manuscrito não publicado — que você nunca abriu, ele fez questão de afirmar, e eu não poderia desmenti-lo. Vivenciado o desastre, ele sentia que o manuscrito não refletia mais a fábula política que ele queria contar. Ou melhor, ele corrigiu-se: o desastre modificara a estrutura ou o arco narrativo da fábula política que ele tinha em mente e à qual ele desejava dar forma literária. O manuscrito que eu enfiara na minha gaveta estava, sob essa perspectiva, velho e defasado, e uma reescrita do texto, com o intuito de alinhá-lo aos novos sonhos que povoavam a sua cabeça, era urgente. Para tanto, ele precisava, mais uma vez, de tempo.

Não pude não ficar assombrado que a tragédia das explosões fosse encarada ou sentida, pelo Felipe, sobretudo como um acontecimento de significado ou repercussões literárias, mas não disse nada. Apenas quis saber quando ele planejava se desligar da prefeitura. Ele deu de ombros, explicou que a demissão ainda não estava madura de todo e que não desejava apressar as coisas, mas que ela viria em breve. Ou seja, a qualquer momento a partir de agora, eu disse, afetando surpresa. Ele confirmou, deu-me um abraço com uma expressão a um só tempo cômica e entristecida, o que, vindo dele, poderia ser simbolizar tanto uma despedida real quanto um mero deboche, e saiu.

Na penumbra do meu gabinete (desde a tragédia, eu mantinha as persianas fechadas e não acendia as luzes, salvo, de quando em quando, a do meu abajur de palha, para assinar a papelada que o Felipe me trazia, e para tentar ler algum livro, o que de imediato se revelava uma péssima ideia e um ato impossível), tentei medir o tamanho da minha solidão, ou antes me conscientizei da dimensão colossal da minha solidão. A Tatiana e eu não vivíamos mais sob o mesmo teto desde a madrugada de terror em que ela se refugiou na casa do pai. Encontrei o seu Maksym, executivo safo, naquela própria madrugada, acompanhando em pessoa, com um capacete amarelo, a luta dos bombeiros para apagar as chamas no terminal GNL. Ele me avistou na cabine do caminhão, da qual não me deixavam sair, e veio até mim, carregando um olhar ambíguo, que podia ser de pena ou de desolação. Ele me perguntou, de uma maneira ao mesmo tempo gentil e ingênua, o que talvez lhe fosse incaracterístico (mas o que não era incaracterístico sob aquele céu inflamado de Santo Trio?), se eu não queria me hospedar na casa dele, junto com a Tatiana. Mesmo sob o choque e o cansaço infinito daquela madrugada infame, eu tive a presença de espírito de recusar a oferta. Independentemente de qualquer relação familiar, ou ainda pior em vista dela, seria escandaloso que, enquanto a cidade ardia em chamas, o prefeito da cidade se homiziasse no lar seguro de um executivo de petroleira, que poderia muito bem ter alguma culpa, quando menos por negligência, pelas explosões. De modo que a Tatiana ficou sob a proteção do pai, e eu jogado numa pousada de família nas imediações da prefeitura, enquanto a nossa casa permanecia interditada pela defesa civil. Num primeiro momento, eu não sabia se a casa estava irreparavelmente avariada e teria portanto de ser demolida, ou se poderia tornar-se habitável de novo com uma boa reforma estrutural; eu mantinha, assim, a expectativa talvez ingênua de voltarmos a viver debaixo de nosso teto, passado um período nem tão longo assim. Porém, na mesma semana em que o Dr. Fernandes admitiu a possibilidade de candidatar-se a prefeito e em que o Felipe indicou que se demitiria em breve, um parecer técnico sentenciou toda a nossa quadra à demolição. Diante disso, não havia alternativa senão alugarmos um imóvel qualquer, uma casinha de três quartos minimamente digna, onde pudéssemos aguardar, com a paciência que se impunha, a construção do nosso novo lar, numa rua renovada, no marco zero do balneário. Ou havia, sim, uma alternativa, como eu viria a descobrir. Quem a enunciou para mim, como uma decisão já tomada que me cabia apenas aceitar, e não como uma ideia penosa ou incerta que poderíamos juntos explorar, foi a própria Tatiana, numa noite chuvosa em que comíamos um sanduíche na cozinha do seu Maksym: o divórcio. Não faltavam motivos para eu me sentir feliz ou aliviado com a perspectiva da separação, mas a verdade é que eu me senti horrendamente abandonado, terrivelmente sozinho. Ainda me restava, pelo menos, o Felipe, tanto quanto ele valia. Dias depois, entretanto, ele entraria no meu gabinete para avisar sobre sua intenção de partir. Aí, sim, na penumbra do meu gabinete, naquela tarde, eu compreenderia que a minha solidão não tinha fim.

* * *

Nesse dia, passei a noite em claro, numa agitação desorientada. A princípio, eu não me sentia diante de nenhum dilema propriamente intelectual ou racional: a minha mente não se contorcia diante de alternativas precisas, mas dificílimas, ou de caminhos bem demarcados, mas acessíveis somente depois da queda de um precipício. Eu oscilava, zonzo, como que inebriado, entre estados de espírito cujo significado me parecia fugidio ou críptico, embora nem por isso deixassem de exercer um imenso magnetismo, que se originava do desespero. À medida que as horas transcorriam, no entanto, iam ficando mais nítidos os contornos do conflito que se havia estabelecido diante de mim, um conflito que punha, de um lado, a minha salvação pessoal, e, do outro, o estoicismo cívico. Eu atinei que a solução desse conflito implicaria uma ruptura sem volta.

Quando a claridade da manhã começou a filtrar-se através da cortina puída do meu quartinho de pousada, tingindo-o de irreais tons gelados, eu descobri que a minha decisão já havia sido tomada. Descobri isso como se não fosse eu quem a tivesse tomado. Descobri isso como se a decisão me tivesse sido revelada. Eu me sentia, por conseguinte, isento de responsabilidade, em paz.

Fui o primeiro a chegar à prefeitura. Meus passos ressoavam nos corredores despovoados com um eco de tranquila autoridade. No meu gabinete, arranquei uma folha pautada e tomei da caneta. Em minutos, tinha diante de mim as três frases que consubstanciavam o ato irretratável da minha renúncia.

Sentado, fiquei observando as voltas dos ponteiros do relógio, em cujo fundo se via o desenho da costa de Santo Trio. Talvez tenha cochilado. Quando conferi novamente as horas, constatei que já passava das dez e que portanto o Felipe já devia estar na sua sala, folheando o jornal. Fui até lá e encontrei-o ouvindo com um semblante fleumático as palavras que alguém lhe dizia ao telefone, provavelmente algum de nossos secretários. Naqueles tempos, a minha simples presença ao batente da porta era o suficiente para indicar que algo inominável havia acontecido, e o Felipe, alarmado, balbuciou umas desculpas que ninguém do outro lado da linha poderia ter entendido e bateu o fone no gancho. Minha percepção estava afiadíssima, como se minha vida estivesse em perigo ou como se eu soubesse que me lembraria daquele momento até o fim dos meus dias — conceitos incompatíveis que paradoxalmente se mesclaram dentro de mim como se se tratasse de uma e mesma coisa —, e com clareza sublime notei, enquanto dava a meia dúzia de passos até a mesa do Felipe, que a prateleira superior da estante à minha esquerda já estava esvaziada pela metade; os livros que antes se perfilavam naquele pedaço agora desocupado já deviam estar preenchendo a caixa de papelão, ainda sem lacre, que despontava ligeiramente detrás da porta.

Dessa vez, ele não iria embora antes de mim. Entreguei a ele a minha nota de renúncia, pedindo que ele a protocolasse na Câmara e desse conhecimento do meu ato ao Dr. Fernandes. Não sei se vi ou se imaginei ver os olhos do Felipe encherem-se de lágrimas. Ele me deu um abraço longo e forte. Entretanto, quando nos soltamos, o rosto dele não revelava nenhum sentimento, exceto, talvez, o de alívio. O telefone dele não cessara de tocar nem um segundo desde que ele o desligara abruptamente, e ele por fim foi atendê-lo, levando minha nota nas mãos. Saí da sala, deixei a prefeitura sem me despedir de ninguém e corri para a minha pousada. Paguei o que devia, entrei no carro e peguei a estrada para o Rio de Janeiro.

Só parei quando cheguei ao Arpoador. Num quiosque qualquer, pedi uma água de coco e fiquei assistindo ao balanço do mar. Umas ondas pequenininhas, quase marolas, quebravam perto da pedra, e os surfistas olhavam para elas de fora d'água, com um ar melancólico. Ao lado deles, suas pranchas, espetadas na areia, brilhavam lisas e secas, artefatos inservíveis iluminados pelo sol de uma da tarde. Era um dia de trabalho, e as praias não estavam cheias, mas mesmo assim um monomotor surgiu de repente no céu, puxando uma longa faixa que fazia propaganda de um bronzeador. Crianças saíram correndo pelo calçadão tentando acompanhar o voo. Na areia, entre cangas, rodas de futevôlei e raquetadas de frescobol, vendedores ambulantes caminhavam com lentidão, gritando o nome de marcas de picolé, de biscoito de polvilho e de bebidas. Banhistas saíam e entravam no mar gelado numa caótica coreografia.

Um senhor desconhecido chegou ao quiosque, sentou-se a uma mesa vizinha à minha e se pôs a ler *O Globo*. Por instinto, procurei nas manchetes de capa a notícia da minha renúncia, algo que seria cronologicamente impossível. Recordei que, como qualquer outra pessoa, eu viajava num trilho do tempo, e que o meu futuro teria para sempre certas orientações pré-definidas e certo leque de territórios alcançáveis. Em algum plano, eu sabia que precisava tentar apagar aquela madrugada trágica em Santo Trio, e que para isso eu precisava viver no litoral e passar milhares de noites tranquilas ou vagamente normais diante do mar. Entretanto, seria impossível viver à beira das mesmas águas atlânticas que tangiam o litoral de Santo Trio. Inconscientemente, eu já me ocupava de buscar um novo balneário onde pudesse passar o resto dos meus dias.

CAPÍTULO 4

az mais ou menos duas semanas que fiquei cara a cara com o japonês das anotações na Cantina Vico. Desde então, venho tentando me desvencilhar de todos que conheço em Santo Trio, salvo o eternamente bom Emil, de quem, no mais, de certa maneira ainda dependo. Por "todos", refiro-me, em essência, à Caoimhe e ao Gaspar, nos quais perdi a confiança, se é que se pode perder a confiança em quem nunca se confiou. Foi tentando me afastar deles que atinei para duas realidades, uma nova e uma antiga.

A nova consiste no fortalecido interesse, para não dizer obsessão, que a minha namorada e o meu amigo agora demonstram em estar comigo, em me oferecer conselhos, em zelar pela minha saúde e pelo meu futuro. Durante o dia, a Caoimhe e o Gaspar aparecem várias vezes na loja de encordoamento — mas sempre em horários distintos, como se tudo fosse cuidadosamente combinado entre eles —, para visitas rápidas, de médico.

A antiga realidade, que era óbvia e inescapável quando cheguei à Colômbia, mas se esvaeceu até o esquecimento com o passar do tempo, diz respeito às dimensões ínfimas de Cartagena das Índias.

O fuzuê da turistada na praia, as obras e as construções que pululam por toda a cidade, o gira-gira do dinheiro dos aposentados americanos e europeus que vêm se fixar na cidade, tudo faz crer, para quem não sai daqui já lá se vai mais de uma década, como eu, que Cartagena é uma metrópole costeira. Não é, ou eu não estaria me deparando com a Caoimhe e com o Gaspar em lugares aleatórios da cidade, como vem ocorrendo nas últimas duas semanas. Ainda que eles estejam ficando de tocaia, como eu sei que estão: em Nova York ou Jacarta, digamos, eles não teriam sucesso a toda hora, como têm tido em Cartagena. Pois na orla, nas imediações do *Complejo de Raquetas*, em restaurantes, à toa em qualquer calçada de Bocagrande e de outras vizinhanças, não importa: lá está ela ou lá está ele. (Quando tentam colar em mim para conversar, no mais das vezes eu me afasto com desculpas frágeis e passo acelerado; no entanto, logo depois, contra a minha vontade, me sinto terrivelmente mal.) Longe de ser uma metrópole, Cartagena é na verdade uma caixinha fortificada debruçada sobre o oceano. E eu sinto que tem me faltado ar dentro dessa caixinha.

* * *

Quem não me segue mais é o japa das anotações — que, afinal, não é japonês, mas coreano. Ou melhor, metade do seu sangue é coreano, pois seu falecido pai era natural de Seul. A outra metade é brasileira e vem de sua mãe, uma goiana de Anápolis. Sua única nacionalidade, entretanto, é norte-americana. Ele se chama Alex Park e nasceu e foi criado num subúrbio de classe média baixa nos arredores de Miami. Formado pela *Columbia University*, trabalhou como copidesque e mais tarde repórter na redação do *Washington Post*, de onde saiu para incorporar-se aos prestigiosos quadros da *New Yorker*, onde labuta há cinco anos, assinando matérias longas de periodicidade em regra trimestral. Quando ainda era copidesque, escreveu um romance caudaloso, uma história familiar que atravessava três gerações e se desdobrava por três continentes (incluindo, claro, o sudeste asiático e a imensa América), que saiu por uma editora independente, não teve repercussão para além de boletins literários que ninguém lê, e do qual ele parecia agora em alguma medida se envergonhar.

Tudo isso ele me contou na varanda da Cantina Vico, na madrugada em que o confrontei. A princípio, ele usou um português excêntrico, idiossincrático, que às vezes soava como uma obra de arte autoral, às vezes como um código inovador passível de ser patenteado: suas frases eram muito compridas (ou antes eram enunciadas com extrema lentidão, o que na linguagem oral significa a mesma coisa), embora paradoxalmente tivessem uma estrutura sintática mais inglesa do que portuguesa, e apresentavam uma cadência rítmica exótica que eu supunha ser coreana, não obstante os fonemas, tomados isoladamente, tivessem uma inequívoca e quase perfeita articulação lusófona. Para completar, o seu sotaque puxava para aquele curioso amálgama das prosódias paulista e mineira que distingue o jeito goiano de falar.

Eu o ouvia a uma distância mínima, como se ele estivesse me contando um segredo. Porque o português não lhe vinha com naturalidade, e o seu uso portanto lhe deixava algo inseguro, o Park falava num tom de voz muito baixo, não exatamente aos sussurros, mas como se desatasse suaves e frágeis vocábulos, que me cabia apanhar com cuidado e encaixar na delongada sequência do discurso. Era um processo cansativo para os dois (para mim, além de cansativo, era também esquisito e talvez temerário), e, com o tempo, algumas palavras em português iam sendo por ele substituídas por seus equivalentes em inglês, até que de repente percebemos, para nossa mútua surpresa, que ele abandonara de todo o português e já falava há algum tempo frases completas em inglês. Diante disso, ele gargalhou. Eu não conseguia rir, mas com alívio afastei meu rosto do dele e recostei-me na cadeira. Por não o ter acompanhado na gargalhada, eu me senti forçado a fazer algum comentário para compensar, e observei que eu havia frequentado um MBA no estado de Nova York, em Buffalo, numa outra vida. Ele fez cara de assombro, no qual não pude acreditar nem tolerar. É verdade que, por um lado, ele não explicitara ainda por que vinha me seguindo, e sendo assim eu não poderia ter certeza sobre a amplitude do conhecimento que ele dominava a meu respeito; por outro, era inquestionável que ele vinha me seguindo de perto nas últimas semanas (ou meses?), e sendo assim ele jamais poderia ignorar um fato tão elementar na minha biografia quanto o MBA que eu cursara na SUNY de Buffalo, de que havia registro até no meu verbete pessoal na Wikipédia. De maneira que, contra a minha natureza ou, quando menos, contra a minha estratégia circunstancial durante a nossa conversa, eu o fitei com uma petulante incredulidade. Ele de imediato baixou os olhos, numa demonstração de deferência oriental que me esforcei para não levar a sério, e ficou com uma expressão séria, como se estivesse velando em silêncio algo valioso que acabara de ser perdido. Quando ele tornou a falar — eu esperava que ele fosse prosseguir no inglês, mas decidiu retornar à sua variante quimérica do português —, eu me dei conta de que o assombro que ele manifestara há pouco não era uma reação direta ao que eu lhe dissera; o assombro era, na verdade, um reflexo da percepção, à qual o meu comentário ou o meu olhar o levara, de que seria impossível continuar adiando as explicações que ele me devia. Eu compartilhara uma informação pessoal e, por meio desse ato na aparência insignificante, fizera a reunião entre a minha pessoa de carne e osso e o ex-prefeito de Santo Trio; diante dessa explicitação no fundo involuntária da minha identidade, o Park se vira encurralado. Chegara a hora de interromper o arrastado e sinuoso relato de sua própria vida, e explicar por que ele estava em Cartagena e por que vinha seguindo e estudando os meus passos.

Quando ele por fim levantou a vista e tornou a falar, o assombro já havia esvaecido, e o que distingui no seu rosto foi acima de tudo uma medida incalculável de resignação. Sob ela, contida com rigor pela sobriedade coreana, julguei entrever também certa euforia, ou talvez mais propriamente o elã de quem começa a desfazer um enigma, diante de olhos abismados. Ele estava falando novamente no tom quase inaudível que era o tom de costume do seu português, e eu me inclinei sobre a mesa para conseguir ouvi-lo. Suas frases tinham a cadência de uma suave prece e, pelo menos a princípio, me pareceram tão inofensivas quanto:

Foi o meu editor na *New Yorker* quem me mandou aqui pra Cartagena. A revista decidiu publicar um perfil a seu respeito, pra marcar os dez anos do desastre de Santo Trio, e sou eu que vou escrever o texto.

* * *

Tenho comigo um conjunto de fichários, algo em torno de dez, nos quais coleciono informações sobre as 892 vítimas fatais do desastre de Santo Trio. Comecei a montá-los não muito tempo depois de me mudar para Cartagena. No início, penei para conseguir material, pois a internet ainda não existia ou estava em seus ocultos e inacessíveis primórdios. Comecei visitando pacientemente os arquivos de jornais colombianos, sediados na capital Bogotá e em cidades de influência regional; entretanto, folheando as edições antigas, de papel já amarelado e ressequido, não achei mais do que uma meia dúzia de reportagens em que um enviado especial do *El Tiempo* retratava, com indiscutível dignidade, as dimensões humanas da tragédia, e do que uma porção de reproduções de agências internacionais, que relatavam em detalhes as investigações técnicas e os processos de responsabilização, mas poucas linhas dedicavam às vidas perdidas. O que eu queria estava disponível apenas, claro, no Brasil — se é que estava disponível em qualquer lugar, na medida que eu desejava.

Eu não seria capaz nem tinha expectativa de um dia ser capaz de viajar para lá, mas afinal, depois de meses lutando contra mim mesmo, consegui fazer torturantes telefonemas para alguns dos meus ex-secretários, nos seus números pessoais. A única que encontrei, ou a única que aceitou receber a minha chamada, foi a Judia Petropolitana. Minha ideia não era solicitar a ajuda dela, mas sim perguntar pelo paradeiro do Fardoni. Fui breve. Ela me disse que não sabia, mas ia procurar saber, e pediu que eu retornasse dentro de uma semana. Fiz isso, e ela então me transmitiu o número de um escritório de advocacia chamado *Fardoni & Fardoni*. Pelo prefixo, soube que o escritório estava localizado em Angra dos Reis. Tentei inúmeras vezes, mas a recepcionista invariavelmente alegava que o Fardoni estava ocupado e não podia me atender. Compreendi que ele jamais me atenderia e resolvi lhe escrever uma carta, explicando o motivo do meu contato e solicitando sua ajuda. Num sentido estrito, ele nunca me respondeu, pois nunca li em retorno uma única linha de sua esmerada caligrafia nem ouvi a sua voz mansa; num sentido mais amplo, ele me respondeu repetidamente, pois, a partir da semana seguinte, comecei a receber toda sexta-feira um envelope contendo matérias de jornal, fitas VHS e um ou outro livro sobre as vítimas do incêndio. As remessas vindas de Angra chegaram infalivelmente por meses a fio, até que de repente sustaram. A última remessa foi um grande e pesado pacote, que continha os três volumes de uma obra de homenagem às vítimas que a prefeitura de Santo Trio havia recém-publicado com patrocínio das petroleiras. Em cada uma das páginas, via-se a fotografia de uma vítima e lia-se uma pequena nota biográfica de sua vida interrompida. Diante da publicação da obra, o Fardoni haverá de ter achado que o meu esforço memorialístico, e o papel que ele aceitou desempenhar dentro da minha iniciativa, podiam ser encerrados.

Entretanto, eu não parei de colecionar dados sobre os falecidos, e o surgimento da internet abriu novas possibilidades de pesquisa. Aos poucos, fui preenchendo o que hoje monta a mais ou menos dez fichários abarrotados. Guardo-os dentro de um cofre chaveado, e ninguém além do Fardoni pode suspeitar de sua existência. Em que pese isso, tenho sofrido, nas últimas semanas, com o temor de deparar com o Alex Park compulsando-os distraidamente, na varanda da Cantina Vico, enquanto toma notas num caderno e dá golinhos em sua água de coco.

* * *

Comecei a frequentar o *Complejo de Raquetas* diariamente. Pela manhã, assisto a partidas de duplas de aposentados e brinco de adivinhar, pelo estilo dos golpes, se eles jogavam tênis na época das raquetes de madeira ou se aprenderam mais recentemente (quando ocorre de os quatro jogadores serem praticantes recentes, o que é raro, noto que o meu interesse se sustenta por pouco tempo; nutro uma expectativa instintiva de que senhores de certa idade tenham uma história com o esporte, e me parece quase errado que não tenham). De tarde, volto ao clube para acompanhar o treinamento dos juvenis. É um treinamento intenso, pois todos competem em torneios, e percebo que às vezes se instaura um clima marcial sobre as quadras. Mesmo nesses momentos mais duros, todavia, não deixa de haver beleza nas atividades, pois os meninos ainda têm, todos, esperança. Num bloquinho que carrego sempre no bolso, tenho anotado os nomes dos atletas e, sob os nomes, os meus palpites sobre seu provável futuro no esporte. Minha intenção é conferir no site da ATP, em dez anos, se algum deles alcançou o circuito profissional. Suspeito que um ou outro chegará lá, mas não vejo nenhum deles no top 100.

Pela manhã, quando estou no *Complejo* assistindo às duplas, sonho em me mudar para outro país, para outra cidade litorânea, e comprar uma casa com amplo terreno, onde possa construir uma quadra de tênis; nela, passaria os dias rebatendo bolas lançadas por uma daquelas máquinas automáticas. De tarde, vendo os meninos, sonho novamente em me mudar para essa mesma cidade inominada e ensolarada, mas, em vez de construir para mim mesmo uma quadra privativa, planejo montar uma academia de tênis, uma espécie de Bolletieri humanizado. Mas são sonhos que pertencem, no fundo, mais ao *Complejo de Raquetas* do que a mim. Quando deixo o clube, e encontro a Caoimhe ou o Gaspar me aguardando de tocaia pelo caminho, perco a disposição de viver o futuro. Quero apenas alcançar a minha loja de encordoamento e dividir o silêncio com o bom Emil, enquanto o silêncio puder durar.

* * *

Depois de me contar que estava encarregado de escrever um perfil a meu respeito, Alex Park afirmou algo que, em si mesmo, não era nenhuma novidade e devia ser óbvio para qualquer um que houvesse ouvido sobre a tragédia de Santo Trio. À medida que ele desdobrou aquela afirmação quase trivial em direções inesperadas, entretanto, me pareceu claro que ela tinha contornos sombrios, os quais ele não cuidou de explicar ou desfazer. Ao contrário, ele parecia ter prazer em reforçá-los, com sugestões elípticas. O Park disse: descobri que existe uma teia de rancores e de desejos de vingança contra você, o que era óbvio. Mas, em seguida, ele acrescentou, como se montasse uma história intencionalmente incompleta: "nunca fui a Santo Trio, nunca pisei no Brasil"; "amanhã, vou fazer reservas de voos e de hotel"; "as únicas pessoas que sabem do perfil encomendado são o meu editor, um ou outro colega da *New Yorker*, alguns dos seus conhecidos aqui em Cartagena e, agora, você"; "dias depois de ter chegado à Colômbia, comecei a receber e-mails anônimos, supostamente escritos por parentes de vítimas, por membros do seu governo e por testemunhas oculares, mas que parecem todos escritos pela mesma pessoa, alguém com incrível inteligência verbal e que te conhecia muito bem"; "estou sendo sugestionado a abandonar o meu trabalho jornalístico, ou a executar determinadas funções em paralelo ao meu trabalho jornalístico"; "gostei de Cartagena de uma maneira que nunca pensei que fosse gostar, e tenho sentido vontade de ficar por aqui, de me esconder aqui como você se escondeu, e só

215

me falta mesmo o dinheiro"; "a partir de agora, vou me dedicar a descobrir se existe alguma esperança de conhecer as reais intenções de alguém, a estudar, dentro de mim, se isso realmente importa, e a avaliar o que fazer em consequência, seja de um jeito ou de outro, no papel e na vida".

Depois, como se houvesse retomado o discurso profissional sóbrio e neutro, o Park disse que eu ficaria um bom tempo sem vê-lo, pois, com o encontro que estávamos tendo naquela noite, se concluía a primeira etapa da preparação do seu ensaio. Ele seguiria, então, para Santo Trio, e de lá para qualquer outra cidade brasileira onde porventura estivesse residindo alguém com algo importante a relatar sobre mim ou sobre o desastre. Perguntei quando ele pretendia voltar, e ele me respondeu que era impossível saber. Quando afinal voltasse, ele adiantou, gostaria de realizar "sessões de bate-papo" comigo ("entrevistas", ele havia dito primeiro, mas imediatamente se corrigiu). Eu devo ter feito cara de contrariedade, porque ele logo procurou me tranquilizar: é do seu interesse, acredite: é sempre melhor falar com a imprensa, ainda que se fale bobagem, do que bater a porta; não tenho viés negativo nem má vontade, mas o desprezo ou o desdém do perfilhado (ele fez um contorcido esgar de dúvida ao falar a palavra) são um dos fatores que podem me fazer mudar de ideia. Quis saber quais eram os outros, e ele deu um discreto risinho oriental. Levantando-se, ele disse: são muitos fatores, mas a maioria diz respeito a mim e não ao... perfilhado.

Antes de dar meia-volta e ir embora, ele fez um V com os dedos da mão direita e colocou-os sob os seus olhos, como se quisesse me alertar que deixaria agentes no meu encalço em Cartagena. Já alguns passos adiante, ele se virou entre duas mesas apinhadas de comensais na Cantina Vico e tentou, por sobre a balbúrdia dos embriagados, me dizer algo, que entendi primeiro como "constrói um palácio da memória", depois como "seus amigos eram e são a escória", mas podia muito bem ter sido outra coisa.

* * *

A Caoimhe anda com uma ideia fixa: escrever um roteiro de série centrado na minha trajetória em Santo Trio. Em geral, essa ideia é a primeira e a última coisa sobre a qual ela fala quando vem me visitar

216

na loja de encordoamento, ou quando nos encontramos pelas ruas de Cartagena. Descontados o fio narrativo principal, que percorre a essência incontornável dos fatos, e o tom dramático predominante, que é de tragédia com pitadas contraditórias de autodestruição e superação pessoal, a Caoimhe não tem certeza sobre nada. Ela fica, assim, me importunando com mil perguntas, para que eu a ajude a definir elementos de composição do enredo: aspectos jurídicos, personagens secundários, sentimentos da opinião pública, a ação das multinacionais, o relacionamento com outros entes federativos, etc. etc. Eu nunca respondo a nada nem faço comentário algum, o que a deixa terrivelmente enraivecida.

A verdade é que eu responderia a tudo que ela perguntasse, porque estou me sentindo cada vez mais exausto da reclusão (da minha reclusão e também da reclusão que impus sobre o meu passado), mas não cedo porque ela própria se nega a me esclarecer a relação que mantém com o Park e o que já conversou com ele. Ontem, sem paciência de continuar ouvindo os questionamentos que ela me fazia sobre o perfil do morador médio de Santo Trio, antes e depois do início das obras da plataforma de petróleo, eu disse a ela: idiota e inconveniente como você. Até o Emil olhou para mim com cara de assustado. Achei que ficaria pelo menos um tempo sem voltar a ouvir dela a respeito do projeto de seriado, mas hoje ela apareceu cedo na loja e começou a falar, como quem pensa em voz alta, sobre um ou dois possíveis pequenos comércios que pudessem servir de locação para o núcleo dos populares, e falou com leveza, como se ontem não tivesse havido nada.

* * *

O Gaspar disse que me inveja. Eu não ouvia algo assim há pelo menos dez anos, se é que um dia já tinha ouvido. Ele disse a frase de supetão, mas com a voz segura e quase aborrecida de quem descreve um fato histórico conhecido de todos ou aponta um objeto que qualquer um pode olhar e ver. Estávamos, até então — ele, Emil e eu —, imersos num profundo silêncio, um silêncio que era no entanto bastante intranquilo para mim e quero crer que para os outros dois também, pois se instalara pela minha recusa praticamente absoluta de conversar ou até mesmo de reconhecer que o Gaspar

217

estava dirigindo palavras a mim. Eu estava encordoando uma *Head Ti. Radical* e acompanhando a final de Wimbledon de 1980 apenas pela parcimoniosa e elegante narração de Dan Maskell; o Emil e o Gaspar, imagino eu, assistiam à fita da partida, ou mexiam em seus respectivos celulares, ou cismavam sobre questões transcendentais ou frívolas. Seguíamos dessa maneira, para o bem ou para o mal, até que o Gaspar revelou sentir inveja de mim, empregando a mais singela e infantil das construções frasais.

Interrompi de pronto o meu encordoamento e procurei o Gaspar com o olhar. Ele estava sentado numa banqueta, com as costas impecavelmente, altivamente retas, e, embora estivesse bem diante da televisão, quase sob a tela, virava-se para mim. Olhei para ele com vontade ou com a intenção de rir, mas a expressão que descobri em seu rosto trigueiro e muito vincado me congelou. Em regra, o mexicano não apenas não demonstra sentimentos, como passa a arrepiante impressão de não os ter; naquele momento, contudo, seu rosto estava tomado por uma gravidade melancólica, como se ele estivesse contemplando um poço muito fundo e acreditasse distinguir, lá embaixo, o tênue reflexo das verdades eternas sobre a vida. Num repente, entretanto, sua expressão se transformou, desabando num aflitivo desespero, como se aquilo que ele temia por fim houvesse ocorrido: o reflexo se dissipara, levando com ele a compreensão das verdades vitais. Mas essa transformação durou só alguns instantes, e, ao tornar a falar com o intuito de me explicar o motivo da sua inveja, o Gaspar já estava de novo com uma compostura mais grave, tingida de uma melancolia serena. O que ele tinha a dizer era filoso-fante como de costume.

"Eu te invejo, Pedro, porque você sabe exatamente em que momento e por que razão a sua vida saiu dos trilhos. Enquanto isso, os outros mortais — o Emil, eu e qualquer ser humano comum — só percebemos que os nossos sonhos se tornaram inalcançáveis tardia-mente: primeiro, como uma sensação vaga e desconexa; e só depois como um entendimento racional. De qualquer modo, se tentamos investigar o nosso passado em busca de um fato específico, de uma virada decisiva pra ruína, ou nós cravamos o motivo equivocado, ou somos incapazes de dar sentido ao que aconteceu, pois tudo se confunde e se mistura num mar de banalidades".

"Mas de que importa saber o motivo do fracasso?" eu perguntei." "O que importa é saber que toda vida acaba no fracasso, ou melhor, *se acaba* no fracasso".

Ele não me ouviu, ou me ouviu, porém considerou mais urgente corrigir a metáfora que ele mesmo tinha empregado". "Não, não é exatamente um mar de banalidades. É um imenso deserto onde supostamente existe uma chave perdida. Estamos sozinhos e não temos mais do que uma peneira miserável nas mãos, que usamos pra minerar as areias de bocado em bocado. Mas mineramos, mineramos e não encontramos nada, o deserto parece infinito ou é de fato infinito, se comparado à quantidade de tempo de que dispomos pra minerar, e assim estamos condenados a jamais encontrar nada".

"Pode ser, mas eu acho que você também já encontrou a sua chave, Gaspar, eu disse, só por espírito de provocação".

"De certa maneira, sim: a chave pode vir em diferentes formatos, e a minha cabe aqui, ó, dentro desse coldre, ele disse, sério, fez um estranho ruído na garganta como se estivesse cortando algo, e se virou para a televisão, que mostrava o interminável *tie-break* do quarto set entre Borg e McEnroe".

* * *

Repentinamente, deu-me na telha de googlar o nome das três pessoas que foram mais importantes para mim durante o período em que morei em Santo Trio. Eu não estava atrás do que se escreveu sobre eles na época da tragédia ou em conexão com ela, mas, sim, de informações ou pistas sobre o que eles haviam feito de suas vidas desde então. Não suportei avançar as páginas de resultados por muito tempo, e na verdade não demorei a me arrepender da empreitada toda, mas o que vi foi o suficiente para me decepcionar e para me intrigar. Simplesmente não encontrei nenhuma menção significativa nos últimos dez anos à Tatiana, ao Fardoni e ao Felipe, como se os três tivessem meticulosamente procurado esconder-se e proteger-se sob o anonimato. A sensação era que os três almejavam desaparecer de uma maneira ainda mais cabal do que as próprias vítimas fatais do desastre, que ao menos são lembradas em páginas de homenagem. Que eu tivesse feito o mesmo desde então, parecia-me compreensível, em vista do cargo que eu ocupava; os três, por outro lado, haviam tido envolvimento menos direto (ou até mesmo periférico) na tragédia, e eu julgava que poderiam de todo direito iniciar novas vidas do zero e sem constrangimentos. Ou eu me equivocara quanto a isso, ou os motivos do desaparecimento virtual do trio eram outros e insuspeitados.

Sobre a Tatiana, achei uma única referência, que dizia respeito a uma exposição fotográfica de que ela supostamente participou três anos depois do desastre, na cidade de Caravelas na Bahia, por volta da Páscoa; a página continha uma enorme coleção de retratos do coquetel de abertura, mas procurei o rosto dela entre os presentes e não o encontrei.

Sobre o Fardoni, achei uma entrada frugal na telelista eletrônica de Angra dos Reis, registrando o endereço e o telefone do seu escritório de advocacia. Tive a curiosidade de acessar os portais da justiça estadual e federal do Rio de Janeiro, e surpreendentemente não encontrei um único processo judicial indexado no nome dele. Por um segundo, conjecturei que seu escritório talvez se dedicasse exclusivamente à advocacia consultiva, mas logo me dei conta de que essa era uma hipótese absurda.

Sobre o Felipe, achei uma referência misteriosa: num blog que continha uma única postagem, o herdeiro de um sócio emérito do Instituto Histórico e Geográfico Brasileiro publicara a relação de livros que seu falecido pai decidira doar a várias instituições, entre elas a Academia Brasileira de Letras; perdida na lista composta por milhares de obras, lia-se a menção a certo *Litoral Noir*, de Felipe Carvalheira (edição do autor).

Era tudo demasiadamente frustrante. Pensei, sem muita convicção, em googlar os nomes do Alex Park, da Caoimhe e do Gaspar, mas não tive coragem e fechei o computador.

* * *

O tempo flui numa única direção, rumo ao inevitável futuro, mas há duas maneiras de viajar dentro dele. A primeira é a dos jovens e dos otimistas: marchando resolutamente adiante, de cabeça erguida para distinguir e para tentar influenciar o que está vindo pela frente. A segunda maneira é própria dos velhos e dos desiludidos, e consiste em deixar-se levar adiante com a vista direcionada ao passado, o qual, conforme se prossegue na irrefreável viagem, vai retrocedendo e se tornando cada vez mais impreciso e opaco. Nesse último caso, nossas costas é que estão voltadas para o futuro, que sobrevém, portanto, como se fosse o produto imprevisível de uma mágica insuficientemente conhecida — embora, a bem da verdade, o nosso olhar exausto já não se surpreenda com nada.

A tragédia de Santo Trio me fez dar meia-volta e mudou a perspectiva com que prossigo em minha miserável e inútil jornada ao longo do tempo. Desde a tragédia, só contemplo o que passou, e tudo o que passou parece ou um prólogo fadado a desembocar nas chamas, ou uma tentativa debaldada de escapar delas. A chegada do Alex Park, entretanto, sucedeu como uma labiríntica cutucada (elas existem) no meu ombro: por um lado, é como se ele houvesse apontado o dedo para o meu passado e pedido que eu explorasse regiões da memória que eu preferiria não revisitar. Por outro, eu sinto como se, ao me demandar ou sugerir essa expedição ao passado, ele me obrigasse a fazer o contrário, a dar outra meia-volta, agora de autoproteção, e voltasse a marchar virado para a frente, com desejos de futuro. Mas isso é algo que não posso querer, algo que não me é legítimo querer. Nesse cabo de guerra, a sensação que tenho é a de que vou acabar olhando para a lateral, o que talvez seja impossível e implique, no fim das contas, a queda definitiva nas frestas do tempo.

Comentei isso com o Gaspar, com quem temo ter voltado a conversar normalmente apesar das minhas desconfianças, numa tarde em que ele tornou a aparecer na loja de encordoamento. Ele tomou minhas reflexões como um "desdobramento poético" ou uma "interpretação filosofante" do que ele me dissera dias antes, a respeito da guinada para a ruína e da chave perdida nas areias infinitas. Não lhe dei razão, mas pensei que provavelmente ele estava certo, e odiei-o por isso.

* * *

Nunca cheguei a ler o manuscrito sem título que o Felipe me entregou, na remota noite em que visitei o seu esconderijo em Santo Trio e convidei-o a integrar o meu governo. Resolvi procurar o tomo caudaloso e vagamente intimidador (assim me recordava dele) em meio à desordem do meu escritório, embora ainda sem saber ao certo o que pretendia fazer com ele. Não o encontrei, e por uns dias presumi que talvez eu não o tivesse trazido comigo para Cartagena afinal, apesar de me lembrar perfeitamente de tê-lo retirado da gaveta do meu gabinete no dia da minha fuga, de tê-lo jogado entre as mudas de roupa dentro da única mala que trouxe no voo desde o Rio de Janeiro, de tê-lo contemplado por breves instantes no meu apartamento colombiano antes de decidir o seu destino provisório. Depois, passei a acreditar que alguém o descobrira entre os meus pertences no apartamento e o surrupiara. Provavelmente a Caoimhe, mas eu tampouco queria descartar o Alex Park, que dava a impressão de ser capaz de fazer truques numa dimensão insondável. Mas por fim recordei que anos antes eu havia colocado o calhamaço sob o fundo falso do meu cofre chaveado, o mesmo em que eu guardava os fichários dedicados às vítimas da tragédia. Abri o cofre e de fato lá estava o manuscrito devidamente acomodado, dentro de um envelope branco já amarelecido pelo tempo.

Fiquei andando para cima e para baixo dentro do meu apartamento com o envelope nas mãos, como um louco, sem saber se começava a ler o manuscrito, se o destruía pelo fogo ou a tesouradas ou se o devolvia, intocado, ao cofre. Exausto e consumido pela indecisão, acabei retirando-o do envelope e colocando-o sobre o tampo do meu piano, que eu não sabia tocar, mas cuja presença servia para me trazer de volta as frágeis melodias do passado, os últimos momentos de normalidade antes da tragédia.

Por tantos dias, convivi com o manuscrito com desconforto, como se houvesse uma visita indesejada dentro de casa ou como se ele fosse um artefato programado para detonar num momento preciso, mas incógnito. Às vezes, atravessando a sala, eu sentia a presença do manuscrito como uma força entre o sagrado e o mefistofélico, que a um só tempo instigava a aproximação devota e preceituava o distanciamento reverencial. Não voltei a tocar nele até o fim de tarde em que, depois de fechar a loja, fui para casa com a Caoimhe. Era a primeira vez que eu a convidava para ir comigo para casa desde a noite em que eu confrontara Alex Park na varanda da Cantina Vico, e ela estacou ao pé da porta, como se fizesse anos que ela não pisava no meu apartamento e ela buscasse conciliar a visão que se abria diante de si com a memória que guardava da minha sala (nada mudara, entretanto, salvo o manuscrito sobre o tampo do piano, que só podia ter importância e só podia ser algo notável para mim).

Levei-a para o sofá, onde ela deitou como se abatida por uma enorme e repentina fraqueza, e eu disse que ia à cozinha preparar uma limonada. Quando retornei, encontrei-a sentada na banqueta diante do piano, folheando as numerosas páginas do manuscrito. Ao me ouvir chegar, ela voltou o rosto na minha direção, com um sorriso que me pareceu infinitamente terno e indulgente. Então, eu é que me senti fraco, apoiei a bandeja com os dois copos de limonada gelada sobre o tampo do piano e fui me sentar (ou antes: fui desabar, sentado) no sofá. A Caoimhe veio até mim e não me largou até o clímax. Então, deitamos juntos no sofá, e eu dormi um sono intranquilo, mas longo. Quando despertei, ela não estava mais no apartamento. O manuscrito continuava sobre o tampo do piano, como se nunca houvesse sido compulsado, e os dois copos de limonada estavam vazios.

* * *

Perguntei ao Emil se ele teria interesse em ficar com a loja, e recebi em retorno um olhar que era absolutamente fingido, embora fosse fingido por um motivo cavalheiresco e bom. O Emil se esforçava para tingir sua expressão de incredulidade e repúdio, mas eu o conhecia o suficiente para notar que, sob essa pátina de sentimentos gentis, se escondia mal e mal uma sensação de confirmação, como se algo antevisto ou anunciado havia muito tivesse por fim vindo à tona. Ele espalmou as duas mãos para cima, levantando os ombros, enquanto procurava dentro dele, com evidente esforço e franco insucesso, alguma palavra apropriada para dizer. Mas eu quis poupá-lo dessa aflição, pelo menos até que eu proporcionasse o mínimo de contextualização sobre a minha pergunta. Quero partir, Emil. Só não sei se vou pra alguma cidade litorânea do Sudeste Asiático ou da Oceania. Ou talvez pra algum balneariozinho na costa atlântica da África, por que não? Ele continuava em silêncio, mas a diferença é que ele agora estava confortável no seu silêncio. Prossegui, com calma: se as circunstâncias fossem outras, eu perguntaria a você se não gostaria de ir comigo, mas eu tenho noção de que isso seria ridículo, de que você tem uma vida em Cartagena. À parte isso, a verdade maior é que eu preciso ir sozinho, começar tudo de novo, sem passado, talvez com um nome falso. Eu me sentia torpe e desonesto falando essas coisas, e no entanto tinha de continuar. Essa loja ganhou uma importância muito maior pra mim do que eu podia imaginar dez anos atrás, quando comprei esse ponto, um dos mais caros da cidade (mas você sabe que eu queria a qualquer custo ficar ao pé da praia), pra montar um negócio de interesse restrito, de nicho, nada popular. Ideia de maluco. Mas o que foi pensado só como um refúgio em plena vista, um refúgio público, digamos, um modo de passar os dias no meio da sociedade, mas na prática sob isolamento, pois a loja nunca teve a menor chance de dar certo, ou melhor, de dar lucro, bom, com o tempo essa loja foi se tornando parte da minha identidade, e exatamente a parte que eu gostaria que viesse a definir a minha identidade (olha lá, o cara da loja de cordas, o dono da loja de cordas, etc.), acima de qualquer coisa do passado, do presente ou do futuro. O romeno parecia aflito e olhava a todo instante para a televisão, que por acaso estava desligada, como se ele se esquecesse de que não estava passando nenhum jogo ou como se desejasse desesperadamente que estivesse passando algum jogo. Diante da minha partida, eu queria ter certeza de que a loja vai continuar aberta. Preservar a loja seria uma maneira, pra mim, de não perder a esperança na conservação das coisas. E a única pessoa que poderia fazer isso por mim, que poderia manter a loja viva e operante, é você, Emil. A loja não tem cabimento do ponto de vista econômico, e apesar de não dar prejuízo no fim do mês, ninguém seria louco o bastante de não revender o imóvel, a não ser que tenha um motivo emocional pra manter a loja. Por isso, é só a você e a ninguém mais, Emil. Não tenho mais ninguém a quem recorrer.

Era tudo inapelavelmente piegas, e eu me perguntei se algo do que eu dissera era verdadeiro. Eu honestamente não soube dizer, mas julguei que isso era irrelevante. O que era grave e me apoquentou foi não ter recebido uma resposta expressa do Emil a respeito da proposição muito simples que eu lhe apresentara. Ele não foi além de uma afirmação genérica, formulaica e ainda por cima algo torta e inexata, o que talvez fosse produto da invencível dificuldade do romeno com a língua espanhola: sou um homem em confiança, senhor Pedro. Mas não o pressionei, pois seria inútil. A verdade só seria conhecida pelo tempo.

***

Chegando ao *Complejo de Raquetas* num fim de tarde, deparei com o Gaspar conversando com o funcionário do clube que se encarregava da administração das quadras, um simpático equatoriano de traços indígenas. A eles, juntavam-se dois homens desconhecidos, que aparentavam ser irmãos gêmeos e cujos rostos ou cujos trejeitos me pareciam familiares de uma maneira longínqua ou misteriosa. Os dois homens tinham raquetes nas mãos e brincavam, distraídos, de alinhar as cordas com os dedos; o Gaspar também segurava uma raquete, o que era insólito, e trocava o *overgrip* com tal segurança e com tal destreza, que era como se eu houvesse me enganado e não pudesse ser o Gaspar, ou como se eu estivesse conhecendo um lado até então oculto da sua personalidade.

Eu me sentei num banco em frente à quadra central, para assistir ao final do treinamento dos juvenis. De vez em quando, os risos do Gaspar e dos outros três, que estavam conversando ao lado da cabine do administrador, me alcançavam, e, ao olhar para eles de relance, eu observava que tinham uma camaradagem própria de amigos de infância. Num desses relances, o Gaspar se deu conta da minha presença — ou nossos olhares afinal se cruzaram e ele se viu obrigado a admitir a minha presença —, e, sem interromper sua gargalhada, sem se alterar, ele fez um gesto ambíguo, que poderia significar que ele logo viria ao meu encontro ou que ele duvidava da sanidade mental de alguém não especificado.

Dentro de minutos, o treinamento dos juvenis se encerrou, o funcionário equatoriano se afastou do grupinho para ir molhar e passar uma rede sobre o saibro, e em seguida os dois homens desconhecidos entraram na quadra central para jogar. Mais de perto, notei que não eram gêmeos, mas, sim, dois irmãos muito parecidos que tinham entre si uma diferença de idade de mais ou menos cinco anos, como se um fosse a cópia ligeiramente envelhecida do outro. Ambos eram vesgos e, por isso, julguei que deviam ser maus tenistas. Julguei errado. Bastou uma direita de cada lado para ficar claro que os dois jogavam em altíssimo nível. Eu me perguntei se tínhamos atendido algum deles na loja e supus que não, mas eu vinha me ausentando mais do que o normal e era possível que o Emil os tivesse recebido durante uma das minhas voltas.

O Gaspar veio sentar-se ao meu lado, já sem raquete. Ele apontou para os dois homens que aqueciam os braços na quadra central e disse: são dois irmãos, o que era algo absolutamente desnecessário de se dizer. Mas logo em seguida ele acrescentou: são equatorianos e jogam no circuito profissional. O mais velho disputa *challengers*, e o mais novo, que ainda é um adolescente e está fazendo a transição pro profissional, disputa *futures*. Eles estão em Cartagena a passeio, mas trazem as raquetes pra treinar pelo menos uma ou duas horas por dia e não enferrujar. Fingindo desinteresse, perguntei por que ele me contava isso, mas ele ainda não terminara de falar. Os dois disseram que têm ainda um irmão mais velho, que também é tenista profissional e teve um sucesso estupendo na carreira, mas agora já está em decadência e pensando em se aposentar. Só não me lembro do nome dele. De repente, deu-me um estalo e soube a quem ele se referia — era Nicolás Lapentti —, mas eu não quis falar. Quanto aos dois irmãos que jogam à nossa frente, sei que um se chama Giovanni e o outro, o mais novo, Leonardo. Os dois batiam esquerdas cruzadas para aquecer e ficamos assistindo por um tempo em silêncio e com admiração. Quem voltou a falar, quando os dois começaram a treinar saques, foi Gaspar. De certa maneira, o que ele disse respondia à pergunta que eu fizera e ele ignorara: Vi um dos irmãos aos beijos e abraços com a Caoimhe ontem, na praia. Só não tenho certeza se era o Gustavo, que aliás namora uma *top model* venezuelana e é um mulherengo, ou o Leonardo, que é novo demais pra ser qualquer coisa, mas também deve ter as suas vontades.

"Você estava seguindo a Caoimhe? eu perguntei com um timbre que me pareceu equilibrado, embora eu me sentisse em queda livre".

"Não, eu a vi por acaso".

"Primeiro, eu duvido que isso seja verdade. Segundo, eu não acredito em nada que seja fruto de uma perseguição".

A essa altura, o Gaspar já tinha se desinteressado do bate-bola entre os irmãos equatorianos, que começavam a disputar *tie-breaks* com nítida preguiça, e contemplava os tons alaranjados com que o poente tingia o céu de Cartagena. No seu semblante imperturbado, não havia nenhum indicativo de que ele pretendia responder ao que eu dissera, como se ele pensasse que os meus comentários não passavam de um chilique irrefletido e possivelmente impenetrável. Talvez por isso, fui tomado por uma vontade tola de me explicar.

"Gaspar, o negócio é que, pra mim, não parece normal o método de trabalho do Alex Park. Por que um jornalista ficaria seguindo por semanas o sujeito sobre quem pretende escrever, sem nunca falar com ele? Ao mesmo tempo, vá lá, se o objetivo era a discrição, por que não se preocupou em disfarçar que estava na minha cola, por que se comportou como um detetive de quinta categoria? E ele espera que eu tenha boa vontade de conversar com ele quando voltar pra Colômbia? Se é que ele vai me encontrar aqui quando voltar. Ninguém é mais baixo do que aquele que persegue".

Um sorriso odioso esticou os lábios do Gaspar por um instante absolutamente fugaz, mas eu o captei. Era um sorriso de superioridade e deboche, um sorriso que me rifava como um pobre ingênuo.

"Vamos seguir esses irmãos e ver qual deles está saindo com a sua namorada?"

Eu não podia acreditar. Levantei e caminhei de volta para a loja com o intuito de ficar na agradável e descomplicada companhia do Emil, mas ele já havia fechado tudo e ido embora.

* * *

A Caoimhe não tornou a falar sobre o seu projeto de seriado. Entretanto, a minha sensação é a de que esse é o único assunto que de fato lhe interessa, e se ela não comenta mais a respeito comigo, eu sei que é porque o assunto se tornou um tabu entre nós (ou seria porque ela não vê mais necessidade em me consultar?). Nos últimos dias, as nossas conversas têm desembocado num silêncio incômodo e aparentemente inescapável, como se todos os caminhos discursivos que seguíssemos nos levassem de volta, de um jeito ou de outro, ao mesmo beco sem saída. Nossas palavras tendem a tamborilar sem muita convicção um plano abstrato e às vezes poético e sentimental, como se tateássemos maneiras elegantes de nos aproximar do proibido ou como se, ao contrário, tentássemos encontrar modos

227

engenhosos, mas inequívocos de nos despedir dele de vez. Mas o resultado, não importa para que lado procuremos seguir, é o silêncio e, embrulhado nele, o tabu.

Encurralados de certa maneira por esse esforço da Caoimhe de deixar para trás o assunto do seriado (e também, portanto, o manuscrito sem título de autoria do Felipe, o qual continua aboletado sobre o tampo do meu piano decorativo), ruminamos sobre os melhores empregos existentes que não exigem qualificação, brincamos de escolher características irrelevantes de uma pousada imaginária que sonhamos construir num vilarejo nevado europeu, debatemos sobre a idade ideal para morrer. Quando eventualmente arriscamos nos aproximar do assunto do seriado (e, portanto, do manuscrito, que talvez preserve o perfume das mãos da Caoimhe, mas eu tenho receio de averiguar), o que fazemos é discutir as diferenças culturais entre a Colômbia e os Estados Unidos, e entre os Estados Unidos e o Brasil, e indiretamente entre o Brasil e a Colômbia, ou teorizar sobre as condições que poderiam dar a uma praia o título de a praia perfeita, ou conjecturar sobre qual seria o limite máximo de responsabilidade que um ser humano poderia por lei assumir de modo a nunca dispor dos meios (ou estar sujeito aos riscos) de provocar desastres monstruosos. Damos essas voltas, para lá e para cá, mas tudo acaba se provando artificial e estéril, e regressamos à contemplação muda e aflita do assunto sobre o qual não conseguimos falar.

Ontem, em casa, enquanto tomávamos gim-tônica sentados cada um numa ponta do sofá, eu me sentia excepcionalmente frágil para conseguir suportar a pressão do silêncio. Veio-me a ideia de questionar se ela conhecia algum tenista equatoriano, mas, assim que a chamei, eu soube que não seria capaz de perguntar sobre isso. O que eu acabei articulando, por lapso ou por retardamento, implicava a quebra inesperada do nosso entendimento tácito:

Caoimhe, como anda o seu projeto de roteiro? Você nunca mais perguntou nada sobre a minha história.

Ela olhou para mim com uma intensidade ardente, como se houvesse aberto um alçapão sob os seus pés. Enquanto ela pensava no que responder, notei ou imaginei notar que ela fazia um esforço indescritível para manter os olhos fixos em mim e não espiar nem por um instante o manuscrito que repousava sobre o piano.

Acho que já tenho tudo o que preciso.

Voltamos a ficar quietos por um tempo, tomando golinhos sofridos de gim-tônica. Quando tornamos a falar, conversamos, por iniciativa dela, sobre o tema absurdo das dificuldades e dos perigos dos esportes de inverno.

* * *

Não tenho planos concretos de deixar Cartagena. Tenho uma ânsia volúvel e claudicante de não estar aqui, mas os destinos possíveis e as formas de partir zanzam dentro de mim como bichinhos rápidos e assustadiços, que fazem de tudo para não serem pegos. Entretanto, à medida que o tempo passa, tenho sentido cada vez mais medo, ou mais propriamente pavor, de sem mais nem menos, num dia no mais corriqueiro, rever o Alex Park sentado na varanda da Cantina Vico, aguardando que eu aparecesse para poder marcar a nossa primeira conversa estruturada, com o objetivo de subsidiar a redação do perfil para a *New Yorker*. O que sei, e nos dias de hoje essa é uma das poucas coisas que eu sei para além de qualquer dúvida, é que eu jamais vou conversar com ele sobre a minha história. Meu receio é que, confrontado com a intimidação e com a perseguição, eu cometa algum ato desesperado. Estou infinitamente cansado para recomeçar, e nem sequer acredito mais em recomeços.

* * *

Numa tarde sem movimento na loja, Emil e eu assistimos na íntegra à final do Australian Open de 1988, em que o Pat Cash perdeu para o Mats Wilander num doído quinto set. Encerrado o jogo, enquanto víamos a desolação com que o australiano se arrastou por toda a cerimônia de premiação, comentei com ele que o Pat Cash não poderia saber, mas ele deveria ter encerrado a carreira ali. Nunca mais ele chegaria à final de um *Slam*, 1988 seria o último ano em que ele terminaria dentro do top 20, os nove anos seguintes até a aposentadoria em 1997 seriam de decadência e fracasso.

A diferença entre o Pat Cash e mim, eu acrescentei, é que eu, sim, sabia que devia ter posto um fim a tudo dez anos atrás.

O Emil me olhou de um jeito preocupado e respondeu num tom incaracterístico de palestrante motivacional, no seu espanhol estropiado de sempre:

Mas, no seu caso, o tênis é e vai ser caminho pra vida, pra superação. Não me disse, semanas atrás, que vai montar uma academia pra crianças em lugar longe?

Eu gargalhei. Que piegas, Emil! Eu de fato havia comentado com ele sobre os meus sonhos de construir uma academia de tênis, mas não havia explicado o nível de seriedade com que eu lhes tratava. Esses projetos são só uns exercícios de imaginação. Nada real, nada que eu pense em pôr em prática pra valer. O meu tempo acabou.

Ele não soube o que dizer em resposta, e, em silêncio, desligamos a tevê, fechamos a loja e seguimos cada um para o seu lado.

* * *

Caminhando pelo calçadão numa manhã ensolarada, deparei com a Beatriz, minha ex-namorada colombiana dos tempos do meu MBA em Buffalo e, em última análise, a pessoa responsável por minha vinda para Cartagena. Eu estava indo abrir a loja; ela, evidentemente, indo tomar sol na praia: calçava chinelos de dedo, vestia uma canga azul e verde com estampas de mandala amarrada na cintura muito fina, e seus seios balançavam dentro de um estreito biquíni vermelho. Trocamos dois beijos no rosto, e eu senti o intenso cheiro de perfume que emanava da pele dela.

Eu imagino o que você pensa quando me vê, eu disse.

O que você imagina que eu penso? ela perguntou, levantando discretamente a aba do seu chapéu de palha.

Eu acho que você pensa: "como é que pode aquela carta curtinha e sem pretensões, que eu escrevi dez anos atrás mais por pena do que por qualquer outra coisa, continuar ditando ou influenciando o destino desse pobre do Pedro?"

Ela riu. Isso não é nada, Pedro. Pensa em quantas pessoas já morreram por causa de uns rabiscos à toa feitos num pedacinho de papel ou por causa de uma notinha publicada numa página de jornal. Isso sim é poderoso, isso sim é mexer no destino alheio.

Olhei para o mar. Sobre sua superfície tranquila lampejavam, aqui e ali, fugidias centelhas de luz, como estalinhos de sol. A Beatriz tomou a minha mão e disse: "vem comigo".

Andamos até a ponta da praia de Castillogrande, que àquela hora ainda estava deserta. A Beatriz estendeu sua canga sobre a areia e me fez deitar, com a cabeça apoiada no colo dela. Falamos, ou ela falou e eu ouvi, sobre o futuro conjunto nos Estados Unidos que não tivemos, sobre os filhos que acabaram não vindo, sobre os pais que já havíamos perdido, sobre a maravilha e o terror de repetir tudo novamente, com infinitas variações, nos incontáveis novos universos que virão ao longo da eternidade.

Ela disse isso sem mais nem menos, como uma lunática, e eu não pude não gargalhar. Entretanto, senti como se uma possibilidade concreta e autêntica estivesse de fato se apresentando diante de mim.

E tudo, em cada uma dessas novas vidas, vai parecer original e fresco, porque vai ser de fato original e fresco. Em muitas dessas vidas, nós vamos ser, em certo sentido, os mesmos, mas não vamos ter a memória do que vivenciamos em outras edições do universo e portanto vamos pensar que somos únicos e singulares, assim como pensamos nesta vida. Em pelo menos um desses universos, não vai ter acontecido nenhuma explosão em Santo Trio, mas você vai estar comigo de qualquer maneira nesta praia, por outro motivo qualquer, talvez porque casamos em Buffalo e viemos visitar a minha família, ou talvez porque você veio a passeio pra Cartagena e nos apaixonamos, dois completos desconhecidos, numa noite à beira-mar. E eu não vou estar perto da morte, como estou hoje.

Por sob as lentes dos óculos escuros da Beatriz, escorreram lágrimas que vieram cair no meu rosto. Nós nos abraçamos forte e não dissemos mais nenhuma palavra. Logo a praia começou a encher, e a Beatriz, depois de me dar um beijo longo, um beijo de adeus, foi dar um mergulho. Da faixa de areia, eu balancei o braço para me despedir, mas ela estava debaixo d'água e não me viu. Achei melhor não esperar: tomei o caminho de volta para a loja, seguindo bem devagarinho; enquanto dava esses passos esmorecidos, eu ia chorando e imaginando, sem esperanças, realidades inexistentes ou ainda por vir, num futuro insondável e portanto irrelevante.

***

Eu não farei falta para ninguém. Pior do que isso, milhares ou até mesmo milhões de pessoas, embora eu não queira soar megalomaníaco, celebrariam a minha morte — alguns desbragadamente, a maioria educada no íntimo dos seus sentimentos incomunicáveis.

Racionalmente, eu me pergunto se devo me importar com esse ódio público. Tendo ficado provado que a explosão ocorreu devido a uma falha técnica, uma falha que nenhuma manutenção preventiva poderia ter evitado (o equipamento era novo, recém-instalado e estava em perfeito estado), eu me questiono se as opiniões equivocadas que as pessoas têm sobre mim, ou mais precisamente sobre a minha responsabilidade pela tragédia, deveriam afetar a percepção que eu mesmo tenho sobre o valor da minha própria vida. Ora, analisando friamente a tragédia, é preciso reconhecer que tudo se originou do rompimento de um duto de gás, e esse rompimento aconteceu pelo simples motivo de que as maneiras de as coisas darem errado são muito mais numerosas do que as maneiras de as coisas darem certo. Sim, uma explosão arrasadora e letal se sucedeu. Mas não me parece que, do fato do rompimento do duto, por mais trágicas tenham sido suas consequências, decorra que a minha morte é uma demanda premente dos princípios da justiça. É legítimo que eu continue e eu posso continuar.

Mas essas são as minhas considerações racionais. Emocionalmente, eu sei que eu não posso continuar. Erradas ou não, as pessoas acreditam que o meu fim seria uma forma de reparação, um meio de se restabelecer certo equilíbrio moral. É claro que, dentro da lógica do ódio cego, a culpa não pode ser só minha, é claro que os executivos das multinacionais e as próprias multinacionais também devem ser metidos no mesmo balaio maldito em que eu fui jogado pela opinião pública. Entretanto, as sinas se desdobram de maneiras únicas e individuais, e o destino que eles tiveram ou terão não me diz respeito. O que sei é que aquilo que amplamente se quer tem de se materializar e vai se materializar, cedo ou tarde. É inútil e estúpido lutar contra essa marcha.

Em que pese isso, não sei se vou ou não continuar.

* * *

Tive uma conversa com o Gaspar sobre contrafactuais. Eu o encontrei, quando eu estava saindo da loja ao fim do horário comercial, sentado na varanda da Cantina Vico, exatamente à mesa que o Alex Park costumava ocupar. Como o jornalista, ele tinha sobre a mesa um bloco de anotações e uma caneta, mas não havia, por outro lado, nenhuma câmera fotográfica em vista. O que se via diante do bloquinho era um par de *mojitos*, ainda intocados. Andando ao encontro dele, senti que sua presença naquela mesa era ao mesmo tempo um eco distorcido do passado e um prenúncio impreciso do futuro. Minha vontade era fazê-lo desaparecer dali, mas, em vez disso, puxei uma cadeira e me juntei a ele.

Achei que você não pudesse beber, eu comentei.

E não posso. Um desses drinques é pra você.

Aceitei e constatei, tomando um pequeno gole, que não fazia muito que tinham sido servidos. Tive receio de perguntar para quem seria o outro *mojito*, mas o Gaspar não ia deixar de me contar:

O outro é pro Alex Park, caso ele consiga aparecer hoje.

Foi então que eu, compreendendo que algumas das minhas alternativas de futuro estavam prestes a ser derrubadas, me pus a imaginar, em voz alta, o que teria sido da minha vida se o meu pai não tivesse morrido num suspeito acidente de carro quando eu era uma criança, ou se a minha mãe não tivesse sido acometida pela demência com corpos de Lewy quando eu tentava me firmar profissionalmente em Buffalo, ou se não tivesse havido nenhuma vaga aberta na procuradoria do município de Santo Trio e eu houvesse prestado e sido aprovado num concurso para Petrópolis por exemplo, ou se o prefeito José Neves houvesse aprovado os projetos de exploração de petróleo em vez de precipitar sua cassação por uma teimosia desajuizada, ou se o procurador-geral Roberto Marcondes não houvesse se suicidado, ou se meu colega Felipe Carvalheira não tivesse veleidades literárias e tivesse assumido o cargo de prefeito da cidade, ou se o projeto de gasoduto Bolívia-Brasil não fosse do interesse do governo brasileiro ou boliviano ou se não fosse economicamente viável, ou se um cano não tivesse arrebentado sem nenhum motivo discernível na estrutura do terminal GNL, ou se a minha ex-namorada Beatriz não tivesse me escrito uma cartinha de comiseração de Cartagena, ou se o editor da *New Yorker* considerasse sem graça ou irrelevante a pauta de publicar um perfil a meu respeito no aniversário de dez anos da tragédia, ou se o Alex Park houvesse falecido por acidente ou por causa natural ou por violência durante os seus trabalhos de apuração jornalística, ou se eu andasse armado e sacasse naquele momento meu revólver e desse um tiro no meu próprio peito no meio do calçadão.

Enquanto eu falava, o Gaspar parecia estar tentando registrar, no seu bloquinho de anotações, todos os contrafactuais que eu disparava em sequência como que num delírio. Mas eu não podia ter certeza, pois ele escondia zelosamente de mim aquilo que ele estava rabiscando. Quando terminei, ele arrancou a folha e a entregou para mim. O que vi no papel era o desenho de uma intricada cobra com listras pretas e brancas, retorcida sobre si mesma em formato de círculo. O bicho parecia continuamente se mexer, e Gaspar, com um sorriso, me disse:

A realidade é uma ilusão.

***

Comecei a visitar os lugares e a falar com as pessoas num espírito de despedida. Como costuma acontecer nesses momentos da vida, a cidade e os meus conhecidos de repente me parecem mais interessantes e mais amáveis do que a imagem que eu carregava a respeito deles, e chego a duvidar da necessidade ou das vantagens de partir. Sonho, bobamente, em permanecer em Cartagena e em construir aqui uma vida mais rica da perspectiva profissional e pessoal; sonho em olhar para o futuro a partir de uma nova e firme plataforma, erguida sobre as bases de uma restaurada confiança no mundo e em mim mesmo.

Querendo ver como soaria essa ideia de permanecer em Cartagena, testei enunciá-la numa conversa com o Emil. Por pouco não fui, comovido e agradecido, abraçá-lo como a um irmão. Pois, ao me ouvir falar em ficar, ele não conseguiu se conter e chorou como um menino, prometendo estar sempre ao meu lado e ajudar naquilo em que puder ser útil. Mas minhas palavras não passavam de um devaneio sentimentalista de quem sabe que está de partida, e me penitenciei por dar ao Emil esperanças que em breve seriam frustradas.

Precisando consertar o meu erro, talvez eu tenha ido longe demais no sentido inverso. Porque, em seguida, eu disse ao romeno que tinha comprado um revólver naquela manhã (o que de fato era verdade), embora não soubesse ainda exatamente o que pretendia fazer com ele. O Emil voltou a chorar e, saindo da loja, foi se sentar à varanda da Cantina Vico para respirar. Eu o segui. Ficamos então os dois tomando canecas de cerveja até o entardecer, enquanto fazíamos esporádicos comentários sobre a Era de Ouro do Tênis e sobre antigas ou inventadas ex-namoradas.

Eu tinha deixado a porta da loja aberta e, de vez em quando, algum cliente entrava, passava lá dentro um tempo mais ou longo esperando que algum funcionário aparecesse, e depois saía com uma expressão intrigada ou furiosa. O Emil, a cada vez, queria levantar e ir atender ao cliente, mas eu dizia que deixasse para lá, e ele assentia. Eu, de minha parte, a todo instante olhava ao nosso redor procurando algum sinal do Alex Park, e Emil, com um semblante infinitamente bondoso e compreensivo, pedia que eu me esquecesse dele ou não me afligisse. Mas isso me seria impossível.

***

Caminhando pela areia da praia na direção do pontal de Castillogrande (eu queria estar junto da Beatriz da maneira que me parecia possível, ou talvez não fosse da Beatriz que eu desejava estar junto, mas das ideias de renovação que ela tentara me incutir e nas quais eu continuava tentando sem sucesso acreditar), eu distingui a figura magra, um pouco encurvada e misteriosamente cínica do Gaspar. Ele andava logo atrás de um grupo grande de pessoas, e tinha ao seu lado a companhia de um homem que a débil claridade lunar não me deixou reconhecer. Podia ser um dos tenistas equatorianos, e acreditei que fosse, mas em certo momento o homem se despediu do Gaspar, saiu correndo no sentido do mar e perdeu-se na noite como um vulto espectral. Quando cruzei com o meu amigo mexicano, eu lhe perguntei:

"Quem era aquele homem que estava andando do seu lado?" ao que ele respondeu, num tom aparentemente neutro em que identifiquei, entretanto, uma insuportável condescendência:

"Que homem?"

Para o meu desagrado, o Gaspar deu meia-volta e decidiu me acompanhar na direção do pontal. Chutando a areia a cada passada como se fosse uma criança, ele me contou uma novidade atroz da mais despretensiosa das maneiras (seria sempre assim?):

"Sabe quem chegou hoje, afinal? O Alex Park. E ele trouxe do Brasil uma pessoa que quer te rever na primeira oportunidade".

"Quem é?" — eu perguntei de bate-pronto, acelerando por instinto o meu passo.

O Gaspar disse que não sabia, mas isso era evidentemente uma mentira.

Logo chegamos ao pontal de Castillogrande. Observando o leito escuro do mar e ouvindo o borbulho ritmado das ondas que quebravam sobre a areia, desejei jamais reviver aqueles momentos nos virtuais universos futuros. Mas não demorei nem poderia demorar muito nessas reflexões. Eu precisava correr de volta para casa, e dessa vez o Gaspar não me acompanhou.

***

Arrumei minha mala sob os olhares apreensivos da Caoimhe, que apareceu em casa numa hora que não podia ser mais inconveniente, mas a quem apesar de tudo não consegui expulsar. A primeira coisa que ela me perguntou, ao ver a minha mala, foi, naturalmente, para onde eu ia, e eu respondi dizendo a verdade da maneira mais curta e mais clara: não sei. Ela não acreditou (ninguém conseguiria acreditar) e começou a disparar uma série de nomes de lugares, tão específicos quanto bairros famosos e tão genéricos quanto continentes. Eu reagia aos palpites com total honestidade, mas reconheço que seria difícil não ver a minha vagueza como uma tentativa grosseira de despistar.

"Estados Unidos?"

"Talvez".

"Califórnia?"

"Não".

"Lower Manhattan?"

"Não".

"Flórida?"

"Não".

"Alaska?"

"Talvez".

"Rússia?"

"Talvez, mas só se for na parte europeia ou bem do outro lado, na ponta que dá para o Japão".

"Japão?"

"Impossível".

"Ásia?"

"Sim, talvez, e também a Oceania".

"Sydney?"

"Melbourne".

E assim por diante, até que ela cansou. Quando eu fui ao piano apanhar o manuscrito sem título de autoria do Felipe, senti uma tensão envergar o ar, como se eu estivesse ousando me apoderar de algo que na verdade teria mais serventia para a Caoimhe, ou como se dela emanasse a expectativa de que eu fosse lhe entregar o calhamaço, em vez de acomodá-lo na minha mala com todo o cuidado, entre mudas de roupas, como eu fiz. Feita a mala, sentei-me ao lado de Caoimhe no sofá, indeciso quanto ao próximo passo a tomar.

Veio-me então à mente a noite já remota em que, sentados na varanda da casa dela, ouvindo o lamento de um bambuco que subia de algum ponto obscuro da Calle de la Iglesia, construímos etéreos palácios da memória. Diante da minha mala arrumada e lacrada com cadeado, pareceu-me que havia chegado o momento de, por uma questão de equilíbrio e harmonia, tentar erguer especulativos palácios do futuro, com o intuito de verificar se existia a possibilidade de que o meu palácio contivesse um cômodo que também integrasse o palácio dela, e portanto de descobrir se poderíamos nos reencontrar algum dia. Olhei para Caoimhe com a intenção de puxar essa conversa, mas o rosto dela carregava uma expressão sombria, e desisti de falar. Eu me levantei e abri a porta para que ela se retirasse.

No vestíbulo, enquanto aguardávamos o elevador, perguntei a ela, para preencher o silêncio e afastar a tristeza, se o seriado que ela escreveria sobre a minha história admitiria alguma medida de humor e de absurdo, ou, em outras palavras, de *Seinfeld*. Ela me fitou como se eu houvesse utilizado uma língua incompreensível ou como se a minha pergunta fizesse uma correlação dantesca, e disse, entrando no elevador:

Admite apenas o absurdo, e nada, absolutamente nada de humor, e apertou o botão do térreo e desceu.

* * *

Levei a mala para a loja e a tranquei no depósito. Sendo assim, eu estava pronto para partir tão logo visse o Alex Park através das vidraças da fachada. À espera desse momento, praticamente parei de andar pela cidade, de que já havia me despedido o suficiente e a qual me parecia, cada vez mais, o cenário de uma distopia ou de uma caça. Eu chegava à loja bem cedo pela manhã e não saía dela a não ser para fechá-la, já sob a noite cerrada, e voltar para casa — o que eu fazia de cabeça baixa, procurando as alamedas mais escuras e as calçadas mais vazias. Ao longo do expediente, o Emil é quem me trazia o café, o almoço e um eventual lanchinho. Ele também atendia os clientes, encordoava as raquetes e administrava o caixa. Eu, enquanto isso, permanecia inerte, esquadrinhando o movimento da rua e da Cantina Vico em busca do rosto do Park. Quando a minha capacidade de concentração se esgotava, minha atenção deslizava involuntariamente para o céu, e eu via a procissão das nuvens como uma grandiosa recordação de que tudo é um espetáculo transitório e barato.

A Caoimhe e o Gaspar não me visitavam mais, nem eu os encontrava pelas ruas nas minhas furtivas, mas batidas idas e voltas para casa. Os dias passavam, a cabeça de cuia do Alex Park jamais despontava no tumultuado calçadão da praia de Bocagrande, e eu me imaginava, nos momentos de relativa paz e benevolência, a vítima de um blefe. Por outro lado, nos momentos de angústia e paranoia, eu pensava que a estratégia do jornalista era justamente minar as minhas resistências, com o intuito de dar as caras quando eu estivesse exaurido e niilista, e portanto disposto a falar qualquer coisa, inclusive a verdade, se isso é o que se fazia necessário para pôr fim em tudo. Nesse estado, eu cobiçava a vida de quem já viveu todos os horrores e pode assim descansar numa terra arrasada por inteiro, para a qual não há recuperação possível. Ao mesmo tempo, torturado pela espera, eu me via aspirando também pelo reaparecimento do Alex Park — o que eu julgava, com convicção cada vez maior, que nunca aconteceria.

Um dia, entretanto, o Emil de repente me olhou da mesa dele com um olhar de morte, e eu soube que o esperado momento havia finalmente se precipitado (tudo, não importa o quanto seja esperado ou sabido, parece precipitar-se como um súbito desmoronamento, quando afinal se sucede). Pelas vidraças da loja, constatei que Alex Park de fato estava sentado a uma das mesas da Cantina Vico, fazendo um pedido ao garçom sem precisar consultar o cardápio. Eu havia tantas vezes imaginado (e sonhado) a sequência de atos que me cumpria executar a partir daquele momento, que nem sequer me parecia claro se eu os estava executando de verdade ou se estava levando a efeito mais um ensaio imaginário. Destranquei o depósito e lá dentro apanhei dois objetos: a minha mala, que me pareceu estar numa posição diferente da qual eu a havia deixado, e um envelope, que eu escondera dentro de um dos antigos livros de contabilidade da loja. Entreguei o envelope ao Emil, pedindo que ele o abrisse apenas no dia seguinte. O envelope continha uma escritura de doação, pela qual eu transmitia todos os meus bens localizados em Cartagena ao meu querido funcionário romeno. Dei-lhe um abraço sem jeito e sem grandes sentimentos, mas notei que ele estava na iminência de chorar. Antes de sair, abri por uns instantes a mala e retirei, dentre as minhas roupas, o manuscrito *Sem Título* escrito pelo Felipe Carvalheira. Minha intenção era deixar o calhamaço com o Alex Park, dizendo a ele que a minha história, numa versão ficcionalizada e romanesca, mas nem por isso menos real — ao contrário: por isso mesmo ainda mais real —, estava toda naquelas páginas ainda desconhecidas.

No entanto, quando abri a porta da loja pela última vez e me dirigi à Cantina Vico, descobri que Park tinha companhia à mesa. Um homem, de blusa social de manga comprida e chapéu-coco, estava sentado de frente para o jornalista e portanto de costas para mim; à medida que eu ia contornando a mesa e que o rosto dele ia se revelando para mim, sobreveio-me a crescente e inverossímil compreensão de que aquele homem era o próprio Felipe. Parei em frente aos dois num estado de pânico, sem saber o que dizer. Ambos me estenderam a mão, que eu maquinalmente apertei, e começaram a me falar sobre a viagem que eles tinham feito do Brasil para Cartagena, num tom descontraído de quem conversa sobre amenidades. Eu não conseguia me concentrar no que eles diziam e, segurando o manuscrito contra o meu peito, temia que o Felipe fosse reconhecê-lo ou já o tivesse reconhecido. Diante dessas circunstâncias, não fazia nenhum sentido entregar o calhamaço ao Park, e eu resolvi sair dali num pulo, sem aviso, sem me despedir, sem me explicar. Corri em direção ao ponto de táxi mais próximo, puxando minha mala de rodinhas, e pedi ao motorista que me levasse ao aeroporto.

Chegando lá, comprei um bilhete para Atlanta, num voo que felizmente decolaria em menos de três horas. Minha ideia é comprar, assim que pousar em Atlanta, uma ou duas dezenas de passagens para múltiplos e longínquos destinos (Melbourne, Anchorage, Xangai, Cidade do Cabo, Londres, Moscou, Istambul, Guadalajara, Colombo, Vladivostok, Lisboa, por exemplo, mas talvez outros), fazer *check-in* para todas as viagens, e assim despistar por algum tempo a *New Yorker* e quem mais queira me procurar com qualquer objetivo. Penso em de fato embarcar num dos voos, mas não tenho certeza. Comecei a ler o manuscrito *Sem Título* — ou talvez devesse dizer o manuscrito intitulado *Litoral Noir*, já que esse foi o título que acabou sendo escolhido — no caminho para Atlanta e em algumas horas vou conhecer o fim que o Felipe imaginou para mim. Talvez eu o adote. De qualquer maneira, levo um revólver dentro da mala, e vou usá-lo sem remorso se eu não tiver forças para continuar.